天下第一奇書

神駝・奪寶

紫青雙劍錄 3

倪匡 新著

還珠樓主 原著

目錄

【本冊簡介】

本卷出現了書中一個驚天動地的人物：大方真人，神駝乙休。這個人物不但法力無邊，神通廣大，而且性烈如火，愛惡分明，行事大是任性，十分不理會道德常規，上天入地，是一個出色之極的怪俠，以後書中，凡有他老人家出現的場合，大都火爆熱辣，看得人過癮之極；在全書之中，他是老一輩人物最爽朗可愛的一個，甚至具有逆天行事的叛逆性格，發生在他身上的事，無一不驚天動地，如他的早年行事任性，被人聯手對付，壓在山下，壓成了駝子，到他把妻子一家大小誅殺殆盡，再到他在地心大發神威，要把億萬年積聚的地心大火引爆，都令人看得茶飯不思。

本卷另有大可獨立的故事，是余英男得達摩老祖遺下的南明離火劍的一

段，尤其是敘述南明離火劍的來歷時，有達摩老祖對歸一大師所說的偈語，大有禪機，值得反覆咀嚼，回味無窮：這一段故事，在許多武俠小說中都被「借用」過。

由南明離火劍，又引出了天一真水來。天一真水在海底的紫雲宮中——原著由此開始，花了十多萬字，詳述紫雲三女來歷，較為沉悶，所以，當年在動手刪改時，刪去極多，保留精采部分。如金鬚奴的脫胎換骨，這一段中，寫金鬚奴和二鳳之間的男歡女愛，風光旖旎之至，大是有趣。而火海取寶，大破紫雲宮等情節，也各自精采紛呈，看得人神為之奪——至少已看了三十遍以上，仍然覺得氣勢懾人！

——倪匡

【上卷提要】

裘芷仙、袁星一人一獸得先人遺留下來兩長一短三柄寶劍，芷仙取短劍「霜蛟」，袁星取一對長劍「玉虎」。

英瓊將傷養好，得悉余英男為陰素棠帶走，往救時，英男卻已逃離，反遇陰之另一弟子孫凌波及藏靈子門下熊血兒妻子施龍姑。因熊血兒練功要緊，龍姑寂寞難耐，遂與孫勾結，結下無數冤孽。

凝碧崖靈翠峰異寶出世，靈雲等人回轉後，加以察視；最後，除一道青光遁走外，「七修」神劍其餘六柄劍皆為眾人收取。

苦行頭陀弟子笑和尚往尋金蟬，邀其助自己除去文蛛。原來笑和尚曾試往殺毒物，取腹內乾天火靈珠，但由於輕率之故，文蛛為辛辰子捕去，後又

落入綠袍老祖手中，藏百蠻山陰風洞老巢內。笑和尚及金蟬遂往百蠻山除妖物。

英瓊悉英男正受黑霜陰霾之厄，凍僵在莽蒼山陰寒晶內，須以萬年溫玉及冰蠶救活。英瓊救出英男，盜玉時卻誤釋妖屍谷辰，遇莊易、米鼉及劉裕安三人作內應。周輕雲得指示，先收取長眉真人所煉青索劍，再與英瓊雙劍合璧，終取得溫玉，英瓊更把米、劉二人收歸門下。

莊易隨笑和尚、金蟬往除文蛛，發現石生。石生本隨母陸蓉波於石穴中修煉，只待金蟬接引出世，遂隨三人探陰風洞，四人終除文蛛。

綠袍老祖追殺四子，卻為三仙玄真子、苦行頭陀、妙一真人及嵩山二老追雲叟白谷逸、矮叟朱梅所阻。青海教祖藏靈子為報殺徒之仇，願親手除去綠袍老祖。三仙二老乘二人鬥法之時，佈「生死晦明幻滅微塵陣」。陣法開動，藏靈子及時逃出，綠袍老祖本無生路，但他以魔教最厲害法術化魂大法與陰魔合而為一，躲匿地肺修煉，各正派高人也難以算出，成為峨嵋三次鬥劍的巨劫。

第一回

慾海沉淪　都天烈火

金蟬、石生、莊易飛行迅速，沒有多時便離峨嵋不遠。正行之間，忽見兩道青光從遠天邊由西往東南一閃即逝。金蟬認得兩道劍光已得了峨嵋傳授，揣著來路，正從峨嵋方面飛起，疑是凝碧新入門不久的同門。不知有什麼事飛得那般快法，偏又相隔太遠，不及追上前去詢問，只得作罷。

一路尋思，眼看快到凝碧崖上空，倏地又見一道紫光和一道青光沖霄直上。正是英瓊、若蘭二人，連忙迎上前去，未及開言，英瓊首先搶問：「來時路上可曾看見寒萼與司徒平二人行過？」

金蟬答道：「我倒未見二人，只看見兩道青光，像是本門中人，由此往東南天際飛去，難道山中又發生了什麼急事？」英瓊忙對若蘭道：「你猜得對，他二人定是回轉紫玲谷去了，我們趕快追去！」金蟬還要追問究竟，英瓊急道：「這沒你的事，只是她姐妹鬧點閒氣，我們要去追她回來。你先回仙府，等我們將人追回再談吧！」說罷，也不俟金蟬答言，匆匆拉了若蘭，同駕劍光沖霄而去。

金蟬見二人飛行已遠，便帶了石生、莊易往下降落。剛要到地，又見神鵰佛奴在前，秦紫玲駕著那隻獨角神鷲在後，迎面而來。紫玲在神鷲背上只朝金蟬等三人笑著點了點頭，便即往空飛去。金蟬降落下去一看，嶺前靜悄悄的，只有袁星一人站在仙籟頂飛瀑底下掬水為戲，見了金蟬跪下行禮，金蟬便問：「他們都往哪裡去了？」

袁星恭身答道：「各位仙姑和新來幾位大仙都在太元洞內商量事呢！」金蟬聞言，慌忙同了石生、莊易直往太元洞跑去。

石、莊二人見這凝碧崖果然是洞天福地，仙景無邊，俱都驚喜非凡。因為金蟬催促快走，不暇細細賞玩，一同進洞一看，正中石室內坐定的除了齊靈雲、周輕雲、朱文、嚴人英、吳文琪、裘芷仙等原有諸同門外，還有好多位男女同門。也有認得的，也有未見過的。

靈雲見金蟬成功回轉，甚是心喜。金蟬等三人與大家彼此見禮，略一敘談，才知余英男自英瓊等取來溫玉，日服仙藥，業已復原。妙一夫人日前曾回山一行。這些新到的同門皆為重陽盛會在即，所以先期趕來團聚。還有多人，不久陸續俱要到齊。

目前已到的有飛雷洞髯仙門下的石奇、趙燕兒，遠客計有岷山萬松嶺朝天觀水鏡道人的門徒「神眼」邱林、青城山金鞭崖「矮叟」朱梅的弟子紀登、陶鈞，昆明開元寺「哈哈僧」元覺禪師弟子「鐵沙彌」悟修，和「風火道人」吳元智門下的「七星手」施林、「靈和居士」徐祥鵝，一個個都是仙風道骨，氣宇不凡。

金蟬原有一肚子的話想問，因見靈雲把大家聚在這平時準備朝參師長的中間石室以內談話，必有要事商議，只得勉強忍住。一眼看見朱文獨自一人坐在離門最近的一個石墩之上默默不語，近旁不遠恰巧空著一個位子，便搭訕著走了過去。一落坐便悄問朱文：「紫玲姐妹因何淘氣？司徒平又是何時回山，為何也與寒萼同行？」一口氣問了好些，朱文只把嘴朝著靈雲努了努，一言不發。

金蟬見連問數次，朱文俱不搭理，一賭氣把頭轉向一邊，身子在旁一偏，將石生招了過來坐下，已聽靈雲道：

「諸位師兄、師弟、師妹，適才知秦家姐妹因在青螺用『白眉針』傷了藏靈子門人師文恭，此番回山無心與藏靈子相遇，該有十六日險難，稍一救援不及，便遭慘禍。尤其是八月中秋，便是她母親寶相夫人脫劫之時，更不可誤卻這千載一時的良機。此事非有『怪叫化』凌真人方能解圍。現奉掌教夫人之命，著愚妹借送還『九天元陽尺』為名，前往青螺峪邀請凌真人出山相救，即時便要起程。而防守仙府責任重大，暫時還須有個主持，以免有事發生之時失卻通盤籌算。按照入門先後和道力深淺，自以紀師兄為第一，意欲請紀師兄代愚妹統率一切，便不虞有失了。」

峨嵋門下班次之分甚嚴，靈雲雖不算最長，因奉師命，義無多讓。既有要事他去，論道行班次，均以紀登為長，自然不便推卻。只口頭上略致謙辭，便接受下來。紀登是「矮叟」朱梅的大弟子，學道多年，也頗得眾望，其餘各人，自無話說。

當下靈雲略為分派，又囑咐朱文、金蟬好好在洞中聽從紀師兄吩咐，不要離開，然後用遁法直往青螺峪飛去。靈雲走後，大家略談了一陣，均各自便。

人英帶了莊易往洞外去觀賞仙景，金蟬拉了石生逕去尋了朱文、輕雲，追問別後之事。

書接前文，補敘當日施龍姑、孫凌波大鬧峨嵋後山飛雷洞之後的情節。當日孫凌波身遭慘死，施龍姑懷恨在心，狼狽逃走。等到陰素棠得到孫凌波的死訊，決要去向施龍姑問明情由，好作報仇打算，趕到姑婆嶺，到了施龍姑洞前，忽聽頭上有破空的聲音，兩道半青不白的光華如太白經天，直往洞中穿去。

陰素棠現在雖然失足走入邪道，畢竟出身崑崙正派。除了自己多行不義外，對於各派邪正分別頗清，這時看出來人是華山派中能手，暗忖施龍姑既嫁給了熊血兒，難道就不知道輕重利害，背了藏靈子師徒偷偷摸摸已是不可，怎便大招大攬，連華山派這一干色魔也延納了來？

陰素棠正在躊躇，忽聽有男女答語之聲由洞中傳出，待要避開已來不及。那出來的幾個男女，內中兩個女的，一個是施龍姑，一個是魔教中有名的「勾魂奼女」李四姑。還有三個男的，正是華山派幾個魔君：史南溪、「陰陽臉子」吳鳳、「兔兒神」倪均。一出洞便由施龍姑為首，搶上前來拜見。

當下一行人等進得洞去，施龍姑便含淚將孫凌波怎樣在飛雷洞前身遭慘死，自己同李四姑若非見機得早也步了她的後塵等經過情形說了一個詳細。原來施龍姑自從飛雷洞前漏網，逃到歸途路上，「勾魂奼女」李四姑遇見舊好「陰陽臉子」吳鳳，便約他相助報仇。吳鳳又轉約了毒龍尊者的師弟史南溪，再約了「兔兒神」倪均，一時群邪畢集，正在商議報仇之策，見陰素棠到來，自然大為歡迎，請陰素棠加入相幫。

陰素棠對報仇自是十分願意，但她畢竟見識廣，知道事非易與，只管唯唯否否，未下肯定答詞。一面又看各人親暱情形，不住拿話去點醒施龍姑。意思說她不要如此明目張膽胡為，藏靈子師徒不是好惹的。誰知施龍姑已為史南溪等淫魔邪術所迷，聞言強笑道：

「血兒他不顧我，把我一人冷冷清清的丟在此地。以前幾次要拜他師父的門，學些本領道術。想是他師父嫌我資質太低，不堪教訓，始終沒有答應。這次在峨嵋吃了外人的虧，差點送了性命，事後思量，皆是自己道行不濟之故。現在我和李四姑都拜在華山派烈火祖師門下，靜等祖師回山就行拜師之禮了！」

陰素棠聞言，便知龍姑因為貪淫，又恐後患，竟自毅然不顧一切，背卻丈夫投身到華山派門下！知她將來必無好果，錯已鑄成，無可再說。至於報仇，這些淫魔前去如能如願，更省得自己費事。否則等他們失敗回來，自己再廣尋能人為助，設法報仇，也免得沾他人的光，此時正好坐山觀虎鬥。人已死了，報仇何在早晚？自己羽毛未豐以前，何苦隨著他人去犯渾水！想到這裡，便推辭著到時再來，逕回棗花崖去了。

施龍姑此時，已無所忌憚，早已打定主意，異日熊血兒不知更好，只須等他回時，略避一些形跡。若如事情敗露，好在有華山派作為護符，索性公然與他決裂，省得長年守這活寡！

等陰素棠走後，三男二女五個淫魔，又會開無遮，任情淫樂起來。

過沒三日，約請的人陸續來到。除了華山派門下的「百靈女」朱鳳仙、「鬼影兒」蕭龍子、「鐵背頭陀」伍祿外，還有昔日曾在北海陷空島陷空老祖門下的「長臂神魔」鄭元規。

那鄭元規自從犯了陷空老祖的戒條，本要追回飛劍法寶將他處死，多虧他大師兄靈威叟再三求情，又給他偷偷送信，才得逃走。自知師父戒律素嚴，早晚遇上還是難討公道，便投奔到百蠻山赤身峒「五毒天王」列霸多門下。

妖邪乘著人多勢眾，個個興高采烈，以為憑著華山派烈火祖師傳授的「都天烈火大陣」，定然可將峨嵋攻下。公推史南溪主持一切。施龍姑想起還有些同道可邀來相助，但卻全撲了空，在回姑婆嶺時，見自己洞前暗赤光彩，殺氣騰騰，千百道火線似紅蛇亂飛亂竄，知是史南溪等在演習陣法。正要催動光華前進，忽然一眼瞥見離姑婆嶺還有三十餘里一座高峰絕頂上，有兩個人在那裡對坐。

施龍姑心中大奇，暗想：「那座峰上豐下銳，高出左近許多峰巘之上，似一根倒生著的石筍挺立天半。上面除了有些奇石怪松外，漫說是人，連鳥獸也難飛渡，尋常修道的人也不會上去盤桓。這兩人來頭想必不小！現在各道友正在姑婆嶺練法，莫要把機密被外人得了去。記得以前因採藥曾上去過兩次，有一次在無心中發現上面有一個洞穴，直通到半峰腰下，因那洞幽深曲折，洞底又是一個極深水潭，無甚用處，沒有再去。反正此時回山也沒甚事，何不就便前往探個動靜？」

當下便將劍光降低，仗著密雲隱身，緊貼著山麓飛行。頃刻之間到了峰底，急匆匆找著以前去過的那個洞穴，飛身入內。才一入洞，便見劍光影裡有一團大如車輪的黑影迎面撲來。一個不留神，差點吃那東西將粉臉抓碎！還算龍姑機警，忙運劍光去斬時，那東西已疾如電逝掠身而過，飛出洞外去了。

龍姑暗想：「無怪人說深山大澤，多生龍蛇。連這一個多年蝙蝠也會成精，竟然不畏劍光。自己一時疏忽，差點還吃牠傷了！」當時微覺左耳有些疼痛，因為急於要知峰上人的底細，並未在意，仍舊覓路前行。叵耐以前來路大都不甚記憶，兀自覺得洞中黑暗異常，霉濕之氣蒸薰欲嘔，一任自己運用玄功，劍光只能照見三尺里外，也不知飛繞了許多曲折甬徑，仍未到達上面。

末後總算依稀辨出昔日行路，算計不會再有差錯，剛飛上去約有十來丈左右，明明看見前面是一個岩窗，正待運用劍光飛身而上，忽地前額一陣劇痛，火花四濺！眼前一黑，許多碎石塊似雨點一般打來，同時自己的飛劍又似被什麼絕大力量吸收了去。剛喊得一聲「不好」，一陣頭暈神昏，支持不住，竟從上面跌下來，「撲通」一聲墜入下面深潭臭水裡面，水花四濺。

龍姑在水中掙扎，冒起水面，恰好看見自己的飛劍正從上面墜落。驚慌昏亂之中不暇細想別的，忙運一口真氣將劍光吸來，與身相合。仍舊騰身而起，忙取出隨身法寶，一面用法術護身，四下裡留神觀察。只覺出頭面上有幾處疼痛，餘外並無一絲一毫異狀，既無鬼怪，也無敵人在側，心中好生驚異。再仔細細飛向適才墜落的頂上一看，原來是一塊凸出的大怪石。黑暗之中看不甚清，連人帶劍撞將上去。飛時勢子太猛，正撞在自己頭上，將頭腦撞暈，墜落潭底。若換尋常的人，怕不腦漿迸裂死於非命！

那丈許大小的怪石也被劍光撞得粉碎，所以當時看見火星四濺，並非有什麼埋伏。暗怪自己魯莽，受這種無妄之災，還鬧得渾身臭泥臭水，好不喪氣！欲待回去更衣再來，一則不好意思對眾人說起吃虧之事，二則恐峰上的人離此他去。想了想，這般狼狽情形怎好見人？決計還是上去，只探明了實情就走。略將身上濕衣擰了擰，順手往臉上一摸，劍光照處，竟是一手鮮血！知道雖未受有重傷，頭皮已撞破無疑。自出娘胎修道以來，幾曾吃過這般苦處！不由冤忿氣惱一齊都來，越發遷怒峰上之人，好歹都要查出真相以定敵友。

人入迷途，都是到死方休，甚少回頭是岸。龍姑雖是異教，學道多年，功行頗有根柢，並非弱者。她沒有想想，一個飛行絕跡的劍仙，豈是一個大蝙蝠所敢近身？一塊山石便能將自己撞得六神無主，頭破血流，身墜潭底，連飛劍都脫了手的？

當下龍姑仍是一絲也不警悟，照樣前進。因為適才吃了大虧，不敢再為大意，一路留神飛行。偏這次非常順利，洞中也不似先前黑暗，頃刻之間已離絕頂只有一兩丈光景。恐被對方覺察，收了劍光攀援而上。到達穴口探頭往外一望，果然離身不遠有兩個人在一塊岩石上面對弈，旁邊放著一個大黑葫蘆，神態甚是安詳。

定眼一看，兩人都是側面對著自己。左邊那人是個生平第一次見到過的美少年。右邊那人是個駝子，一張黑臉其大如盆，凹鼻掀天，大眼深陷，神光炯炯，一臉絡腮鬍鬚長約三寸，齊蓬蓬似一圈短茅草，中間隱隱露出一張闊口，一頭黃髮，當中綰起一個道髻，亂髮披拂兩肩。只一雙耳朵倒是生得垂珠朝海，又大又圓，紅潤美觀。身著一件其紅如火的道裝，光著尺半長一雙大白足，踏著一雙芒履。手如白玉，又長又大，手指上留著五、六寸長的指甲，看去非常瑩潔。

駝子右手二指拈著棋子，沉吟不下，左手卻拿著那葫蘆往口裡灌酒。饒是個駝子，坐在那裡還比那少年高出兩個頭！要將腰板直起，怕沒有他兩人高，真是從未見過的怪相貌！

再細看那美少年，卻生得長眉入鬢，目若朗星，鼻如垂玉，唇似列丹，齒如扁貝，耳似凝珠，猿背蜂腰，英姿爽颯。再與那身容奇醜的駝子一比，越顯得一身都是仙風道骨，不由看得癡了。

駝子和那少年對弈的磐石在一株大松樹下。兩個黑缽裡裝著許多鐵棋子，大有寸許，看去好似一色，沒有黑白之分，敲在石上發出「叮叮」之聲。與松濤大風相應，清音娛耳。龍姑藏身的那洞穴也在一株松針極密的矮松後面，穴旁還有一塊兩丈多高的怪石。人立石後，從一個小石孔裡望出去，正看前面磐石和那兩人動作，石外的人卻絕難看到石後。

龍姑見有這種絕好隱蔽，便從穴口鑽出，運氣提神輕輕走向石後，觀察那兩人動靜。身剛立定，便聽那少年道：「晚輩還奉師命有事嵩嶽，老前輩國手無敵，現在業已輸了半子，難道再下下去，還要晚輩輸得不可見人麼？」

說到這裡，那駝子張開大口「哈哈」一笑，聲若龍吟。龍姑方覺有些耳熟，那駝子忽地將臉一偏，對著龍姑這面笑了一笑，越發覺出面熟異常。看神氣好似蹤跡已然被他看破，不由大吃一驚。總覺這駝子是在哪裡見過面的，並且不止一次，只苦於想不起來。

當時因為貪看那美少年的風儀，駝子業已回轉面去與少年談話，適才一笑似出無心，便也放過一旁，留神靜聽二人講些什麼。

那駝子對少年道：「你忙些什麼！白矮子此時正遍處去尋朱矮子到百蠻山赴東海三仙之約，你去嵩嶽也見不著，還得等他回來。此時趕去有什麼意思？還不如留此陪我多下一局棋，就便看看鬼打架豈不有趣？」

那少年答道：「既是家師不在嵩嶽，弟子去也無用。老前輩玄機內瑩，燭照萬象，此次三仙二老均為百蠻，不知妖孽可能漏網？」說時又在石的右角下了一子。

駝子答道：「此事奇絕，照說三仙二老，用長眉真人所傳的生死晦明幻滅陣，應無被妖孽漏網之理，但屢經推算，偏偏仍有不明不白之處，是則真天機不可洩漏了！」

那少年又道：「傳說青海教祖藏靈子也會前去湊熱鬧？」

駝子笑道：「藏矮子麼？我曾與他相遇，為了一個下流女孩子的母親是我舊友，如今又與他有點關係，還生了一場爭論。那女孩天生孽根，叛夫納淫，積惡日重，將來可能形神皆滅，所以趕來看看。」

那駝子說完了那一席話，兩眼漸漸閉合，大有神倦欲眠神氣。

龍姑先時雖在留神偷聽，一邊還貪看那美少年的風儀，僅僅猜定駝子雖不是峨嵋同黨，也決不是自己這一面的人，別的並未注意。後來聽出所說的有點像是藏靈子，也彷彿在說自己，越聽越覺刺耳！施龍姑如不是入迷途太深，聽聞駝子這一番話，驚魂散魄，痛改前非，再聽出那駝子與她母親有舊，若是上前跪求解免，何致遭受日後慘劫！

這時施龍姑卻只把一雙俏目從石縫之中注定那美少年，越看心裡越愛，色令智昏，竟看那美少年無甚本領。若非還看出那駝子不是常人，自己適才又不該不留神鬧了個頭破血流渾身血汗，幾乎要現身出去勾引一番才趁心意。正在恨那駝子礙眼，心癢難搔，猛想起：「看這駝子氣派談吐都不是個好相識，這峰密邇姑婆嶺，必已得了虛實。那美少年明明是峨嵋門下無疑，何不乘他不備，暗中給他幾飛針？倘若僥倖將他殺死，一則除去強敵，二則又可敲山鎮虎，將那美少年震住，就勢用法術將他迷惑攝回山去，豈不勝似別人十倍！」

龍姑隨即將頭偏過石旁，準備下手。因測不透駝子深淺來歷，誠恐一擊不中，反而有害，特地運用玄功，將一套「玄女針」隱斂光芒，覷準駝子右太陽穴發將出去。那金針初發時恰似九條彩絲，比電閃還疾。眼看駝子神色自若，只在下棋，並未覺察，一中此針，便難活命！

就在這一眨眼的當兒，那少年倏地抬頭望著自己這面將手一揚，彷彿見有金光一閃。那駝子先把右手一抬，似在止住少年，那金光並未飛出。同時駝子左手卻把那裝棋子的黑缽拿在手內，搭向右肩，朝著自己，駝子動作雖快，看去卻甚從容，連頭都不回望一下。

那棋缽非金非石，餘外並無異處。說時遲，那時快，龍姑的九根「玄女針」恰好飛到，只見一道烏光與針上的五色霞光一裹，耳聽「叮叮叮叮」十來聲細響過處，宛如石沉大海，無影無蹤！

龍姑大吃了一驚，這才知道輕捋虎鬚，駝子決不肯干休！剛想再用法寶飛劍防禦，駝子不知取了一件什麼法寶反擲過來。一出手便是一團烏雲，麟爪隱隱，一陣風般朝龍姑當頭罩去。龍姑忙使飛劍防身，欲待駕起遁光退避已來不及，當時只覺眼前一黑，身上一陣奇痛，神智忽然昏迷，暈死過去。

過了好一會，覺著身子被一個男子抱在懷中，正在溫存撫摩，甚是親暱，鼻間還不時聞見一股男子溫香。起初還疑是在夢中，微睜媚眼一看，那人竟是個美貌少年道士。眉若橫黛，目似秋波，流轉之間隱含媚態。一張臉子由白裡又泛出紅來，羽衣星冠，容飾麗都，休說男子，連女人中也少如此絕色！轉覺適才和駝子對弈的美少年，丰神俊朗雖有過之，若論溫柔美好則還不及遠甚！

尤其是偎傍之間，那道士也不知染的一種什麼香，自要令人聞了心蕩神搖春思欲活。見他緊摟纖腰，低聲頻喚，旁邊還放著一個盛水的木瓢，看出並無惡意，剛要開言問訊，那道士已然說道：「仙姐你吃苦了。」依了龍姑心裡還不捨得就此起身，到底與來人還是初見，既然醒轉，不便再賴在人家懷裡。才待作勢要起，那道士更是知情識趣，不但不放龍姑起身，反將抱龍姑的兩手往懷裡緊了一緊，一個頭直貼到龍姑粉臉上面挨了一下。

龍姑為美色所眩，巴不得道士如此，先還故意佯作起立，被道士連連摟抱，不住溫存，早已無力再作客套。只得佯羞答道：「適才被困在一個駝背妖道之手，自分身為異物，想必是道友將我救了！但不知仙府何處，法號是何稱呼？日後也好圖報。」

道士道：「我已和仙姐成了一家，日後相處甚長，且休問我來歷。適才見仙姐滿身血泥汙穢，是我尋來清水與仙姐洗滌，又給仙姐服了幾粒丹藥才得回生，請問因何狼狽至此？」

龍姑此時業已色迷心竅，又聽說道士救了自己，越發感激涕零，不暇尋思，隨即答道：「妹子施龍姑，就住前面姑婆嶺。路過此山，見有二人下棋，疑是敵人前來窺探，被內中一個駝背道人收去一套『玄女針』，又用妖法將妹子治倒。幸得道兄搭救，那駝子不知走了不曾？」

那道士又細細盤問了駝子經過，雖然臉上頻現驚駭之容，龍姑卻並未看見。等到龍姑說完，那道士忽然扭轉龍姑嬌軀，抱緊說道：「虧我細心，不然幾乎誤了仙姐性命和攻打峨嵋的大事呢。」

龍姑忙問何故？道士道：「我便是巫山牛肝峽鐵皮洞的溫香教主『粉孩兒霧香真人』馮吾，與烈火祖師、毒龍尊者、史南溪俱是莫逆之交。應了史南溪之約前來，正行之間，忽然看見下面山谷中有條似龍非龍，虎頭藍鱗，從未見過的異獸。落下遁光，那駝子正說要將你處死，是我用法寶飛劍將駝子二人趕走，將你攝到此地。用清泉洗去你臉上的血泥，又用我身帶仙丹將你救轉。只說無心之中救了一人，沒想到你便是姑婆嶺的施仙姐，真可算是仙緣湊巧了！」

龍姑這時已看清自己存身所在並非原處，又聽得那道士便是史南溪常說各派中第一個美男子，生具陰陽兩體的巫山牛肝峽「粉孩兒香霧真人」馮吾，一聽驚喜交集，全沒想到馮吾所言是真是假，連忙掙著立起身來下拜道：「原來仙長便是香霧真人，弟子多蒙救命之恩，真是粉身碎骨難以圖報。」

言還未了，馮吾早一把又將她拖向懷中，摟緊說道：「你我夙緣前定，至多只可作為兄妹稱呼，如此客套萬萬不可。」說罷，順勢俯下身去，輕輕將龍姑粉臉咬了一下。

龍姑立時便覺一股暖氣，觸體酥麻，星眼流媚，瞟著馮吾，只點了點頭，連話都說不出來！淫人蕩女，一拍便合，再為細表，也太汙穢筆墨，這且從略。

那馮吾乃是前文所說妖人陰陽叟的師弟。陰陽叟雖然攝取童男童女真陽真陰，尚不壞人性命，馮吾卻是極惡淫凶，天生就陰陽兩體，每年被他弄死的健男少女也不知若干。自從十年前與陰陽叟交惡之後，便在牛肝峽獨創一教，用邪法煉就妖霧，身上常有種迷人的邪香，專一蠱惑男女，仗著肉身佈施，廣結妖人增厚勢力，真實本領卻也平常。

那駝子卻是本書正邪各教前一輩三十一個能手中數一數二的人物，姓名來歷且容後敘。那美少年便是「追雲叟」白谷逸的大弟子岳雯。兩人都愛圍棋，因此結了忘年之交。這次駝子想起金針聖母友誼，特意到姑婆嶺點化施龍姑。先給她吃點苦頭，然後將她帶到落鳳山，交給屠龍師太善法大師。那屠龍師太是正派劍仙中非同小可的人物，原想託屠龍師太指點迷途管束歸正，誰知龍姑孽障重重，屠龍師太恰好他去，只剩徒弟眇姑和神獸虎面藏彪看守洞府。駝子將她交給眇姑，囑託一番，便即同了岳雯走去。

眇姑見龍姑一身都是血泥汙穢，駝子雖用了解法，尚未醒轉，想進洞去取點丹藥泉水與她服用，才一轉身，正遇馮吾從巫山趕往姑婆嶺，他並不知屠龍師太移居此山，一眼看見那神獸在谷中打盹，覺著稀奇。身才落下，便見岩上躺著一個面有血汙的女子，似乎很美，心剛動得一動，忽聽風雷破空之聲，看出是屠龍師太回山，嚇了個亡魂皆冒！幸而手疾眼快，忙將身形隱起。

屠龍師太也是著名辣手，近年不大好管閒事，萬沒料到有人敢來窺伺，一到使往洞中飛去。眇姑自然說了前事，就這問答耽誤，谷底神獸早聞見生人氣味醒轉，無巧不巧，馮吾行法太急，又正站在龍姑身前，連龍姑一齊隱起。馮吾先還只以為龍姑是屠龍師太新收弟子，自己既然沒被仇人看見形蹤，正可藉此攝去淫樂。一見神獸竄上崖來，不問青紅皂白，將龍姑抱定，攝了便走。

屠龍師太和眇姑聞得獸嘯，出洞一看，人已不見，只當龍姑自醒逃走，本就不願多事，並未追究。倒是馮吾淫賊膽虛，飛出好遠才另尋了一個幽僻山谷落下。尋來清泉洗去龍姑臉上血汙，竟是美如天仙，再一撫摸周身，更是肌理勻膩，滑不留手。起初還怕她倔強不肯順從，正要用妖法取媚，龍姑已自醒轉，極露愛悅之情。益發心中大喜，再一問明經過，才知還是同道，這還有什麼說的！隨便擇了一個山洞，盡情極致了一度，彼此都覺得別有奇趣，得未曾有。又互相摟抱溫存了一會，商量一同回轉姑婆嶺。

這時已是次日清晨，龍姑問起道路，才知離家已遠。兩人便一起駕遁光，手挽手往姑婆嶺飛去。到了洞前落下，馮吾忽然想起一事，喚住龍姑，低聲囑道：「見了史南溪等人，休提遇見駝子及自己半途相救情形，只說無心在雲路中相遇便了。」

龍姑不知馮吾連見屠龍師太都嚇得心驚膽裂，哪裡還敢去和那駝子交手！

把他先時的信口胡謅當成真言，竟以為他不願人知道和自己有了私情，故爾隱過這一節。本想對他說史、吳、倪等人一向俱是會開無遮，不分彼此，只要願意，盡可任性取樂，用不著顧忌。因已行到洞口，不及細說，恩愛頭上，自是百依百隨。笑著一瞟媚眼，略一點頭，便一同入內。

進洞一看，見裡面除了原有的人外，又新到了一個華山派的黨羽「玉杆真人」金沈子，也是一個生就玉面朱唇的淫孽。座中只「長臂神魔」鄭元規與馮吾尚是初見，餘下諸人見了馮吾俱都喜出望外，分別施禮落坐，一個個興高采烈，每日照舊更番淫樂，自不必提。

史南溪派出去約人的使者分東、南、西三路。東、西兩路所請的人俱已應約而至，只派往南路的人名叫「神行頭陀」法勝，卻未回來。此人百無所長，飛劍又甚尋常，僅有一件長處，是他在出家時節無心中得了一部異書，學會了一種「七星遁法」，能借日月五星光華飛遁，瞬息千里，飛行最快。

史南溪起初算計他去的地方雖遠，回來應該最快。誰知人已到齊，他請的人未來，連他本人也杳無音信，直等到第四日過去也不見回轉。知他雖然平素膽小怯敵，卻極善於隱跡遁逃，不致被敵人在途中擒殺。而且所約兩人乃是南海伏牛島珊瑚窩的散仙，「南海雙童」甄艮、甄兌，俱非尋常人物，萬無中途出事之理！想了想，想不出是什麼緣故，也不著人前往打探。以為峨嵋只幾個道淺力薄的後輩，獅子搏兔何須全力，南海雙童不來也罷，既然定了日期，決計到時動手就是。

光陰易逝，不覺到了第五日子正時刻。陰素棠因為事由孫凌波而起，不能不來，也如期趕到。她本人雖然一樣犯了色戒，不斷情慾，畢竟旁觀者清，一見這班妖孽任意淫樂，公然無忌，便料知此次暗襲峨嵋縱使暫時勝利，結局也未必能夠討好！早打定了退身之策，與眾人略為見禮，互道景仰，已到了動身時刻。一干妖人由史南溪為首，紛紛離洞，各駕妖遁劍光齊往峨嵋山飛雷洞前飛去。

這一干妖人只說峨嵋都是些後生小輩，縱有幾個資質較佳受過真傳，也不是自己一面的對手，何況又是潛侵暗襲，不愁不手到功成！沒料到他這裡還未動身，人家已得信準備。靈雲等人早就日夜留神，接著又連日接掌教夫人飛劍傳書指示機宜。唯金蟬、英瓊俱都有事羈身離山他去，這還不算，紫玲的獨角神鷲現在優曇大師那裡等用佛法去橫骨，神鵰鋼羽與靈猿袁星又因英瓊一走，也都跟去。

這三個雖是披毛帶角的畜生，卻都是修煉多年，深通靈性。要用來觀察敵情防守洞府，甚是得用。這麼一來，無殊短了好幾個有用的幫手。敵人勢盛，知道責任重大，哪敢絲毫大意！除將石、趙二人請來，連同仙府中原有諸同門妥慎計議，分力合作定下防守之策外，又命芷仙去將芝仙喚來，對牠說道：「仙府不久便有異派來此侵犯，志在得你和仙府埋藏的重寶。現在為你安全設想，你生根之處，雖然仙景最好，因為這次來的妖人俱非弱者，誠恐幻形隱身潛來盜你，容易被他發現。適才和秦仙姑商量，因你日常滿崖遊行，地理較我等要熟得多。著你自尋一所隱秘奧區，將你仙根移植，由秦仙姑再用仙法掩蔽敵人目光。你看如何？」

芝仙先時聞言，臉上頗現驚異之容。及聽靈雲說完以後，也未表示可否，逕飛也似的跑向若蘭面前，拉著衣角往外拖扯。眾人俱當牠要拖去看那隱秘地方，知牠除金蟬外，和若蘭、英瓊、芷仙三人最為親熱，所以單拉若蘭。靈雲、紫玲自是必須前往，餘人也多喜牠好玩，都要跟去。誰知眾人身才站起，芝仙卻放了若蘭，不住擺手，去向各人面前一一推阻，眾人都不解是何用意。

靈雲問道：「看你神氣，莫非只要申仙姑同你一路，不願我等跟去麼？」芝仙點了點頭。

靈雲知牠必有用意，又見牠神態急切，便不多問，攔住眾人，單命若蘭隨往。芝仙才喜喜歡歡張著兩隻又白又嫩的小手，跳起身往若蘭懷裡便撲。若蘭知道牠要抱，剛伸手將牠抱起，芝仙便急著往外連指，若蘭抱起芝仙走出洞去。

不一會，若蘭已抱了芝仙回轉。芝仙兩隻小手摟著若蘭頸子，口裡不住「呀呀」，也聽不出說些什麼，看神氣好似有些失望。

若蘭對眾人道：「芝仙帶著我去追一個周身雪也似白，長著火紅的一雙眼睛，抬腿時兩腿有蹄無爪，蹄上直泛銀光的小馬。可惜我心急了些，被牠借土遁鑽走了！」

紫玲忙細問了問那小馬形象，對眾說道：「天地生物，無獨有偶，本教昌明，所以迭有靈物歸附。那匹小馬是千年成形靈芝，據我猜想，芝仙和牠必是同類，惺惺相惜，恐為外人侵害，想連牠移植到仙府中來，與牠作伴。」

靈雲道：「若靈物該歸本派所有，遲些也無妨，我看繡雲澗那邊鄰近丹台，師祖仙陣在彼，敵人縱然偷偷進來也不敢輕易前去涉險。就煩蘭妹與紫妹在那裡尋一善地，今晚亥末子初二氣交泰之時，將牠仙根移植，用法術封鎖，破敵之後，再任牠自在遊行便了。」

當下各人用心戒備，過了兩日，若蘭、文琪又去逗芝仙玩耍，被芝仙帶出老遠，又見了那匹小白馬。若蘭忙運用法術禁制，終於擒住那匹小馬。帶了芝仙一起回轉，剛來到近崖前，便見下面飛雷洞被妖雲毒霧籠罩，石、趙二人不知去向。隱隱見有劍光飛躍，自己洞門這面站定靈雲、輕雲、紫玲、寒萼、朱文等人。除各人劍光外，靈雲手上「九天元陽尺」已化成百十丈金光異彩將洞門護往，正和飛雷洞上空十來個妖人對敵！

若蘭、文琪兩人正打算飛劍護身，衝破妖氣去與靈雲等人會合。身子還未飛投到那一片妖雲毒霧之中，那在飛雷洞上空的十來個妖人業已看見若蘭、文琪二人自側面峰頂飛來。

就中「鬼影兒」蕭龍子、「鐵背頭陀」伍祿兩人正閒著無事，見來的是兩個絕色女子，喊一聲：「眾道友，待我擒她！」首先從妖雲中飛將過來，一人放出一道半紅半黃的光華往若蘭、文琪飛去。

那一旁妖陣中，「長臂神魔」鄭元規和「粉孩兒香霧真人」馮吾，一個放起一片五色迷人香霧，一個放起一團烈焰，飛向對陣，卻被靈雲「九天元陽尺」光華阻住。眼看幾個絕色美女不能到手，正在垂涎焦躁，猛一眼看到後來兩個女子各人分抱著一個小人、一匹小馬，定眼一看，認出那正是千年靈芝幻成的芝仙、芝馬，心中大喜。也不招呼別人，不約而同的雙雙捨了對陣四人，竟自收轉火焰飛趕上去。

「長臂神魔」鄭元規來得快，長嘯一聲，將兩條手臂一振，倏地隱去身形，幻化成兩條蛟龍一般的長臂，帶著數十丈烈焰直撲吳文琪。同時靈雲等人也看清若蘭、文琪二人抱著芝仙和一匹小馬從側面高峰飛回。

紫玲忙道：「申、吳二位恐怕要失陷，大師姐們可用全力禦敵，待我前去救援！」言還未了，一展手中「彌塵旛」，早化成一幢五色彩雲，衝破妖雲，直達若蘭、文琪二人面前。

若蘭、文琪剛將劍光飛去敵那對面來的僧道，忽見飛來一團烈火，當中現出兩條長臂飛舞而至，後面還跟著一片五色彩霧，便知妖人厲害。自己還得分神去顧手上芝仙、芝馬，正愁難以脫身。忽見紫玲駕著一幢彩雲飛來，哪敢怠慢，連忙收轉劍光與紫玲會合一齊。鄭元規、馮吾眼看可望成功，忽見一幢彩雲似電閃般在眼前亮了一亮便即飛回，再尋敵人，哪有蹤跡！好生痛惜，只得重又回身來敵靈雲等人。

這時飛雷岩下倏地有兩道匹練般金光沖霄而上，接著便聽兩三聲慘呼過去，那金光頃刻布散全崖。史南溪帶了十來個妖人正在高處升起，疑是又來了什麼勁敵，也忙著飛遁開去。再往對陣一看，凝碧後洞站定的幾個人全都遁去，不見蹤跡。只剩數十丈高的金霞，燦爛全山，絲毫沒有空隙。猛聽史南溪叫囂呼喚，一同飛身過去。

史南溪見敵人法寶飛劍厲害，正在率領眾妖人佈置「都天烈火陣」法，忽然兩道金光沖霄直上，便知中了埋伏。不及施展法術抵禦，連忙率眾打算稍退時，那用法術困住崖上石、趙二人的「兔兒神」倪均，竟自不及退卻，陷在金光埋伏之內。同時「鬼影兒」蕭龍子、「鐵背頭陀」伍祿反身飛回，正遇金光驟起，一個被金光捲走，一個挨著一些，半身皮肉都被削去！

陰素棠離得較近，剛想去救，偏偏伍祿急痛攻心，神智昏迷，不往上空遁走，反倒往下墜落。陰素棠識得金光厲害，不敢過於冒險，眼看伍祿葬身金光影裡，敵人未傷分毫，自家人卻慘死了三個，一干妖人銳氣頓挫，只氣得史南溪與鄭元規怒發不止。

陰素棠見多識廣，看出那兩道金光是靈符所化，那是玄門仙法，只有長眉真人有此道力，疑心洞中尚有能人埋伏，越發萌了不求有功但求無過之想。偏那史南溪竟不肯知難而退，一見自己這面連遭失利，反而暴跳如雷，又看出金光起後並無能人出來應戰，敵人反而退卻。明明是預先留下保洞之法，使倆止此，如用妖法攻打，並不難將金光消滅，想到這裡，索性約齊妖人，不再用飛劍法寶和敵人爭鬥，各持妖旛按方位站定，由他與「長臂神魔」鄭元規、「粉孩兒」馮吾三人總領全陣妙用，施展「都天烈火陣法」，每日早、午、晚三次用神雷和煉成的先天惡煞之氣攻打飛雷崖和凝碧崖後洞。

陰素棠在眾妖人中最有本領，只陣法尚未熟諳，便請她領了施龍姑等在空中巡哨，以防敵人衝出求救。在這攻打期間，如敵人一干主腦不得信來救，決無敗理！卻不料那靈符竟是當年長眉真人飛升時節留下的九道靈符之一，連那封鎖前洞的靈符俱都各有無窮妙用，豈是他的妖法魔陣短期內所能消滅。

這時靈雲等人，聽見雷聲殷殷，金光上層似有烈焰彩雲飛揚，妖陣已然發動，暫時除了困守別無善法。留下紫玲姐妹與輕雲、朱文和那「九天元陽尺」防守後洞，以備萬一。靈雲同了若蘭、文琪回洞。

那匹芝馬一入山洞就十分馴順，一任芝仙騎著往洞內飛跑，絲毫也不抗拒。眾人因芝仙業已回轉，到了安全地方，便不再去管牠。

依了靈雲，妖人攻打不進，必然設法偷入，只專心在洞中等他前來落網，無須冒險出去迎敵。紫玲、輕雲俱以靈雲之言為然，朱文、寒萼卻不忿妖人猖獗，定要相機出戰。靈雲料知戰雖無功，也無大礙，便自由她。因靈符金霞籠罩全山，外人固攻打不進，裡面的人也不能衝破光團而出。便將「九天元陽尺」交與朱文，吩咐二人小心在意，稍得小勝便回，切勿貪功輕敵。妖陣厲害，最好借「九天元陽尺」護身出陣，再和妖人對敵。

二人領命興高采烈，將「九天元陽尺」往金霞中一指，立刻便有九朵金花、一團紫氣護住二人全身，連袂破空而上。金花紫氣過處，頂上金霞分而復合。上面一干人妖陣布好，滿以為敵人藉著靈符金霞隱蔽，不敢出戰。正準備到了預定時辰，運用烈火風雷猛力攻打。

華山派「玉杆真人」金沈子正把守陣的東面，猛見腳底霞光如萬丈金濤，突的往上升起有數十丈高下。金霞分處，飛起九盞金花一團紫氣，內中現出兩個絕色美女，雖然垂涎美色，也知道那九朵金花的厲害。正想運用風雷攔阻，敵人卻已由金花紫氣護身飛出陣去。

金沈子料這兩個女子定是逃出來求救，從自己陣地上遁走，於面子太不好看，忙駕妖光追上前去時，陰素棠領了施、李二淫女正在空中遊行防守。忽見金光、紫氣中擁著兩個女子，竟衝破妖陣飛身而出，也猜是去尋峨嵋主腦人物報警求救。雖知「九天元陽尺」厲害，一則自己既已與史南溪等暫時連成一氣，究屬不便坐視成敗。二則來的又是兩個無名小輩，就此讓她從自己手內遁走，豈不貽笑於人！正待飛身上前迎敵，施龍姑早看出昔日腰斬孫凌波那一干女子，便有來人在內，仇人相見，不問青紅皂白，便將兩套「子母針」對敵人打去。

只見九朵金花閃處，兩套十八根飛針如石沉大海，渺無蹤影。剛在驚愕痛惜，誰知敵人異常大方，破了金針之後，反倒將那金花紫氣收去，現出全身。指著施龍姑等罵道：「我姐妹二人一時無聊，出山遊戲，片刻間要回轉仙府，不想遇見你們這群妖孽阻我清興！如用玄天至寶和你對敵，顯得我姐妹倚著師長法寶來勝你們，忒顯得我姐妹法力不濟。有何本領只管施將出來，莫待我姐妹倦遊歸去，失了指望！」

言還未了，後面的「玉杆真人」金沈子業已趕到，同時施龍姑、李四姑兩個淫孽也將飛劍放出。

金沈子料知敵人非自己飛劍所能取勝，一追到便將手中拂塵一指，黑沉沉一片玄霜直朝寒萼、朱文飛去。寒萼、朱文剛將飛劍去敵施、李兩個淫孽，玄霜尚未臨頭，便覺身上一陣奇冷。朱文寶鏡業被金蟬、笑和尚借走，正懊悔不該聽信寒萼之言，恃強欺敵，將「九天元陽尺」收去。適才又說了許多狂話，不好意思再將尺取出。正在為難，喜得寒萼已將寶相夫人那粒金丹放將出來。一團其紅如火的光華飛入玄霜之內，所到之處，那淫穢汙惡邪嵐妖瘴所煉成的毒霜，竟被紅光融化成了極腥奇臭的水點，雨一般往峨嵋山頂落了下來。

金沈子原想用毒霜將二女迷倒，不想損了心愛之寶，一見不好，忙使法術收轉時，業已消融殆盡。心中大怒，只得收了拂塵，也將飛劍放出，會合施、李兩淫女，同敵朱文、寒萼。

那陰素棠本在躊躇，忽見來人輕敵，破了施龍姑金針之後反將「九天元陽尺」收去，暗罵好兩個無知孽障，有了玄天至寶不用，豈非自找無趣？及見朱文、寒萼放出飛劍去敵施、李、金三人，一個是餐霞大師嫡傳，一個是寶相夫人心法。旁門玄妙，卻加以峨嵋派的正宗傳授，果然變化無方，才知來人口出狂言，原有所恃。雖是暗中誇讚，畢竟二女劍術不在她的心上。見施、李、金三人不能取勝，喝一聲道：「大膽賤婢，敢在此猖狂！」手一指，一道青光宛若神龍出海，直往朱文、寒萼頂下飛去。

二女和施、李二人對敵，本可占得上風，添了一個華山派的能手金沈子，就覺只可勉強應付，不能取勝。忽又加上陰素棠修煉多年，深得崑崙派奧妙的兩口飛劍，怎是敵手？寒萼首先感到不支，尚幸來時早和朱文商量好了步驟，一見敵眾我寡，勢不能敵，恰好朱文也見出不妙，雙雙對打一聲暗號，寒萼忙從法寶囊內取出一件寶物，口誦真言往劍光叢中飛去。一出手便是一條數十丈長、三兩丈寬的五彩匹練，首先將陰素棠兩口青白光華絞住。

陰素棠一見寒萼施展當年天狐慣用的「巳寅九沖、小辰多寶」法術，才明白這女子竟與天狐寶相夫人有關，不知怎的會投到峨嵋門下？既用旁門幻術禦敵，足見敵人伎倆已窮。罵道：「左道妖法也敢來此賣弄。」說罷，將手往兩道青白光一指，立刻光華大盛。以兩條蛟龍糾結著那條彩練只一絞，「噺」的一聲便化成無數彩絮飛揚四散，映目生花，恰似飄了一天彩霧冰紈，絢麗無儔。

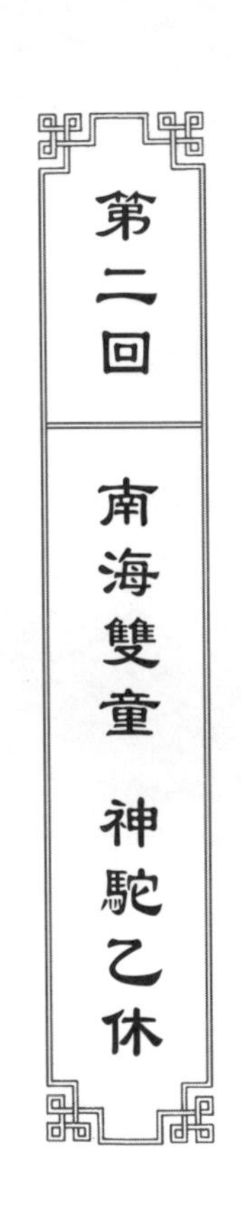

第二回　南海雙童　神駝乙休

陰素棠剛在快意，忽聽劍光叢中「哎呀」一聲，定睛往前一看，長袖一展，連人帶劍飛上前去。那青、白兩道光華立刻便漲有數倍，將施、李兩淫女護住。

就在這時，那邊妖陣上的史南溪也看出下面中有兩個女子飛出陣去。陰素棠和施、李、金四人兀自不能取勝。知道驟然上前迎敵，二女有「九天元陽尺」在身，未必能夠生擒。便暗使毒計，將妖陣暗中隱隱向前移動，容到將敵人陷入陣中再行發動，使他措手不及。

主意打定，正在施為之際，忽見「玉杆真人」金沈子中了敵人法寶落地，接著陰素棠又運用玄功施展平生本領去救護施、李二淫女，便知事有不妙。剛要飛身上前相助，猛聽一聲嬌叱道：「無知妖孽，暫饒爾等狗命，我姐妹要少陪了！」

史南溪一見敵人想走，又恨又怒，怪叫一聲，把手裡一面「都天烈火旗」往前一揚，口中念念有詞，立刻妖陣發動，千百丈烈火風雷似飛雲電掣一般合圍上去。誰知敵人早有防備，又是九朵金花一團紫氣飛起。所到之處，烈火風雷全部分散。眼睜睜看著那兩個少女衝破下面金霞飛回凝碧崖去，雖然暴怒，無法可施。那金沈子已在受傷時節被下面金霞捲落，料知無有生理！只不知敵人用的什麼法寶，竟自這般厲害！及至一見陰素棠，才知是當年天狐「寶相夫人」秦珊所練的白眉針。

寒萼那條錦帶，原是旁門一種速成法寶。不論何物，只須經過九個巳寅日便可練成。看去雖有數十百丈五光十色光芒，卻沒多大作用。不過這種旁門小乘法術，也經過一些時日祭煉。雖然遇上正經法寶飛劍不堪一擊，卻足能阻擋片刻功夫。行法的人見勢不敵，豁出犧牲數日苦功煉成的法寶被別人損壞，便從此乘隙遁走，再妙不過。

當下寒萼與朱文會在一齊，各駕劍光，仍在「九天元陽尺」金花紫氣擁護之下，衝破下面光層飛回洞去。靈雲、紫玲等人見寒萼、朱文一去多時，正在懸念，忽見二人面帶喜容飛回。問起出陣得勝情形，也甚心喜，便讚了寒萼幾句，寒萼自是高興，哪把妖人放在心上！靈雲、紫玲都主張得意不可再往，寒萼、朱文哪裡肯聽？只當時並未爭論什麼。

這頭一日，眾妖人因連遭不利，史南溪更是氣恨得暴跳如雷，儘量發揮妖陣威力。雖然有金光彩霞罩護洞頂，那烈火風雷之聲竟是山搖地震。眾人不敢怠慢，除若蘭、文琪要在太元洞左近埋伏外，餘眾人全都齊集後洞準備萬一。

寒萼、朱文幾番要想乘隙出戰，都被靈雲阻住。朱文還沒什麼，寒萼好生不滿！背著靈雲單人試了試，沒有「九天元陽尺」，用盡平生本領，竟衝不到上面去，這才作罷。

第二日起雖然沒出什麼事變，到第五日以後，護洞金霞卻越來越覺減少。敵人方面自然也是每日三次烈火風雷，攻打越急。漸漸可以從金霞光影中透視出上面妖人動作。休說寒萼、朱文等人，連靈雲明知「九天元陽尺」可以應付，也有些著慌起來。

寒萼更堅持靈符光霞銳減，縱不輕敵出戰，也須趁金光沒有消滅以前就便分身上去探一個虛實動靜，省得光霞被妖法消散，「九天元陽尺」只可作專門防敵之用，無法分身。靈雲也覺言之有理，仍由朱文拿著「九天元陽尺」陪了寒萼同去。

寒萼、朱文滿以為這次仍和上次一般，好歹也殺死兩個妖人回來。高高興興的走出洞外，將「九天元陽尺」一展，九朵金花一團紫氣護著二人衝破光霞飛身直上。這時正值敵人風雷攻打過去，上面盡是烈火毒煙。雖然金花紫氣到處，十丈以內煙消火滅。可是十丈以外只看出一片赤紅，看不出妖人所在。

兩人走時，靈雲原再三囑咐「九天元陽尺」固是妙用無方，妖陣也極為厲害。務須和上次一樣，不可深入，敵人追來再行迎敵。如見妖陣往前移動，不論勝負，急速飛回，以免被困！偏偏二人輕敵貪功心切，一見無人，以為妖人沒有防到自己隔了數日又復出戰，必定還在陣的深處，仗著「九天元陽尺」護身，逕往妖陣中央飛去。

前去沒有多遠，猛覺天旋地轉，烈火風雷同時發動！四圍現出六、七個妖僧妖道，分持著妖旛、妖旗，一展動便是一個大霹雷夾著畝許大小一片紅火劈面打來！且喜「九天元陽尺」真個神妙，敵人烈火風雷越大，金花紫氣也越來越盛。一任四圍紅焰轟發，烈火飛揚，罡飆怒號，聲勢駭人，絲毫沒有效用。

二人才略為放心，便想仍用前法誘敵出陣交手。

誰知妖人並不出陣，二人無論走向何處，烈火風雷都是跟著轟打。寒萼還想立功，幾次將「白眉針」放將出去，總見敵人身旁一道黑煙，一閃便沒蹤影。留神一看，原來是一個奇胖無比的老頭兒，周身黑煙圍繞，手裡拿著一個似鎚非鎚的東西，飛行迅速，疾若電射。每逢寒萼放針出去，他便趕到敵人頭裡，用那鎚一晃將針收去。

寒萼一見大驚，不敢再施故技。這才知敵人有了準備，無法取勝。暗道：「今日晦氣。」互打一聲暗號，打算原路飛回。

不料史南溪自從那日失利，一面用妖法加緊嚴密佈置，準備誘敵入陣再行下手。事前隱身陣內，並不出戰。同時這兩日內，又到了幾個極厲害的幫手。有兩個便是史南溪派「神行頭陀」法勝往南海伏牛島珊瑚窩去約來的「南海雙童」：甄艮、甄兌。還有一個便是破寒萼「白眉針」的陷空老祖大徒弟靈威叟。

甄艮、甄兌原是南海散仙，素常並不為惡。因前些年烈火祖師和史南溪往南海駝龍礁採藥相遇，正值甄艮、甄兌在誅那裡一條害人的千年鯊鯨。雖然用法術制住，兀自弄牠不死。被史南溪趁鯊鯨吐出元珠與甄氏兄弟相抗之際，從旁撿便宜，用飛劍從魚口飛入將鯊鯨穿胸刺死。因這一點香火因緣，就此結納。

以後，每一見面必談起峨嵋門下如何恃強欺凌異派。甄氏弟兄隱居南海多年不曾出山，各派情形不甚了了，激於情感，聽了心中不服，當時未免誇口說：「史道友異日如有相需之處，必定前往相助一臂之力！」當時只顧高興一說，後來又遇同道中之人一談，才知從小就以仙體仙根成道，僻隱海隅，見聞太少。那峨嵋派竟是光明正直，能人眾多，倒是烈火祖師和史南溪輩素常無惡不作，便對史南溪等冷淡下來。

及至這次法勝奉命相請約攻峨嵋，甄氏弟兄本不願去，一則不便食了前言，二則久聞峨嵋威名，想到中土來見識。弟兄二人一商量，去便是去，只是相機行事。仗著裂石穿雲之能，略踐前言則歸，拿定主意，不傷峨嵋一人，這才同了法勝前往。眼看快離姑婆嶺不遠，不料遇見一個駝背異人，將甄氏弟兄同法勝困住，冷嘲熱諷耍笑了一個極情盡致，所以遲到。

依了甄艮，頭次出門，還未上陣便栽筋斗，原想知難而退，甄兌卻主張好歹踐了前言再說，真個能力不濟，索性再投明師，學習道法去報駝子之仇，反正一樣掃興，總算對史南溪踐了前言。

三人依然上路，到了姑婆嶺，見洞門緊閉，又由法勝領往峨嵋。史南溪說了此來目的，甄氏弟兄一聽凝碧崖有成形肉芝，不禁心中一動，又值史南溪要命法勝前去偷盜，得便暗傷敵人，甄氏弟兄就便告了奮勇，願意一同前去。

那靈威叟卻是不約而至。原因當初「長臂神魔」鄭元規在陷空老祖門下犯了戒條，靈威叟因鄭元規有同門之誼，又有一次在無心中救過他的愛子靈奇。再三替他求情送信，免去許多責罰。誰知鄭元規狼子野心，逃走時節趁陷空老祖正在練法，不能分身追他，盜走許多靈丹法寶，又投身到「五毒天王」列霸多門下，無惡不作，害得靈威叟受了許多苦處。

靈威叟本來不願再和鄭元規見面，偏偏他愛子靈奇與人爭鬥，斷了一手，好容易向師父求了「萬年續斷」和「靈玉膏」將手腕接上，無奈精血虧耗太過，不能復原。再向師父去求靈丹時，陷空老祖卻說因他多事，被鄭元規盜走了一葫蘆靈丹，藥草雖已採齊，還得數年苦功去煉，自己不久也有災劫，所剩不多，要留著自己備用，不肯賜予。

靈威叟無法，猛想起鄭元規盜走師父靈丹不少，這幾年雖不來往，自己於他有救命之恩，何不去向他一要？及至到了崆峒山一問，鄭元規已被史南溪約往峨嵋，又趕到峨嵋後山飛雷崖上空才得相見。鄭元規反怪他年來不該和他冷淡，事急相求，須助他破了凝碧崖再說。

靈威叟無奈，只得留下，今日對敵，見來人用的是玄天至寶，甚為驚奇。後來又見放出「白眉針」，知道厲害。便用北海鯨涎煉成的「鯨涎鎚」將針收去。

朱文、寒萼見勢不佳，欲往回路遁走。不想史南溪在二女進陣時節已暗用妖法移形換嶽，改了方向。二女飛行了一會，才覺得不是頭路。寒萼一著急，便對朱文道：「我們已然迷了方向，休要四面亂撞！憑著天尺威力，往前加緊直行，總有出陣之時。好歹出陣看明白了再說。」說罷，二人一齊運用玄功，照直疾飛。

那妖陣原是隨時移動，二人先前一面退走，一面還想相機處治一兩個敵人，所以不覺。一經決定逃遁，畢竟「九天元陽尺」神妙無窮，不但所到之處火散煙消，眾妖人連用妖術法寶，全部都不能近身，竟被二人衝出陣去。用目一看，已離前洞不遠。知道難從後洞回去，又慮敵人知道前洞地點，正在且飛且想，眾妖人也在後面加緊追趕之際，忽然劈對面飛來一道奇異光華和一道紅線。

那光華竟攔在二人前面，將金花紫氣阻住！紅線卻往二人身後飛去，猛聽一聲大喊道：「史師叔請速回去，這兩個賤婢自有青海教祖來收拾她！」

一干妖人倒有好幾個認得來人是毒龍尊者的門人「瘟神」俞德，一聽藏靈子竟來相助，不由喜出望外。知道藏靈子脾氣古怪，一齊退出。

寒萼、朱文見金花紫氣被來人光華阻住，心剛一驚，不知怎的，神智一暈，朱文手中的「九天元陽尺」平空脫手飛去，同時那道光華便飛將上來，將朱文、寒萼圈住，現出一個容貌清奇、身材瘦小、穿著一件寬衣博袖道袍的矮道士，指著二女喝道：「誰是天孤遺孽，快通上名送死！免累旁人無辜受害！」

藏靈子正在喝問，忽見一片紅霞疾如電掣自天直下，眨眼飛進藏靈子光圈之內。接著便聽洪鐘般一聲大喝道：「好一個倚強凌弱的矮鬼！枉稱一派宗主，替你不羞！」

眾人定睛一看，紅芒影裡，一個身材高大，白足芒鞋，容貌奇偉的駝背道人伸出一雙其白如玉的纖長大手，也不用什麼法寶，竟將那光圈分開！近手處光華平空縮小，被駝子抓住一頭，一任那光華變幻騰挪似龍蛇般亂竄，卻不能掙脫開去。

駝子罵了藏靈子幾句，轉頭便對寒萼道：「你二人還不快走，由我與矮鬼算帳！」

朱文、寒萼失了「九天元陽尺」，已是嚇得魂飛天外，又被來人用劍光困住，正當危機一髮之際，忽見一片紅霞中飛來了救星，一照面便將敵人劍光破去。雖不認得那駝子是誰，知準是一位道行高深的老前輩，決非外人！一聞此言，朱文首先躬身答道：「弟子一根『九天元陽尺』現被妖人收去，還望仙長作主取回。」

駝子笑道：「都有我呢！你二人都不是矮鬼對手，那尺我自會代你二人取回，即速閃過一旁，免我礙手。」

朱文、寒萼不敢違拗，適才一與敵人劍光接觸已知厲害，既有前輩能人在場，不犯再拼，便駕遁光從駝子肘下穿將出去。駝子放過二女，將手一放，那光華便復了原狀。同時藏靈子也飛身過來收了劍光，正要另使法寶取勝，那駝子已指著喝道：「矮鬼且慢動手，聽我一言！」

藏靈子便即停了施為，指著駝子罵道：「你這萬年壓不死的駝鬼！我自報殺徒之仇，干你甚事？強來出頭，別人怕你，須知我不怕你。你說不出理來，叫你知我厲害！」

駝子聞言一些也不著急，嘻著一張闊口笑道：「藏矮子，我輩行事須要光明磊落，不當效那世俗下流，見財起意，乘人於危。秦女是你仇人，那餐霞道友的女弟子朱文和你有什麼殺徒之恨？卻倚仗一些障眼的法兒將她『九天元陽尺』搶去！你如以一派宗主自命，天狐二女不過微末道行，豈是你的敵手？如今別人家長不在家，你卻抽空偷偷摸摸來欺負人家小孩子，勝之不武，不勝為笑。自古迄今，無論正邪各教各派中的首腦人物，有哪一個似你這般沒臉！」

藏靈子怒道：「你這駝鬼素來口是心非，要我還尺，須適才那個女子親來，交你萬萬不能！」

駝子笑道：「你詞遁理窮，自然要拿話遮臉，我還給你一個便宜，諒你也不敢與二仙二老起釁！省你到時膽小為難，我要代替三仙二老作主，在中秋節前找著天狐二女，自往紫玲谷相候，作為你兩家私鬥，勝敗悉憑公理，我自勸三仙二老不來袒護，由我去做公斷，決不插手，你看如何？」

駝子說罷，便將手一招，將朱文喊了過來說道：「這位是青海派教祖藏靈子，適才搶去你的元陽尺，如今還你，還不上前接受。」說時，藏靈子早把袍袖一揚，「九天元陽尺」飛將過來。朱文忙用收法接住，恭身道謝，正要和駝子見禮，藏靈子已帶了俞德，口裡道：「駝鬼再見，容我將諸事辦完再和你一總算帳，休要到時不踐前約！」說完，一道光華破空而去。

朱文、寒萼一見駝子這大本領，雙方對答時藏靈子雖在口強，處處都顯出知難而退，不由又驚又喜，連忙相次上前拜見。駝子並不答理，將手一招，靈威叟飛落面前恭身下拜。

原來靈威叟起初見藏靈子趕來相助，因是師父好友，正準備隨了俞德上前拜見。猛見一片紅霞飛來，一個駝子用玄門「分光捉影」之法將藏靈子劍光擒住。定睛一看，認出來人是曾在北海將師父陷空老祖制服，後來又成為朋友的前輩散仙中第一能手。不禁嚇得涼了半截！

靈威叟記得師父平日嘗自稱並世無敵，只有駝子是他唯一剋星。知道此人好管閒事，相助峨嵋，一舉手間，史南溪這一般妖人立刻瓦解，見機早的至多只能逃卻性命而已！因這人手辣，不講情面，一意孤行，本想溜走。忽見駝子目光射處已然看見自己，暗想此時不上前參拜，日後難免相遇，終是不妙，靈機一動，想起此人靈丹更勝師父所煉十倍，與其去乞憐於忘恩負義的鄭元規，何如上前求他？主意一定，見兩下方在說話，便恭身侍立在側，見駝子招他，連忙上前參拜。

駝子道：「你是爾師承繼道統之人，怎麼也來染這渾水？我早知這些淫孽來此擾鬧，因不干我事，又不屑與小丑妖魔比勝，料他們也難討公道，不曾多事。適見藏靈子以強凌弱，才出面將他趕走。你見我還有事麼？」

靈威叟說了心事，駝子便取了一粒丹藥交與靈威叟，說道：「你有此丹，足救你子。如今劫數將臨，你師父兵解在即，峨嵋氣運正盛，少為妖人利用！這裡群孽，我自聽其滅亡，也不屑管，速回北海去吧！」

靈威叟連忙叩謝，也不再去陣中與群邪相見，逕自破空飛走。

駝子又喊朱文、寒萼起立說道：「我已多年不問世事，此番出山，實為端午前閒遊雪山，無心中在玄冰谷遇見一個有緣人。那時我恐他受魔火之害，將他帶回山去一問，才知他乃天狐之婿，我於靜中推詳原因，知道天狐脫劫非此子不可。就連我帶他回山，也有些前因後果，如今我命他替我辦事去了，不久便可回轉峨嵋。」

朱文、寒萼一聽司徒平當日在雪山是被眼前駝子帶走，心中甚喜。

駝子又道：「藏靈子記著殺徒之恨，必不干休，定要趕到紫玲谷尋你姐妹報仇。此事三仙二老均不便出面，我這裡有柬帖一封、丹藥三粒，上面註明時日，到時開看，自見分曉。凝碧仙府該有被困之厄，期滿自解。你二人回去見了同門姐妹，不准提起紫玲谷之事，不到日期也不准開看柬帖，只管到時依言行事，自有妙用。只齊靈雲一人知我來歷，現時洞中已有妖人潛襲，妖陣雖然尋常，你二人寡難勝眾，可從前洞回去便了。」

朱文、寒萼聽來人口氣，料知班輩甚高，自然唯唯聽命。等到聽完了話，方要叩問法號，請他相助早日解圍，駝子早將袍袖一揮，一片紅霞破空而去。回望山後妖焰瀰漫，風雷正盛，恐眾同門懸念，不敢久停，逕從前洞往凝碧崖前飛去。遠遠望見繡雲澗往丹台那條路上光華亂閃，疑心出了什麼變故，急忙改道飛上前去，近前一看，若蘭、文琪兩人正用絲條捆住一個頭陀，一人一隻手提著那頭陀的衣領，喜笑顏開的剛要飛起。

若蘭一眼看到朱文、寒萼二人飛來，便即迎上前去說道：「我二人奉命持了教祖靈符在太元洞側防守，也不知這賊和尚和兩個小賊用什麼妖法穿地進來，欲將芝仙盜走。我二人聞得地下響動，便將靈符施展。為首兩個小賊妖法飛劍都甚厲害，若非預先防備，幾乎吃了他的虧！如今已被教祖靈符發生妙用，引入丹台『兩儀微塵陣』去困住，等候教祖回山再行發落。只有這個賊和尚被我將他擒住，不願殺他汙了仙府，正準備去見大師姐請命處置呢。」說罷，四人一路，擒了那頭陀直往飛雷捷徑飛去。

到了一看，靈符金光靠後洞這一邊的已然逐漸消散收斂，只剩飛雷洞口一片地方金霞猶濃。敵人在意後洞，只管把烈火風雷威力施展，震得山搖地動，石破天驚，聲勢十分駭人。靈雲、輕雲、紫玲三人已各將飛劍放出，準備靈符一破，應付非常。因「九天元陽尺」被朱文、寒萼二人攜走，一去不歸，正在著急。一見四人同時從飛雷捷徑飛來，又驚又喜。剛要見面說話，猛聽震天價一個大霹雷夾著數十丈方圓一團烈火，從上面打將下來。洞口光華倏地分散，變成片片金霞朝對崖飛聚過去。烈焰風雷中簇擁著五、六個妖人風捲殘雲一般飛到。

眾人這一驚非同小可，正紛紛放出飛劍法寶抵禦時，靈雲連話也顧不得說，早將朱文手中的「九天元陽尺」接過。口念真言，將手一揚，飛起九朵金花一團紫氣，直升到上空將洞頂護住才行停止。

這時那九朵金花俱大有畝許，不住在空中上下飛揚，隨著敵人烈火風雷轉動。一任那一團團的大雷火一個接一個打個不休，打在金花上面只打得紫霧生霞，金屑紛飛，卻是越來光焰越盛。雷火一到便即消滅四散，休得想占絲毫便宜。眾人先時還恐靈雲獨力難支，及見這般光景，才行放心。

各人收了飛劍談說經過，才知敵人一面用那猛烈妖火攻洞，一面卻請「南海雙童」甄氏兄弟帶了「神行頭陀」法勝，運用他二人在南海多年苦功煉就的本能，窮搜山脈，潛通地肺，從峨嵋側面穿通一千三百丈的地竅，循著山根泉脈，深入凝碧腹地！三人在太元洞左近鑽將上來，打算乘人無力後顧之際盜走芝仙、芝馬。

幸而靈雲早已嚴密佈置，命若蘭、文琪二人在太元洞繡雲澗一帶持了教祖所賜的靈符遊巡守候。一直用心戒備間，忽聽「沙沙」幾聲過處，三道青黃光華一閃，從修篁叢裡飛起三個人來。為首一人是個頭陀，後面是兩個道童打扮的矮子。

這三人一出土，若蘭已看出那頭陀本領平常，後面的矮子卻非易與。先不露面，趁來人離了原地有十丈以外，口誦真言搶上前去。將靈符取出來往空一展，立刻一道金光飛起，瞬息不見。知道埋伏俱已發動，敵人退路封鎖，萬難逃遁，這才嬌叱一聲道：「大膽妖孽，已入樊籠，還不束手受縛！」

那來的三人正是「南海雙童」甄氏弟兄和「神行頭陀」法勝。才一出地面，便聽見一個女子的呼叱聲音，連忙回身一看，一個美如天仙的少女正從身後飛到，一照面便是一道青光飛來。甄兌喊一聲：「來得好！」也將一道青光飛起敵住。

那女子猛然又一揚手，便是數十溜尺許長像梭一般的紅光飛將過來。

甄艮一見，暗忖：「以前曾聽師長說過各派飛劍中像梭的，只有桂花山福仙潭紅花姥姥一人，乃是獨門傳授。這女子既在峨嵋門下，怎會有異派的法寶？」恐乃弟吃虧，一面將劍光飛出加陣，從法寶囊內取出師父所傳的鎮山之寶，用十餘對千年虎鯊雙目煉成的「魚龍幻光珠」，一脫手便是二十四點銀色光華，宛似一群碗大的流星在空中飛舞。及至與若蘭「丙靈梭」一接觸，倏的變幻了顏色。星光大如栲栳，輝映中天，照得凝碧崖前一片仙景，彩霞紛披，瞬息千變，浮光耀金，流芒四射！

那「丙靈梭」是紅花姥姥的鎮山異寶，雖能將敵人法寶阻住，但那光華太過強烈。一任若蘭煉就慧目，兀自被它射得眩眼生疼，不可逼視。心神稍一疏懈，飛劍光芒便受了敵人壓迫。文琪又被那頭陀絆住，不能飛劍相助，才知敵人果然厲害。想照先時打的主意憑自己法寶道力將來人生擒，決不能夠。只得微咬銀牙，將手一招，身劍相合。因為敵人法寶厲害，還不敢就將「丙靈梭」收回，仍用它抵擋敵人，一面往繡雲澗那面遁走，引敵入陣。甄氏弟兄焉知厲害，見敵人敗走，不暇思索追了下去。

雙方飛行迅速，轉眼已入繡雲澗口。見前面峭壁拂雲，山容如繡，清溪在側，泉聲淙淙。心中正誇好景致，忽然前面金霞一閃，那少女連她所用的「丙靈梭」和眼前景物全都沒了蹤影。用目四顧，到處都是白茫茫的，什麼東西也看不見，天低得快要壓到頂上。情知不妙，待要回身，哪裡都是一般。沒有多時，心裡一迷，忽一陣頭暈神昏，倒於就地。由此甄氏弟兄便陷身「兩儀微塵陣」內，直到乾坤正氣妙一真人回山才行將他放出，這且不提。

「神行頭陀」法勝本領平常，被文琪破了飛劍，慌不迭地剛要回身逃走，正趕上若蘭誘敵陷陣飛回，一見頭陀，哪裡容得，法寶囊內取出一根絲條，使用禁法，將手一揚，一道光華飛起，將法勝捆個結實。三個敵人一個也不曾漏網，大功告成。正遇朱文、寒萼到來，一同到後洞，見了靈雲等人說起經過。這時敵人妖陣壓罩之下，烈火風雷越來越盛，護洞金霞消逝殆盡。只剩風雷洞前石奇、趙燕兒存身的上空有畝許大一團光華，一任雷火攻打，依舊輝耀光明罷了。靈雲等人哪敢怠慢，一齊合力防守。

又過了幾天，司徒平忽然回來，各人大喜，問起經過，方知那日在玄冰谷岩上凹雪之中將司徒平帶走的人，便是巫山靈羊峰九仙洞的大方真人神駝乙休。乃是多年不曾出世，正邪各派之外唯一的高人。因為路過青螺，行至雪山頂上，見下面妖霧魔火瀰漫，無心中看出司徒平資禀過人，又算出與他有緣，一時心喜將司徒平帶回山去，傳了些道法。

司徒平感恩不已，乙休對司徒平道：「岷山白犀潭底住著我一個多年未見的朋友，你可拿一根竹筒，繞道前往潭邊，口中呼三聲『韓仙子，有人給帶書來了！』說完不可稍停，即將符柬投往潭內。無論有何動靜，不許回望，你可做得到？」

司徒平心想：「這有何難？」乙休又道：「你駕劍光到了岷山，便須下落，那潭在山背後，四圍峭崖，低處又陰森又幽靜，路極險峻難走。你須在山腳一步一拜拜到潭邊，路上必遇見許多艱危困苦，稍一心志不堅，便誤我事，你也有性命之憂，不可大意！如將此事辦成，我日後必助你如願成道，以酬此勞。」

司徒平從前在萬妙仙姑門下，見聞本不甚廣，惟獨這位「神駝」乙休的人名卻聽說過。明知他那大本領，卻命自己代他辦事，必非容易。不過這人性情古怪，絲毫違拗他不得。況又得了他許多好處，更是義不容辭！只得恭恭敬敬的跪謝領命。「神駝」乙休帶笑將司徒平喚起，另給一粒丹藥服下。

司徒平送走「神駝」乙休後，便獨自往岷山進發。到了山腳，落下劍光，照「神駝」乙休所指途徑，誠心誠意一步一拜的拜了上去。初起倒還容易，後來山道越走越崎嶇，從到時起直拜了一天一夜，一步也未停歇，還未走上一半的路，若換常人縱不累死，就這一路饑渴也受不了。總算司徒平修煉功深，又有靈丹增加體力，雖覺力困神乏，尚能支持。

他為人素來忠實，受人重託，知道前路艱難並不止此，除虔心跪拜外尚須留神觀察沿路動靜。先一、二日並無異兆，拜到第三天早上，拜進一個山峽之中。兩崖壁立，高有千丈，時有雲霧繞崖出沒，崖壁上滿生碧苔，綠油油莫可攀附。

行進越深，形勢越險，直累得司徒平足軟筋麻，神慵骸散，心裡卻絲毫也不敢懈怠，反倒越發虔敬起來。格外謹慎留神，摸一步拜一步的往前進行，猛然聞見奇腥刺鼻，定眼往前一看，一對大碗公大的金光，中間各含著一粒酒杯大小比火還亮的紅心，赤芒耀目，像一對極大的怪眼，一閃一閃的正緩緩往前移來，已自離身不遠。司徒平猜那金紅光華必是什麼凶狠怪物的雙目，這一驚非同小可，忙著便要將飛劍放出防身抵禦。

司徒平飛劍未曾放出，猛想起乙休的叮囑，收了放劍之想，又恭恭敬敬虔誠拜將下去。身才拜倒，妖物雖還沒有就撲到，身上那股子奇腥已然越來越近，刺鼻暈腦。正在危急，又聽到一種類似鸞鳳和鳴的異聲由前面遠處傳來。睜眼一看，前面光華已自緩緩倒退了去。金光紅芒耀眼，用盡目力也未看出那東西形相，只依稀辨出一些鱗角，彷彿甚是高大猙獰。

司徒平定了定神，仍向前拜去，走進一個山洞，已看到了一個極深的水潭。那潭大抵十畝，四面俱是危岩團團圍覆，逐漸往上收攏，到極頂中間形成一個四五尺寬的圓孔。天光從孔中直射潭心，照在其平如鏡的潭水上面，被四圍暗色一襯，絕似一片暗碧琉璃當中鑲著一塊璧玉。四壁奇石挺生，千狀百態，就這潭心一點點天光。那些危壁怪石，黑影裏看去彷彿到了龍宮鬼國，到處都是魚龍曼衍，魔鬼猙獰，飛舞跳擲，凶厲非凡，初看疑是眼眩，略一細看，更覺個個形態生動，磨牙吮血，似待攫人而噬！

司徒平知道不是善地，不敢多作流連。忙從身畔法寶囊中取出竹簡捧在頭上，默誦傳的咒語。剛剛念畢，猛見潭心起了一陣怪風，登時耳旁異聲四起，四壁魔物妖魔，龍蛇異獸一齊活動，似要脫石飛來，聲勢好不駭人，司徒平哪裡還敢絲毫怠慢，戰兢兢拜罷起身，雙手持簡，照乙休囑咐喊了三聲往潭中心擲了下去。簡才脫手，猛覺腰上被一個極堅硬的東西觸了一下，其痛非凡。

司徒平不敢回看，就勢默運玄功，駕起遁光就走！逕自回峨嵋來。司徒平回到峨嵋與眾人見面之後，互談了一陣經過，協助防守。

就在第二天，英瓊、輕雲、嚴人英從莽蒼山斬了妖屍，得了青索劍和溫玉，帶了米劉二矮和袁星的屍體趕回。

各人先往靈泉扶起英男，由英瓊與輕雲將她抱往太元洞內，放在石榻之上。英男雖得回生，仍是奄奄一息，近來日受靈泉陽和之氣浸潤，骨中冰髓逐漸融解，有了知覺。因未全體融化，反覺痛楚，不住皺眉咬牙喊疼。靈雲忙命英瓊取出溫玉。又命輕雲尋來芝仙，向牠求血。芝仙慘然應允。靈雲便取一塊玉玦，在芝仙左臂上輕輕割了一下，用玉瓶接了十來滴仙液。再取一粒仙丹，分為兩半，與芝仙半服半敷傷處。

靈雲將玉瓶對著英男的嘴灌服下去，然後命紫玲坐上榻去將英男濕衣解了，扶起靠在紫玲懷中坐定。再命英瓊取出溫玉放在英男兩足心中間，用兩手各握一足，緊緊夾攏。那玉實體只有鵝卵大小，微微帶扁，一出現便是紫光豔豔，時泛紅霞，滿室皆春，照得眾人面目眉髮時紅時紫。

英男先服了芝血下去，精神稍振。那塊溫玉一貼上了足心，立刻覺得千百絲暖氣由「湧泉穴」鑽入，直通筋絡，瞬息到了腿際。又覺一陣辣癢癢的通體舒泰。骨髓疼痛逐漸減輕。芝血又引著陽和之氣自上而下兩下會合行動，兩個時辰過去，精神大振。

大家治癒了英男，本該去救袁星。因九天元陽尺要守後洞不能取來應用，只得候至破敵之後再說。米劉兩矮自隨英瓊拜見靈雲等人之後，英瓊總覺自己資歷學行尚淺，越眾收徒，心內不安，便命等在凝碧崖前候命。子夜過去，英男身體逐漸康復，約計不消多少時日便可恢復安健。

到了第二天中午，紫玲首先持了「彌塵旛」，帶了英瓊、輕雲、人英三人與米、劉二矮飛出前洞。陰素棠與施龍姑兩人隱身空中，正在巡行，見山那邊一幢彩雲飛起，疾如電逝，轉眼快到面前，認得是寶相夫人的「彌塵旛」。知道敵人又來衝陣，依了施龍姑便要上前攔阻。陰素棠因此寶神妙無方，敵人如不收寶現身迎敵，有彩雲擁護，尋常法寶飛劍攻不進去，敵人卻可由內放出法寶飛劍應戰，有勝無敗。又加慧目看出彩雲中隱隱光華閃動，敵人來勢頗盛，此番不比上回，來者不善！史、鄭等人既非好相識，眼前形勢又決難討好，更加打點了退身步數，不肯去犯渾水。

看金針聖母情面，想將龍姑點醒，走時一路，又覺不好意思。只得巧說道：「敵人攻陣，並非衝出求援，正是自尋死路，我們先無須露面，容他過去堵他退路，豈不反勞為逸？」話才說完，那幢彩雲已到了近旁，一晃投入陣去。

龍姑見陰素棠連日神態消極，這時又不肯動手，好生不滿。正待開言，猛覺後面一片紅光照來，未及回身，便聽腦後有人大喝道：「妖孽勢窮力竭，劫數已在眼前，你還在此等死麼？」說罷，那一片紅霞已罩到龍姑頭上，也未看清來人是誰，只覺一陣頭暈神昏，便被來人用法寶攝去！

陰素棠先疑又有敵人暗使法寶，聞聲注視，紅光中現出一個高大道童，手持「紅慾袋」，朝著自己微一躬身，便將龍姑攝走，轉眼沒入天邊，只依稀剩雲際一絲殘紅影子。認得來人正是青海藏靈子的得意門人熊血兒，知道史、鄭等人定然凶多吉少，心中一動，也想退走。畢竟此時勝負未分，還恐異日相見不好意思。

遲疑了一會，及至降到陣前上空往妖陣一看，一道紫巍巍和一道青瑩瑩的光華，正似兩條神龍彩虹一般在陣中飛躍。所到之處妖氛盡散。定眼一看，不由大吃一驚，料知眾妖人必定瓦解無疑，縱然下去，也是有敗無勝，及早抽身，是為上策！便不再入陣，逕自借遁光回轉棗花崖去。不提。

第三回 因情生魔 痛失真元

且說紫玲等彩雲迅速，轉瞬便撞入妖陣中去。「彌塵旛」雖然神妙，畢竟不如「九天元陽尺」玄天至寶。又值雷火最烈之際，眾人在彩雲擁護中兀自覺得有些震撼，便將飛劍紛紛放起以備萬一。

這時四周都是一片暗紅，罡飆怒號，火焰瀰漫，一團團的大雷火直往下面打去，山搖地震，聲勢委實有些驚人。六人正行之間，忽地對面一個霹靂帶著十幾團栲栳大的烈火，疾如閃電打將過來，眾人有「彌塵旛」護身，也不禁晃了幾晃。

紫玲知是來了敵人，口誦真言，將手一指，六人全從彩雲中現出全身，各運慧眼定睛往前看去。雷火過處，對面飛來一個妖嬈道姑，手裡拿著一面紅旗，上面繪著許多風雲符籙，旗角上烈焰飛揚，火星滾滾，只一展動，便是震天價的霹靂烈火飛起打來。

這女子正是史南溪的新戀淫女，異教邪魔「追魂奼女」李四姑。因見史、鄭等人今日運用全力出戰，自己以前和施龍姑在飛雷崖前吃過峨嵋派的苦頭，自知能力不濟，敵人有「九天元陽尺」，迷人的妖術魔法又無處施展，特意向史南溪討了這個輕鬆差使，代他持著「都天烈火神旗」，從上面往下發揮雷火。

這旗經烈火祖師修煉多年，有無窮妙用，人一遇上，便成齏粉。李四姑雖知來人厲害，並不著慌。頭一次施展烈火風雷，正值紫玲等在彩雲中現出身來，並不知是敵人存心露面，還以為風雷收效，將彩雲沖散了些，說時遲，那時快，早二次又將風雷祭起。

紫玲知道烈火厲害，還在持重，打定有勝無敗的主意，想俟二次風雷過去再行下手。英瓊方聽紫玲說了一句：「那女子持的不是妖陣中的主旗麼？」早已忍耐不住，就在對面風雷二次又起之際，同時喊一聲：「周師姐，還不動手，等待何時！」

二人劍光原已放出，英瓊說完，紫郢劍首先飛起。輕雲的青索劍也跟著出去，兩條劍光才一離開雲幢，便似長虹亙天，神龍出海。一紫一青兩道光華會成一道異彩，擴展開來似電閃亂竄。迎著烈火風雷掣了兩下，立刻雷散煙消。更不用人指揮，就勢掇轉頭往前駛去。倏地光華大盛，燭地經天，因為去勢太疾，淫孽李四姑連看也未看清，只覺眼前紫青色光華一閃，登時連人帶手中拿的「都天烈火神旗」同時被青紫光華絞住，血肉殘焰雨落星飛，就此一齊了賬，「噯呀」之聲都未喊出！

眾人破了妖旗，見陣中餘焰未消，先不下去。各人運用法寶飛劍，隨紫郢、青索兩道劍光驅散妖氛。只見光霞瀲灩，所到之處如飄風之掃浮雲，立見消逝。

在洞中守候的靈雲等人，也紛紛祭起法寶飛劍衝殺出來，一干淫孽如何能是敵手？「九天元陽尺」九朵金花到處，金光閃耀，眾妖人紛紛被金光捲進，化為輕煙，形神皆滅，只有史南溪、鄭元規法力較高，見機逃走。

這時妖雲盡散，清光大來，仙山風物依舊清麗，嵐光水色幽絕人間，除了地下妖人的屍身和血跡外，宛然不像是經過了一番魔劫的神氣。及至到了飛雷洞前一看，好好一座洞府已被妖人雷火轟去半邊。靈雲見飛雷洞受了重劫，非一時半時所能整理，又恐妖人去而復轉，後洞仍須派人輪流防守，便問：「何人願任這第一次值班？」

紫玲方要開言，寒萼先拿眼一看司徒平，搶著說道：「妹子願任首次值班。但恐道力不濟，平哥新回，不比眾姐妹已受多日勞累。他又有乙真人賜的『烏龍剪』，意欲請他相助妹子防守後洞，料可無礙，不知大師姐以為勝任否？」

靈雲因善後事多，又忙著要救石、趙二人和袁星，知道她二人夙緣，寒萼要借此和司徒平敘些闊別，略一思索便即答應。留下寒萼、司徒平防守後洞，大家一齊回轉太元洞去。

司徒平知道寒萼有些拗性，雖覺她此舉有些不避形跡，卻也不以為怪。紫玲聞言卻是大大不以為然，又聽寒萼當了眾人喚司徒平做「平哥」，形跡太顯親密，不顧別人齒冷。雖說眾同門都是心地光明，總是不妥。又知二人孽緣牽縛，寒萼心浮性活，萬一失檢，連自己也是難堪。心中好生難過！本想攔阻，無奈靈雲已然隨口答應，只得走在後面，回頭對寒萼看了幾眼。寒萼心裡明白紫玲用意，不禁又好氣又好笑，裝作不知，把頭偏向一邊去。

眾人回轉太元洞，靈雲拿著「九天元陽尺」去救袁星。先在口裡塞了靈丹，誦罷真言，將尺一指，九朵金花和那一團紫氣便圍著袁星滾轉起來。不消片刻，袁星怪叫一聲，翻身縱起。一見主人同眾仙姑齊齊在側，知是死裡逃生，忙又跳下榻來跪倒叩謝。靈雲道：「你這次頗受了些辛苦，快出外歇息去吧，少時還有事你做呢。」

且說寒萼、司徒平等人去後，便並肩坐在後洞外石頭上面敘說別後經過。二人原有夙緣，久別重逢，分外親密。司徒平畢竟多經憂患，不比寒萼童心猶在，見寒萼舉動言語不稍顧忌，深恐誤犯教規，遭受重罰，心中好生不安，卻又不敢說出。

寒萼早看出他的心意，想起眾同門相待情節，顯有厚薄，不禁生氣，滿臉怒容對司徒平道：「我自到此間，原說同門一家，自然一體待遇。若論本領也不見得全比我姐妹強些，偏偏他們大半輕視著我！」

司徒平惶惑道：「不至於吧？」

寒萼冷笑一聲，道：「那次得那『七修劍』，連不如我的人全有，但只不給我一口！明明看我出身異教，不配得那仙家寶物。更有大姐與我骨肉，卻處處向著外人，你道氣人不氣？只說等你回來訴些心裡委屈，誰知你也如此怕事！我也不貪什麼金仙正果，仙人好修，這裡拘束閒氣卻受不慣。遲早總有一天把我逼回紫玲谷去，有無成就，委之天命罷了！」

司徒平知她愛鬧小性，眾人如果輕視異類，何以獨厚紫玲？不過自己新來，不知底細，不便深說，只得用言勸解，說的話未免膚泛不著邊際。寒萼不但沒有消氣，反倒連他也嗔怪起來。

司徒平見她翠黛含顰，滿臉嬌嗔，想起紫玲谷救她時許多深情蜜意，心中好生不忍，不住的軟語低聲，溫言體慰，說道：「我司徒平百劫餘生，多蒙大姐和你將我救活。慢說犧牲功行同你回轉紫玲谷，就是重墮泥犁，也所心甘。無奈岳母轉劫在即，眼巴巴望我三人到時前去救她，此時負氣一走，不但有理變作無理，岳母千載良機，豈不為我二人所毀？」

寒萼冷笑道：「你哪知道！聽大姐素常口氣，好似我不知如何淫賤似的。只她一人和你是名義上的夫妻，將來前途無量。似我非和你有那苟且私情不可！慢說正果，還須墮劫！卻不想我們這夫妻名頭既有母親作主，又有前輩仙長作伐，須不是個私的！再過兩日看看，如果還和以前一樣，我寧受重譴，也是非走不可的！」

司徒平見她一派強辭奪理，知道一時化解不開，只得勉強順著她說兩句。原想敷衍她息了怒，問明紫玲之後再行勸解。偏巧紫玲飛來，一眼看見二人並肩同坐，耳鬢廝磨，神態甚是親密。知寒萼情魔已深，前途可慮，不禁又憐又恨。寒萼笑著招呼了一聲，仍如無事，司徒平卻看出紫玲不滿神色，臉漲通紅。

當下紫玲略為招呼，就此走去。寒萼等紫玲走後，又談到自己遇神駝乙休相救一事，道：「乙真人還賜了三粒仙丹、一封束帖，吩咐到日才許開看。他又說你和他有緣，他定助你成功。適才又聽你說他也賜了你一封束帖，開示日期與我正同，都是應在十日之後。」

寒萼道：「我聽大師姐和申若蘭師姐說起乙真人來歷，真是神通廣大、法力無邊，此人並不拗性，人所以為不能的，只要得他心許，無論如何艱難的事都要出力辦成。比了怪叫化凌真人的性情還要古怪，不知是不是？」

司徒平道：「乙真人本來不過身材高大，容顏奇偉，背並不駝。因為屢次逆天行事，被幾個能手合力行法暗算，移山接嶽，將他壓了四十九年。幸而他玄功奧妙，只能困住，不能傷他，反被他靜中參透大衍天機，一元妙用。等到七七功行圓滿，用五行先天真火煉化封鎖，破山出世。當初害他的人聞信大半害怕，不敢露面。誰知他古怪脾氣，反尋到別人門上道謝。說是沒有當初這一壓，他還不能有此成就，只要下次不再犯到他手內，前仇一概不記。內中有一個便是凌真人，反和他成了至好朋友！」

寒萼道：「齊師姐說他還有一個妻子，與他本領不相上下，百十年前不知為何兩下分開，沒有下落。他素常還愛成人婚姻，且等到時開看，柬上的話定於我們有益。」

司徒平也把代他拜上岷山之事詳細說明。正談得高興，忽見若蘭、朱文飛來，說是奉了大師姐之命，代他二人接班防守。

寒萼見紫玲才去不久，便有人來接替，又起疑心，遲疑氣悶了一會。正要轉身回洞，忽聽遙天一聲長嘯，甚似那隻獨角神鷲。

寒萼連日正在惦記，飛身空中，循著嘯聲迎上前去一看，新月星光之下，彩羽翔飛，金眸電射，從西方穿雲御風而來，轉眼便到了面前，正是那隻獨角神鷲。爪上還抓著一封書信，心中大喜，便跨了上去。飛近洞口，便喚：「平哥，你去太元洞相候，我騎了牠由前洞下去。」說罷，駕了神鷲逕飛前洞，在凝碧崖前降落，見一干同門正在比劍。

紫玲早迎上前來問道：「神鷲是怎樣回來的？」寒萼並不回答，只將神鷲帶來「神尼」優曇大師的書信遞給靈雲。

拆開一看，優曇大師在信中說神鷲橫骨已然化去，可與神鵰佛奴的功行不相上下。知秦氏姊妹還有用牠之處，特命牠飛回。

靈雲因仙府開府在即，自是小心在意，每日督促同門用功，到第七八天上，妙一夫人忽然回山布置了一番，住了兩日，囑咐靈雲一陣才行離去。先後又來了許多同行，不下百十位，大家聚在一齊，新交舊雨，真是一天比一天熱鬧。每日歡聚一陣，不是選勝尋幽，便由靈雲紀登為首，領了眾人練習劍法，互相切磋砥礪，功行不覺大進。

這其間只苦了寒萼、司徒平兩個。因為紫玲見她一味和司徒平常時廝守在一處，外表上儼然伉儷一般，怕她因情生魔，墮了魔孽，壞了教規，不時背人勸誡。誰知寒萼暗怪紫玲不應常時給她難堪。這一責難過甚，反倒嫌怨日深。

司徒平左右為難，無計可施。偏偏又遇見一個喜事的「神駝」乙休，給二人各留了一封柬帖。到日二人借著防守後洞之便，將柬帖打開一看，除了說明二人姻緣前定以外，並說藏靈子定要到紫玲谷報殺徒之仇，秦氏姐妹本非敵手，就連峨嵋諸長老也有礙難之處，不便出面相助。乙休憐二女孝恩和司徒平拜山送簡之勞，準定到時相助一臂，命二人只管前去，必無妨礙！

二人看了大喜，忙即向空拜過。本想和紫玲說知，偏巧紫玲因今早不該二人值班，卻雙雙向靈雲討命願代別人往後洞防守，起了疑慮，暗中趕來。見二人在那裡當天拜跪，更誤會到別的地方，便上前盤問。語言過分切直了些，惱了寒萼，也不准司徒平開口，頂了紫玲幾句嘴，說明自己不想成仙，要和司徒平回轉紫玲谷去。紫玲也氣到極處，沒有詳察究理，以為二人早時必定鬧出事來。既是甘心自棄，無可救藥，莫如由她自去，省得日後鬧出笑話！

紫玲心裡原諒司徒平是為寒萼所逼，還想單獨勸解。不料寒萼存心嘔氣，也不容人說，立逼著司徒平隨她飛走，不然便要飛劍自刎，司徒平知她性情，無法挽轉，好在有「神鵰」乙休作主，且等事完之後勸她姐妹言歸於好。當下便與紫玲作別，隨了飛去。

紫玲氣在頭上，竟沒有想起寶相夫人轉劫之事。因後洞無人，只得代為防守。二人剛走不久，忽然想起救母事大，正值輕雲、文琪遊玩回來，紫玲匆匆請她二人代為看守，忙即回轉太元洞，正遇靈雲、英瓊、若蘭、英男四人在洞外閒談。

紫玲略說經過，問該如何處置？靈雲說道：「他和瓊、蘭二師妹情感甚好，可著她二人前去勸她回轉便了。」二人領命去後，紫玲終覺不妥，執意要去。靈雲阻她不住，想起優曇大師那封書信曾有「神鷲備用」之言，便命騎了同去。去時三人先後遇見金蟬、石生、莊易、笑和尚等回山，前已表過，不提。

且說司徒平和寒蕚二人，劍光迅速，沒有多時，已飛近紫玲谷上空。剛落在岩前，忽見一片紅霞從身後照來，知道不妙，剛要回身，猛聽身後有人喝道：「無知賤婢，今日是你授首之期到了！」寒蕚、司徒平雙雙回身一看，面前站定一個面容奇古的矮小道人，寒蕚認出是青海派教祖藏靈子。那日與朱文拿了九天元陽尺去撞史南溪的妖陣，嚐過厲害，心中未免有些作慌。

這時二人身子已被紅雲照住，只得硬著頭皮挺身說道：「青海教祖休要逞強，貴高足師文恭朋惡比匪，殺害生靈，無惡不作，雖被愚姐妹用『白眉針』將他打傷，此時同黨惡人如肯約請能人施救，並非不治。不思這些同惡妖孽，乘人於危，將他斷體慘死。即此而論，貴高足縱不遇姐妹，已有取死之道！教祖不明是非，放著首惡不誅，卻與一、二弱女子為難，只恐勝之不武，不勝為笑！」

藏靈子怒罵道：「大膽賤婢，死在目前，還敢以巧語花言顛倒是非！孽徒師文恭命喪毒手，罪有應得，我決不加袒護。汝姐妹倚仗天狐遺毒，用此惡針為禍人世，我尋汝姐妹，乃是除惡務盡，為各派道友除害！我姑且網開一面，容你半日，看你有何伎倆，只管使將出來，看你能否逃脫羅網？這半日之內，汝姐若不來，便是規避，我自會前去尋她！」說罷，怒容滿面，將袍袖一揚，一道光華閃過，藏靈子蹤跡不見。

司徒平方要開口說話，寒蕚使眼色止住，與司徒平飛落谷底，直奔裏面一看，後洞藏寶之處被紫玲用法術封鎖。寶相夫人當年遺留的兩件禦敵之寶和一副保山保命的陣圖全都不能取出。這一急非同小可，後悔來時應當與紫玲說明，約了同行，不該負氣任性。少了這副陣圖，能否禦敵，實是未知之數！

想了一想，寒蕚倏地把心一橫，暗想是福不是禍，是禍躲不過，總須和藏靈子一拼。既有「神駝」乙休答應事急相助，想必不致便遭凶險。好在還有一會，便對司徒平道：「禦敵之寶被大姐封鎖，事在緊迫，至多挨過兩三個時辰便要應敵，全憑齊仙姑這個霞障保命了。如果敵人厲害，寶障無功，乙真人來早還好，若是來遲，我兩人性命休矣！不但連累了你，還誤了母親飛升超劫大事，如何使得？那藏靈子與你無仇無怨，你如回山，必不阻攔。你可趁此時速返峨嵋，我憑齊仙姑霞障與母親先天金丹至寶，與那矮鬼決一死活，存亡委之命數，以免為我誤了母親大事！」

司徒平道：「寒妹切莫灰心短氣，乙真人妙術先知，決無差錯，既命我二人到此，必有安排。他柬上原說要約大姐同來，雖你一時負氣疏忽了一步，須知我二人仙緣前定，生死都在一處。昔日在往岷山以前，乙真人曾對我說過，我重劫大災業已過去，如今只有一難未完，決無死理，難道你死我還獨生？寒妹休要過慮！」

寒萼未始不知司徒平在此一樣凶多吉少，但口裡雖強迫他走，心裡卻正相反。人在危難之中，最易增進情感。兩人這一番攜手並肩，心息相通，說的又盡是些恩深義重盪氣迴腸的話，在不知不覺中平添了許多柔情蜜意，連二人也不知怎的，雖未公然交頸，竟自相倚相偎起來。

藏寶之處既被紫玲封鎖，更無別的準備，寒萼仍不住在催司徒平快走，因是口與心違，司徒平天生情種，到這種急難關頭，分明並命鴛鴦，更是何忍言去？一陣推勸延挨，不覺快到時候。

寒萼心想：「與其坐以待斃，何不出谷應戰？」見司徒平執意不走，便道：「平哥你既如此多情急難，反正死活我二人都在一起。那矮鬼好不厲害！那日朱師姐拿著『九天元陽尺』，玄天至寶竟被他奪去。尋常飛劍法寶全用不得，白白吃他損壞。此番上前，但盼齊仙姑霞障有功，我二人還可苟延性命，否則不堪設想！如等他來，倒顯我怯敵怕他，上去吧！」

一邊說著，上了谷口抬頭一看，崖頂一角隱隱見有紅霞彩雲混著一團，才知紫玲已然趕到，先與藏靈子動手，「彌塵旛」被敵人困住，不由起了敵愾同仇之心，把成敗利鈍置之度外，口中念動真言，正待展開霞障護身，駕遁飛起，忽聽頭上喝道：「秦家賤婢既敢出面，有何伎倆只管使來！汝姐已將伏誅，我已設下天羅地網，不怕你逃上天去！」一言還未了，一片紅霞隨著罩將下來。

幸是寒萼防備得快，同時也將霞障展開迎上前去。那齊霞兒的「五雲仙障」，原是優曇大師鎮山至寶，又經霞兒多年修煉，真是神化無方。初起時只似一團輕綃，及至被紅霞往下一壓，便放出五色毫光，百丈彩霞，將二人周身護住。二人知難上去，便在谷底摟抱坐定，靜候外援。不提。

紫玲來時，在半途遇見前輩劍仙，衡山金姥姥羅紫煙。金姥姥與天狐寶相夫人份屬至交，看出紫玲有難，將衡山鎮山至寶「納芥環」借給了紫玲。紫玲一趕到，便見藏靈子在岩上，正待施為，藏靈子一見紫玲，也不打話，兩手合攏一搓，將那多年辛苦，用先天純陽真火煉就的「離合神光」發揮出去。化成數十丈紅霞，向紫玲當頭罩到。紫玲早有防備，一面展動彌塵旛護住全身，暗中唸誦真言，又將金姥姥新賜的「納芥環」放起。

那玄門異寶果然妙用無方。大約寸許的小圈兒，一出手便變成青熒熒一圈畝許寒光。在彩雲擁護中將紫玲全身套定。一任藏靈子運用神光化煉，竟是毫無覺察。

紫玲暗中留神觀察，靜等寒萼、司徒平出來。如二人能見機逃走更好，不然自己運用玄功飛移前去，連他二人一齊護住以待救援。誰知敵人厲害，哪能容她打算？待沒多一會，忽見藏靈子手一搓一揚，分起一片紅霞飛向崖下。紫玲待要移動，猛覺身外阻力重如泰山，雖然二寶護身不受傷害，卻是上下四方俱被敵人神光困住，休想挪動分毫！由此紫玲姐妹與司徒平三人分作兩起，俱被藏靈子的神光困住。

藏靈子運用玄功，發揮神光威力，待把敵人煉化。幾天功夫過去，果然兩處法寶光華逐漸減退，也無後援到來，心中甚喜，第七天頭上，紫玲雖然看出身外彩雲減退了些，「納芥環」青光依舊晶瑩，還不覺得怎樣，那寒萼與司徒平二人仗著齊霞兒的仙障護身，先時只見頭上紅霞低壓，漸漸四面全被包裹，離身兩三丈雖然彩煙霞霧擁護，但是被那紅霞逼住，不能移動分毫。因紫玲有「彌塵旛」護體，「五雲仙障」又將神光敵住，以為時辰一到，自會脫難，仍和司徒平說笑如常，全不在意！

二人感情本來極好，又有前世宿緣和今生名分，寒萼更是秉乃母遺性，一往情深。不過一方有乃姐隨時警覺，一方又老成持重，熟知利害，不肯誤人誤己，所以每到情不自禁之時，二人總是各自斂抑。這種勉強之事原難持久，何況患難之中，形影相依，鎮口不離，那情苗不知不覺的容易滋潤生長。果似二人預料僅止略遭困厄，並無危難，還可無事。誰料到第三日，護身仙霞竟自逐漸低減，這才著慌起來。

初時，二人還互相寬解，說既是一番災劫，哪能不受絲毫驚恐？乙真人神通廣大，事已前知，到了危急之際必定趕到相助。及至又困候了兩天，外援固是杳無消息，護身仙雲卻只管稀薄起來。那敵人的紅霞神光還在離身五、七尺以外，已自有了感應。漸漸覺著身上不是奇寒若冰，冷浸骨髓，便是其熱如火，炙膚欲裂。一任二人運用玄功祛寒摒熱，又將劍光放出護身，俱不生效，這是中間還隔有仙障煙霞，已是如此。萬一仙障被破，豈能活命？

似這樣苦死支持，度日如年，又過了兩夜一天。眼看護身仙雲被敵人神光煉退，不足二尺。危機頃刻，不定何時仙雲化淨，便要同遭大劫！司徒平為了二女，死也心甘，還強自鎮靜，眼巴巴盼「神駝」乙休來到。

寒萼自從仙雲減退，每到奇寒之時，便與司徒平偎倚在一齊，緊緊抱定。此時剛剛一陣熱過，含淚坐在司徒平懷中，仰面看見司徒平咬牙忍受神氣，猛然警覺叫道：「我夫妻絕望了！」

司徒平忙問何故？寒萼道：「我們只說乙真人背約不來救援，卻忘了他東中之言！他原說我等該有此番災劫，正趕上他也有事羈身，約在七日以外才能前來。所以他命我們將母親煉就的仙陣施展開來，加上齊仙姑這『紫雲仙障』，足可抵禦十日以上還有餘裕，那時他可趕到，自無妨害。偏我一時任性，想和大姐賭勝，寧願單身涉險，不向她明說詳情。以致仙陣不能取出，僅憑這面仙障如何能夠抵禦？如今七日未過，仙障煙霞已快消盡，看神氣至多延不過兩個時辰。」

寒萼說到這裡，將雙手環抱司徒平的頭頸，竟自哀哀痛哭起來。

司徒平見她柔腸欲斷，哀鳴宛轉，也自傷心。只得勉抑悲懷，勸慰道：「寒妹休要難受，承你待我恩情，縱使為你粉身碎骨，墮劫沉淪，也是值得！何況一時不死，仍可望救，劫數天定，勉強不得。如我二人該遭慘劫，峨嵋教祖何必收入門下？乙真人又何苦出來多此一舉？事已至此，悲哭何益，不如打起精神待仙障破時死中求活，爭個最後存亡，也比束手待斃要強得多！」

寒萼道：「平哥哪裡知道，我小時聽母親說，異派中有一種『離合神光』，乃玄門先天一炁煉成。能生奇冷酷炎，隨心幻相，誘人走火入魔，最是狠辣。未經過時還不甚知，今日身受才知厲害。仙障一破，必被敵人神光罩定，何能解脫？」說時又值渾身奇熱過去，一陣奇冷襲來。仙障越薄，更覺難禁。二人同時機伶伶打了個冷戰，寒萼便將整個身子貼向司徒平懷裡面去。本是愛侶情鴛，當此危機一髮之際，更是你憐我愛，不稍顧忌，依偎越緊。

寒萼還是冷得難受，一面運用本身真氣抵抗，兩手便從司徒平身後抄過，伸向兩脅取暖。正在冷不可支，猛的想起「神駝」乙休給自己柬帖時，曾附有一個小包，內中是三粒丹藥，外面標明日期。那日一同藏入法寶囊內，因未到時不准拆看，怎即忘卻？想到這裡，連忙顫巍巍伸回右手，向法寶囊內取出一看。開視日期業已過了兩日，打開一看還附有一張紙條，上書「靈丹固體、百魔不侵」，連忙取了一粒塞入司徒平口內，自己也服了一粒，因紫玲無法送服，便將剩的一粒藏下了。

這丹藥才一入口，立時便有一股陽和之氣順津而下，直達全身，奇寒酷熱全部不覺，仍和初被困之時一般。深悔忙中大意，不曾想起，白受了兩三天的大罪。及至一想仙障破在頃刻，雖然目前暫免寒熱之苦，何濟於事？不禁又傷心起來。

司徒平見寒萼不住悲泣，只顧撫慰，反倒把自己的憂危一齊忘卻。似這般相抱悲愁，糾結不開，居然又延過了一夜。護身仙雲眼看不到一尺，司徒平還在溫言撫慰，寒萼含淚低頭沉思了一陣，忽的將身仰臥下去，向著司徒平，臉泛紅霞，星眼微揚，似要張口說話，卻又沒有說出，那身子更貼緊了些！

二人連日愁顏相對，雖然內心愛情越深，因為危機密佈，並不曾略開歡容。這時司徒平一見寒萼媚目星眸覷著自己，柔情脈脈，盡在欲言不語之間。再加上溫香在抱，暖玉相偎，不由情不自禁俯下頭來，向寒萼粉頰上親了一親，說道：「寒妹有話，說呀！」

寒萼聞言反將雙目微合，口裡只說得一聲：「平哥，我誤了你！」兩隻藕也似的玉腕，早抬伸起來將司徒平頭頸圈住，上半身微湊上去，雙雙緊緊摟定。這時二人已是鴛鴦交頸，心息相通，融化成了一片。恨不能地老天荒永無消歇，才趁心意。

誰知敵人神光厲害，不多一會便將二人護身仙雲煉化。一道紫色彩光閃處，仙障被破，化成一盤彩絲墜地，十丈紅霞直往二人身上罩來。這「離合神光」原是玄門厲害法術，專一隨心幻相，勾動敵人七情六慾，使其自破元貞，走火入魔，消形化魄。何況二人本就蜜愛輕憐，神移心蕩不能自持之際，哪裡還經得起藏靈子「離合神光」的魔誘！

仙障初破的一瞬間，司徒平方喊得一聲「不好」，待要掙起，無奈身子被寒萼緊緊抱持。容到寒萼也同時警覺，那神光已自罩向二人身上，登覺周身一軟，一縷春情由下而上，頃刻全身血脈賁張，心旌搖搖，不能遏止！似雪獅子向火一般，魂消身融，只顧暫時稱心，什麼當前的奇危大險，盡都驅入九霄雲外！

正在忘形得趣，眼看少時便要精枯髓竭，形神一起消滅，猛見一團紫氣引著九朵金花飛舞而下。接著便各覺有人在當頭擊了一掌，一團冷氣直透心脾。由上而下恰似當頭潑下萬斛甘泉，心裡一涼，登時慾念冰清，心地光明。只是身子懸空，虛飄飄地，四面都是奇黑一片！

二人這才想起適才仙障破去，定是中了敵人法術暗算！心裡一急，還想以死相拼，待將劍光法寶放出，耳旁忽聽有人低語道：「你倆已然脫險，還不整好衣履出去見人？」語音甚熟。一句話將二人提醒，猛憶前事，好不內愧！暗中摸索，剛將衣衫整好，倏地眼前一亮，面前站定一人，正是「神駝」乙休。知已被救，連忙翻身拜倒，叩謝救命之恩。因知適才好合，已失元陰、元陽，好不惶急羞慚，現於容色。

「神駝」乙休道：「你二人先不要謝，都是我因事耽擱，遲到一天，累你二人喪失真元。若再來遲一步，事前沒有我給的靈丹護體，恐怕早已形神一齊消滅！我素來專以人定勝天，偏不信什麼緣孽劫數，這裡事完，你夫妻姐妹三人便須趕往東海助寶相夫人超劫，即返峨嵋參加開山盛典。等一切就緒，我自會隨時尋來，助你夫妻成道。雖不一定霞舉飛升，也成散仙一流，你二人只管憂急則甚？」

寒萼、司徒平聞言，知道仙人不打誑語，心頭才略為放寬了些，重又跪謝一番。並問紫玲有無妨害，吉凶如何？「神駝」乙休道：「這裡是黃山始信峰腰，離紫玲谷已有百十里路，你二人目力自難看見。秦紫玲根基較厚，毅力堅定，早已心超塵孽，悟徹凡因。既有乃母『彌塵旛』，已新借了金姥姥的『納芥環』護體，雖然同樣被困七日，並未受損害。此時已由齊靈雲從青螺峪請來『怪叫化』凌渾相助脫險，用不著我去救她。如果當時你姐妹不鬧閒氣，你二人何致有此一失！不過這一來，也好使各道友看看我到底有無回天之力，倒是一件佳事。如今凌化子正拿『九天元陽尺』在和矮鬼廝拼，到了兩下都勢窮力竭之時，我再帶你二人前去解圍便了！」

寒萼、司徒平聞言，往四外一看，果然身在黃山始信峰半腰之上。再往紫玲谷那面一看，正當滿山雲起，一片渾茫。近嶺遙山全被白雲遮沒，看不出一絲朕兆。

「神駝」乙休笑道：「你二人想看他們比鬥麼？」寒萼還未及答言，「神駝」乙休忽然將口一張，吹出一口罡氣。只見碧森森一道二、三丈粗細的青芒，比箭還直，射向前面雲層之中。那雲便如波浪衝破一般，滾滾翻突，疾若奔馬，往兩旁分散開去。

轉眼之間，便出現了一條丈許寬的筆直雲衖。寒萼、司徒平朝雲孔中望過去，僅僅看出相近紫玲谷上空有一些光影閃動。雲空中青冥氤氳，仍是不見什麼。正在眺望，又聽「神駝」乙休口中念動真言。左手掐住神訣，一放一收，右手戟指前面，道一聲「疾！」便覺眼前一亮，紫玲谷景物如在目前。果然一個形如化子的人坐在當地，正與藏靈子鬥法。金花紅霞滿天飛舞，紫玲身上圍住一圈青熒螢光華，手持「彌塵旛」站在化子身後。

二人知道「神駝」乙休用的是「縮天透影」之法，所以看得這般清楚。定睛一看，藏靈子的「離合神光」已被金花紫氣逼住，好似十分情急，將手朝那化子連連搓放。手一揚處便有一團紅火朝化子打去。那化子也是將手一揚，便有一團金花飛起敵住，一經交觸，立時粉碎，灑了一天金星紅雨，紛紛落下，只雙方飛劍卻都未見使用。

化子和矮子正鬥得難解難分之際，忽然一幢彩雲起自化子身後。寒萼見紫玲展動「彌塵旛」，暗想：「難道她還是藏靈子對手，凌真人要她相助？」及見雲幢飛起，仍在原處，正不明是什麼用，耳聽司徒平「咦」了一聲。再往戰場仔細一看，不知何時，藏靈子與凌渾雖然身坐當地未動，兩方元神已同時離竅飛起。俱與本人形狀一般無二，只是要小得多。

尤其是藏靈子的元神，更是小若嬰童。各持一柄晶光四射的小劍，一個劍尖上射出一道紅光，一個劍尖上射出一幢金霞。竟在空中上下搏刺起來，真是霞光瀲灩，燭耀雲衢，彩氣繽紛，目迷五色！鬥有個把時辰，正斷不出誰勝誰敗，忽見極南方遙天深處，似有一個暗紅影子移動。

二人起初疑是戰場上人在弄玄虛，又似有些不像。頃刻之間，那紅影由暗而顯，疾如電飛，到了戰場，直往凌渾身坐處頭上飛去。眼看就要當頭落下，這時凌渾的元神被藏靈子元神絆住，不及回去救援，身後站定的秦紫玲好似看出不妙，正將彩雲往前移動，待要救護凌渾的軀殼。忽然又是一片紅霞從凌渾身側飛起，恰好將那一片暗赤光華敵住。兩下才一交接，便雙雙現出身來。一個是一個紅髮披拂的苗僧，另一個正是助自己脫難的「神駝」乙休。忙回身一看，身後「神駝」乙休已然不知去向。

二人還想再看下去，見「神駝」乙休朝那苗僧口說手比了一陣，又朝紫玲說了幾句。便見紫玲離卻戰場，駕了雲幢往自己這面飛來。面前雲衖忽見收合，依舊滿眼雲煙遮住視線。二人談沒幾句，紫玲已自駕了雲幢飛到，說道：「寒妹、平兄，乙真人相召，快隨我去。」說罷，雙方都不及詳說底細，同駕「彌塵旛」，不一會飛到紫玲谷崖上，落下一看，「神駝」乙休、藏靈子、「怪叫化」凌渾，連那最後來的紅髮苗僧俱已罷戰收兵。除「神駝」乙休和「怪叫化」凌渾仍是笑嘻嘻的外，那紅髮苗僧與藏靈子，俱都面帶不忿之色，似在那裡爭論什麼。

第四回 雁湖除鯀 巧得禹鼎

三人一到，「神駝」乙休吩咐上前，先指著那紅髮苗僧道：「這位便是苗疆的紅髮老祖，與三仙二老俱有交情。異日爾等相見，也有照應。」說完又命寒萼、司徒平拜見了「怪叫化」凌渾，然後吩咐向藏靈子陪罪，說道：

「我已將這場仇怨攬到自己身上。恰巧我四人都值四九重劫將到，與其到時設法躲避，莫如約在一齊，各憑自身道行抵禦，以定高下強弱。如藏靈道友占了勝著，你夫妻三人由他處治，否則一筆勾銷。縱使到時倖免災劫，而本身道力顯出不如別人，也不得相逢狹路，再有尋仇之舉。三位道友俱是一派宗主，適才已蒙允諾，事當眾人，自難再行反悔。不過我又恐屆時藏靈道友千慮一失，豈不難堪？才特意命你夫妻三人前來，先與藏靈道友陪罪，就便交代明白！」

「神駝」乙休這次挺身出來干涉，紅髮老祖自知乙休、凌渾如合在一齊，自己決難取勝，不願再樹強敵，當時賣了面子。藏靈子被「神駝」乙休將秦氏二女冤仇攬在他自己頭上，約他同赴道家四百九十年重劫，以定勝負，更覺心驚。現今距離大劫之期雖說還有三十四年光景，但在修道人看來，彈指即到。明白赴難，當眾應付，全憑真實本領和道行深淺，絲毫也取巧不得，不比獨自避災。稍一不慎，縱不致墮劫消神，也須身敗名裂。真恨不能將「神駝」乙休粉身碎骨才快心意！

當下藏靈子滿面怒容，袍袖一展，道聲：「行再相見！」一片紅霞升空而去。

藏靈子走後，紅髮老祖也待向乙休告辭。乙休笑阻道：「道友且慢，容我一言。適才攔勸道友與凌道友的清興，並非貧道好事，有甚偏向。二位道友請想，我等俱是飽歷災劫，經若干年苦修才到今日這個地步。即使四九重劫能免，也才成就散仙正果，得來實非容易！我藉同赴重劫為名，了卻三方公案，實有深意在內，並不願內中有一人受了傷害，誤卻本來功行。只為藏靈道友枉自修煉多年，還是這等性傲，目中無人，袒護惡徒，到時自不免使他略受艱難，也無仇視之意。這次重劫，在靜中詳參默審多年，乃是我等第一難關！過此即成不壞之身，非同小可。曾想了許多抵禦主意，自問尚可逃過。畢竟一人之力究屬有限，難保萬全。假使我等四人全都化敵為友，到時豈不更可從容應付？」

紅髮老祖原是因為收徒太雜，所收惡徒在外作惡，被凌渾所誅，因這一點仇恨來尋凌渾晦氣，這時，想到那道家的四九重劫，自己因早聽追雲叟等人警告，曾有準備，畢竟也無把握。乙休性情古怪，更比凌渾難鬥，樹此大敵，必遭沒趣。應約以後正在盤算未來，見藏靈子受了乙休譏刺，負氣一走。暗想藏靈子道力不在凌乙二人以下，正好與他聯合，彼此關助，以免勢孤。只是驟然跟去，當著凌乙二人覺得不好意思，略一停當，便被乙休攔住，說出這番話語，細一尋思，立刻恍然大悟，便對「神駝」乙休道：「道友金玉良言，使我茅塞頓開，如凌道友不見怪適才魯莽，立願捐棄前嫌，同禦四九重劫！」

「怪叫化」凌渾早笑嘻嘻的道：「你這紅髮老鬼，溺愛不明，放任惡徒合妖人結黨，你不感念我代你清理門戶，反倒鬼頭鬼腦乘人於危！虧我事前早有防備，又有駝鬼前來攔阻，要換別人，豈不中你『化血神刀』的暗算？駝鬼是我老大哥，有他作主，誰還與你這野人一般見識！」

三人話一說明，立刻前嫌修好，略商未來。紅髮老祖得聞先機，越發心驚。暗幸自己持重，不曾錯了主意。重向乙休謝了解圍之情，才行訂了後會告辭而去。

紅髮老祖走後，凌渾又問「神駝」乙休何往？乙休道：「我也不想作甚一教宗主，自從新近脫難出世，一班老朋友超劫的超劫，飛升的飛升，剩下不多幾人。他們都因劫數在即，各有事做。只我一人閒散逍遙，新近交了兩個後輩棋友，常尋他們對弈一局。本來清閒已極，前數月忽然靜極思動，無心中管了這件閒事。」

二人正說之間，忽見遙空中光華閃閃，裹一團黑影星馳飛來，漸近漸大。紫玲等還未及看清，乙休道：「白眉座下神禽飛來，定是峨嵋人來援秦女。聞此鳥為一姓李的女孩子所得，長眉真人曾有預言，說她是三英之首。我們慢走，看看是否此女，有無過譽！」言還未了，空中鵰鳴連聲，英瓊、若蘭騎鵰降下。

見了紫玲姐妹，正要說話，紫玲忙令見過乙、凌二位真人。英瓊忙和若蘭上前，行了參拜之禮，起立在旁。

乙休見二女俱是仙根仙骨，神儀內瑩，英華外宣，尤以英瓊為最，拍手笑道：「果然峨嵋後起多秀，人言實非過獎！如此美質，我二人從未受人之託，也應遇機扶助她們才是。」凌渾點首稱善，二女忙又稱謝。

紫玲姐妹、司徒平見乙、凌二人把話說完，重又上前跪謝救命之恩。乙休道：「汝母超劫在即，今再賜汝夫妻三人靈符四道，屆時可取一道與汝母分別佩戴，可作最後防身之用。即速回山，略為準備，前往東海，汝師長等必有安排。」說罷，將靈符遞過，便向凌渾微一舉手，各道一聲「再見」，一片光華閃過，轉眼無蹤。

紫玲忙又領了眾人跪送，然後問英瓊、若蘭道：「你二人走在頭裡，怎會此時才來？」

英瓊道：「話說起來長呢，我等來遲，二位師姐和司徒師兄曾受什麼傷損沒有？」

寒萼、司徒平聞言不禁臉上一紅。紫玲道：「大家都非片言可了，回山再說罷。」寒萼忙道：「姐姐且慢，多少要緊話都沒顧得說。都是我和你嘔氣，齊仙姑一面『紫雲仙障』被那矮鬼妖道毀去，異日相見，何顏交代？又把我害得……」言還未了，眼圈一紅，幾乎落下淚來。

紫玲適才已然得知一些大概，姐妹情長，只有憐憫之心，聞言不忍苛說，正要回話，英瓊搶著說道：「來時我遇見齊霞兒師姐，也已知仙障被毀，囑我見了二位師姐，說此寶靈光雖失，原質猶在，仍可修煉復原，務須好好代她保存，等峨嵋開府相見時還她，並無見怪之意。」

紫玲道：「不是我急著回山，你沒聽乙真人說，母親超劫在即，回山見過大師姐，便要在期前趕去麼？」

寒萼滿肚委屈，又不好出口，雖知前緣註定，仍是好不悔恨心酸！

紫玲心注東海，歸心似箭，便請眾人聚在一處。英瓊、若蘭仍跨神鵰，紫玲姐妹與司徒平三人同跨那隻獨角神鷲。展動「彌塵旛」，一幢彩雲擁護著兩隻仙禽，沒有多時便回轉峨嵋。

到了凝碧崖前落下，這時仙府內又添了不少位同門。靈雲見五人無恙回來，甚是心喜，連忙接入太元洞內與眾同門相見。大家都是喜氣洋洋，互詢前事，只苦了寒萼、司徒平二人，各懷鬼胎，羞急在心裡。所幸除紫玲外，休說英瓊、若蘭不知究理，連靈雲和一干同門俱都似不曾看破，靈雲更是連私離洞府一層都未深說。

寒萼痛定思痛，本已漸漸悔悟以往之非，又見靈雲大度包容，仍和往日一樣，越發內心愧悔，當眾向靈雲認了不是。靈雲再用溫言勸慰，又問英瓊、若蘭，為何去時相左？英瓊這才說起經過。

原來英瓊同了若蘭，當時急於追趕寒萼、司徒平回來，連神鵰也顧不得呼喚，竟駕了劍光追去。到了黃山，正在盤空下視，猛覺身子被一種力量往側牽引。英瓊眼快，往側下面一看，這時下面雲海蒼茫，群峰盡被雲遮。只那旁有一座高峰，形體不大，筆也似直，下半身沒入雲中，不見形相，上半身孤立在雲海裡，像一個大海的中流砥柱。

峰頂上站著一個道姑，正向二人招手。二人身不由己飛了過去，落下一看，只見那道姑年在中旬，氣宇沖和，容止莊嚴，一身仙氣，料是一位未見過的前輩仙人。上前拜見，一問法號，才知道那道姑便是黃山的餐霞大師。二人一聽，忙又拜倒行了晚輩之禮。

餐霞大師便問二人何往？二人說了，餐霞大師道：「秦氏姐妹該有這回劫數，藏靈子異派能手，你二人決非其敵。好在她們七日難滿，自有能人相助，爾等去了有害無益。」

英瓊、若蘭口中答應，心中總有點不放心。

餐霞大師又道：「優曇大師門下弟子齊霞兒，正在浙江雁蕩山絕頂的雁湖之旁，在誅潛伏湖底的神鯀。昨日給我來一封飛柬，說雁湖妖鯀日內就要挾了湖底禹鼎逃遁。齊霞兒獨力難支，妖鯀逃時會帶起百十丈洪水，所過之處桑田盡成滄海。霞兒現正勢孤，正好趁此數日空閒，趕往雁蕩山絕頂雁湖上面，相助霞兒一臂之力，同建此不世奇功，實為一舉兩得！」

餐霞大師說完，又將「九煉魔神針」交與二人，二人連忙拜謝，接過神針，正要告辭，忽聽神鵰空中鳴聲。大師道：「白眉座下神禽於此行甚有用處，來得甚是湊巧！」說罷，神鵰佛奴已盤空飛下。

（注：原作者將中國上古史中的人物全部神話化，如黃帝、蚩尤等等，其中說得最多的是夏禹，將夏禹治水的整個過程，處理為夏禹運用法寶、法力和各種興風作浪的妖孽鬥爭的過程。雁湖除鯀中的「妖鯀」，便是當年被夏禹制伏的妖魔之一，而「禹鼎」則是治水的法寶之一，本書以後陸續還有許多威力無匹的大禹法寶出現。下文雁湖除鯀，寫得精彩絕倫，又自成段落，不可輕易錯過。）

說罷，神鵰佛奴已盤空飛下，先朝大師點首長鳴示禮。大師笑著摸牠頂道：「汝主不久成道，你也快完劫成正果了。」那鵰又長鳴了幾聲，才走近英瓊身旁。

二人當著大師，不便就騎，先行拜辭，駕遁光飛起。回望峰頂，霞光起處，大師不見，才同上鵰背，往浙江雁蕩山峰頂雁湖飛去。

相隔還有十來里路，便見雁湖上空籠罩著一片紅色霞霧，遠望如苗疆中山嵐瘴氣一般，不時有幾十道金光亂竄。尋常人眼目中望去，好似山頂密雲不雨，只見電閃，不聞雷聲。二人身臨切近一看，半山以上全被濃雲封鎖，大小龍湫只剩頂端半截，似兩條玉龍倒掛，直往下面雲海裡鑽去。其餘景物盡在雲層以下，俱都隱沒。只有雁湖頂上霞蔚雲蒸，無數金光似龍蛇一般亂閃。二人先不下去，雙雙離了鵰背，駕起遁光，將手一指，那鵰會意，逕自飛入青冥去了。

（注：雁蕩山有兩道瀑布，名「大龍湫」、「小龍湫」，原作者描寫各地山水名川勝境，都是寫實的，不是幻想的筆法。）

二人見那湖方圓數十頃，俱是水霧霞光籠罩。正待仔細尋找齊霞兒下落，忽然一道紅光從腳底下衝起，現出一個數十丈高下的光柱。二人定睛往下一看，只見下面光圍中，現出一片岩石，當中坐定一個紫綃少女，一手掐訣，一手往上連招，料是霞兒無疑，連忙一同飛身降下。身才落地，便聽轟隆澎湃之聲大作，頃刻之間，聲息俱無。

那少女掐訣一收一放之間，一個大霹靂往光霧中打去，立刻前面光霧全消，現出湖面，才看出存身之處正在湖岸。那湖實大不過十頃，湖中波浪滾漩，百丈洪流正朝湖底退落，去勢甚疾。雲霧中隱隱現出一個奇形怪狀的東西，轉瞬沒入湖中。那數十道金光結成的光幕，也隨著怪物退卻，緊貼水面。此外除了四周圍封山霞彩依舊濃密外，全湖景物俱都看得清清楚楚。

那少女已停了法，站起身來說道：「妹子齊霞兒，二位師姐敢莫是家師約來的麼？」

二人忙著搖手，在地上寫道：「妹子李英瓊、申若蘭，正是奉命來此。師姐乃同門先進，休得這等稱呼。」寫罷，若蘭早把手中柬帖遞過，三人同觀。

霞兒看了，也在地下寫道：「這惡鯀真是厲害，雖然將牠困住，並不能損傷牠分毫！湖底還有一件至寶，乃夏禹治水的十七件寶物之一，名為『禹鼎』。妖鯀也是為了此鼎，不曾拼命逃出，今有二位師妹相助，妖物授首之期定不遠了！」

三人談得甚是投機，彼此相見恨晚。英瓊、若蘭因聽霞兒說那妖物生相奇特，巴不得早開眼界。偏那妖鯀卻是一經僭伏，便不再現。直到三天過去，連霞兒也覺奇怪起來道：「妖鯀必是在打逃走主意，此番不出則已，出來必比以前來勢厲害得多！」正說之間，便聽湖底似起了一陣樂聲，其音悠揚，令人聽了心曠神怡。

三人這多日來，並不曾聽過這種樂聲，俱甚驚異，一同聚精會神注視湖心變化。

不多一會，湖底樂聲又起。這番響了一陣，忽起高亢之音，霞兒偶然往上一看，雲幕上面彷彿似有大小黑點飛舞，半晌方止。似這樣湖底樂聲時發時歇，每次不同，有時八音齊奏，簫韶娛耳；有時又變成黃鐘大呂之音，夾以龍吟虎嘯，如聞鈞天廣樂，令人神往。如非身臨妖窟，幾以為置身天上，萬不信這種從未聽過的仙樂會從妖窟之中發出！

三人正在驚疑，湖底又細吹細打起來。其音迴不似先時洪正。過有半個時辰，戛然中斷，接著聲如裂帛一聲巨響，湖水似開了鍋一般當中鼓起數尺水泡，滾滾翻揚，開向四邊。一會左側突起一根五尺粗、兩丈多高的水柱，停留水面約有半盞茶時，右邊照樣也突起一根。似這樣接連不斷突起有數十餘根之多，高矮粗細雖不一樣，俱是紅生生裡外通明，不見渣滓。映著劍光彩影，越覺入目生輝，好似數十根透明赤晶寶柱矗立水上，成為奇觀。

霞兒見妖物此次出動和往常不同，猜是幻術。只將飛劍光幕罩緊湖上，一任那些水柱凌波耀彩，不去理它。那些水柱也是適可而止，最高的幾根距湖岸光幕還有數尺，便即停止不往上升。又耗有個把時辰，「嘩」的一聲響過，幾十根水柱宛如雪山崩倒，冰川陷落，突的往下一收。耳聽萬馬奔騰般一陣水響，湖水立時迅速退去，只見離岸數十丈處妖霧瀰漫，石紅若火，哪有滴水寸流！

霞兒知道妖物快要出現，剛喊得一聲：「妖鯀將出，二位師妹留意！」便見湖底妖霧中隱隱有一團黑影緩緩升起。頃刻離岸不遠，現出全身。停睛一看，原來是一個九首蛇身、脅生多翼、約有十丈長大的怪物，並非妖鯀原形。霞兒正疑牠賣弄玄虛，剛把飛劍光幕罩將下去，湖底妖雲湧處，又是一團黑影飛起。不一會現露原身，乃是一個女首龍身、腹下生著十八條長腿的怪物。一上來竟自避開光層飛向西面。

霞兒恐是妖物分身變化，忙運玄功將手一指。飛劍立刻金光交錯布散開來，將湖口緊緊封閉。就這時候，湖底妖雲邪霧滾滾飛騰，陸續飛上來的妖物也不知有多少。有的大可十抱，有的小才數尺，有的三身兩首，鳩形虎面，有的九首雙身、獅形龍爪，有的形如殭屍、獨足怪嘯，有的形如鼉蛟、八角歧生，真是奇形怪相，不可方物！

幸而那些妖物飛離湖岸數尺，因有飛劍光幕阻隔，俱都自行停住。身旁妖霧和口裡毒氛雖然噴吐不息，並不再往上衝起。

末後湖底中心忽然起了一聲怪響，妖雲中火光一亮，飛起一個其大無匹的妖物。才一出現，所有先前飛出來的那些千百種奇形怪狀的妖物，全都紛紛避讓，退向四邊。

三人仔細一看，這東西更是生得長大駭人，狼頭象鼻、龍睛鷹嘴、獠牙長有丈許，數十餘根上下森列。嘴一張動，便噴出十餘丈長的火焰。一顆頭有十丈大小，向上昂起。背上生著又闊又長的雙翼，兩端平舒開來約有十四、五丈長短。自頭以下越往下越覺粗大，身上烏鱗閃閃直發亮光，每片大約數尺，不時翕張。

那東西挺立湖中，只能看到牠大如崗嶽的腹部，其凶惡長大真是無與倫比！

霞兒先時以為最後妖物出來，定有一場惡戰，不知以前那些妖物中是否有妖鯀潛形變化在內。又因這些奇形怪狀的妖物生平從未見過，正恐是湖底惡鯀的同類，並非幻術。倘如本領道行和惡鯀一般，憑自己三人絕難抵敵！口中雖未明言，心中卻是憂驚。還算好，這長大的妖物也和別的妖物一樣，升離光幕數尺便即停止。

霞兒仍是不敢絲毫怠慢，全神貫注湖中，把「天龍伏魔劍」的妙用儘量施為。光霞籠罩，密如天羅，一絲縫隙都無，一面覷準湖中群妖動靜。

雙方耗有多時，英瓊忽然失驚道：「這些妖怪的眼睛，有的雖然大得出奇，怎麼卻都像呆的？」

無心中一句話，將霞兒提醒，睜眼定睛一看，果然湖中妖物的眼睛雖是閃閃放光，千形百態，卻都像嵌就的寶玉明珠，並不流轉。暗忖：「師父以前曾說，當初『禹鼎』鑄成，包羅萬象，雷雨風雲、山林沼澤、以及龍蛇虺豸、魑魅魍魎之形，無不畢具。這些妖物雖是生相凶惡，既不似妖法變幻，又不似精靈鬼怪，不但目光呆滯，而且行動如一，彷彿有人暗中操縱。莫非便是『禹鼎』上所鑄山妖海怪之類，受了妖鯀運用，故布疑陣，惑弄人心？」

霞兒正在想著，湖底異樂又起。響未片刻，忽然一陣妖風，煙霧蒸騰。湖中群妖隨著千百種怪嘯狂號，紛紛離湖升起。一個個昂頭張爪，飛舞攫拿，往那九口「天龍伏魔劍」的光網撲去。為首那個最為長大的狼首妖物，更是厲害，口裡噴著妖火，直衝中心。

此時霞兒正在沉思，略一分神，差點被牠衝動！所幸優曇大師飛劍不比尋常，霞兒功候深純，見勢不佳，忙運全神將一口真氣噴將出去。經此一來，九口飛劍平添了許多威力，居然將狼首妖物壓了下去。

那劍光緊緊壓著許多妖物頭頂，電閃飆馳一般疾轉。只見光層下面妖物仍是拼命往上衝頂，好似不甚在意。這些妖物拿頭來硬衝，彷彿不識不知，這般神妙的飛劍，竟未誅卻一個，越猜是「禹鼎」作用無疑！深恐長此相持，壞了「禹鼎」至寶，太過可惜。但又不能收回，正打不起主意，忽又見下面一陣奇亮，千百個金星從那妖物頂上飛出，竟自衝過飛劍光層，破空而去！

霞兒疑是妖物乘機遁走，正在心驚，湖底樂聲又作，換了靡靡之音。一片濃霧飛揚，將那些妖物籠住，一個個倏的撥頭往下投去。接著水聲亂響，甚是嘈雜，轉眼沒入洪波，不知去向。忽然離岸數十丈湧出一湖紅水，金光罩處，其平若鏡，霞兒提心吊膽，靜氣凝神一聽，隱隱仍聽見湖底下的妖鯀喘聲，和往日鬥敗回去一樣，才知並未被牠逃遁。只不知適才飛起的那千百個金星主何吉凶，仍是有點放心不下。

這時先後已經過了兩天兩夜，正當第五天正午。估量妖鯀暫時不會再出來作怪，便邀英瓊、若蘭二人在岩石上坐定，互相參詳了一陣，俱測不透那千百個金星作用。

到了這日晚間，湖中並無動靜。霞兒仍是只管沉思，忽然失驚「咦」了一聲。英瓊、若蘭同問何故，霞兒打了個手勢，在地上寫道：「那金星竟能衝開家師飛劍，厲害可知。而妖物並未乘此時機逃去，更是令人莫解。那些金星，想是當年大禹用以封鎖妖物的神符。被妖鯀假手我們飛劍將靈符毀去。如果所料不差，那最長大的狼首雙翼妖物定是『禹鼎』的紐，關鍵也必在紐上。我等三人務須慎重行事，不可大意！」

英瓊、若蘭點頭答應。

到第二日下午申酉之交，三人正在凝神觀察，忽聽湖底樂聲發動。八音齊奏，聲如鸞鳳和鳴，鏗鏘娛耳。知道事在緊急，頃刻便有一場惡鬥。霞兒將手一揮，三人同時打了一聲招呼，霞兒將手一指，飛劍光層越發緊密。英瓊忙向光層以外尋一高崖隱秘之處藏好，準備待機而動，若蘭卻藏在霞兒身後。

那湖底樂聲越來越盛，緊一陣，緩一陣，時如流鶯囀弄，時如虎嘯龍吟，只管奏個不休，卻不見妖物出現，湖水始終靜蕩蕩的。到了亥時將近，樂聲忽止，狂風大作，「轟」的一聲，三根水柱，粗約半畝方圓，倏地直衝起來，矗立湖心煙霞之中，距上面光層三尺上下停住，裡外通紅透明，晶光瑩徹，也無別的舉動。三人只管定神望住，防備妖鯀遁逃。一交子初，那三根紅晶水柱忽然自動疾轉起來，映著四圍霞彩，照眼生輝，那水卻一絲也不灑出。

其時湖底樂聲又作，這次變成金鼓之音，恍如千軍萬馬從上下四方殺來一般，驚天動地，聲勢駭人。樂聲奏到疾處，忽又「嘎」的一聲停住，那根水柱倏地粉碎分裂，光影裡宛似飄落了一片紅雨，霞光映成五彩，奇麗無儔。水落湖底煙霧之中，竟如雪花墜地，不聞有聲。只見煙霧中火花飛濺，慢慢騰衝起一個妖物。

這東西生得人首獅面，魚背熊身。生著三條粗若樹幹的短腿：兩條後腿朝下，人立而行；一條前腿生在胸前。從頭到腿，高有三丈。頭上亂髮紛披，將臉全部遮沒。兩耳形如盤蚓，一邊盤著一條小蛇，紅信吞吐，如噴火絲。才一上來，便用一隻前爪指著霞兒怪叫，啾聲咯桀，似人言不似人言。

霞兒因和妖鯀對敵多日，聽出牠口中用意，大喝道：「無知妖孽，誰信你一派胡言！你如仍似從前深藏壑底，原可不伏天誅。你卻妄思蠢動，想逃出去為禍生靈。你現求我准你行雲歸海，不以滴水傷人，誰能信你？要放你入海不難，你只要將『禹鼎』獻出，用你那粒內丹為質。果真入海以後不傷一人，我便應允。否則今天我已設下天羅地網，休說逃出為惡，連想似以前在壑底潛伏都不能了！」

妖鯀聞言，從蓬若亂茅的紅髮中圓睜著飯碗大小的一對碧眼，血盆大口中獠牙亂錯。望望頭上，又瞪視著霞兒，憤怒異常，卻又知道頭上飛劍光層厲害，不敢輕於嘗試。

霞兒見妖鯀今日改了往常行徑，開口便向自己軟求，情知牠是故意乞憐，夢想連那「禹鼎」一齊帶走，一面對答，暗中分外警備。

那妖鯀暴叫了一陣，又向霞兒怪叫怪吼，霞兒見牠又施恐嚇故伎，便喝道：「想逃萬萬不能，如有本領，只管施為！因你適才苦求，你只要身子不出湖面，尚可容你偷生片刻。今日不比往日，如敢挨近我的飛劍，定叫你形神消逝，墮劫沉淪，永世不得超生！」

妖鯀見霞兒今日竟是只防不攻，飛劍結成的光幕將全湖罩得異常嚴密，越知逃遁更難，不由野性大發。怪吼一聲，將口一張，一顆碧綠晶瑩、朗若明星的珠子隨著一團彩煙飛將出來。初出時小才數寸，轉瞬間大如栲栳，流光四射，直朝頂上光層飛去。

霞兒見妖物放出元珠，便將手在九口「天龍伏魔劍」一指，那光幕上便放出無量霞光星彩，緊緊往下壓定，將那珠裹住，正在施為，忽然身後若蘭低喚：「師姐留神妖物！」

霞兒忙往前一看，妖鯀已被一團極濃煙霧裹定，看不見身影。頃刻之間越漲越大，彷彿一座煙山。倏地厲聲怪吼，霞兒運用慧目一看，煙霧中裹住一個大如山嶽的怪頭和丈許方圓兩道綠光，張著血河一般大口，正朝自己面前飛到！忙大喝一聲：「妖物敢來送死！」左肩搖處，一道金光和一道紅光發將出去。

若蘭藏在霞兒身後，看出那兩道綠光是妖鯀的雙眼。恐飛劍不能傷牠，暗取「丙靈梭」，運用玄功，先將光華隱去，然後朝妖鯀兩眼打出。那妖鯀原見霞兒全神貫注空中飛劍，想乘其不備變化原形傷人。誰知去勢雖急，先是兩道金紅色劍光迎面飛來，正欲回身，猛的眼前又是幾道紅光一亮！眼睛被「丙靈梭」打中，怪叫一聲，風捲殘雲般直往湖中退去！

霞兒、若蘭見紅光亮處，碧光一閃不見，知道妖鯀雙眼受傷，心中大喜，忙將飛劍法寶收回。

霞兒乘此時機，運用一口真氣往空中噴去，想收那粒元珠時，湖底一道白氣如白虹破日一般升起。眼看那粒元珠如火星墜流，落了下去。接著湖底樂聲大作，千百種怪聲也同時呼嘯起來。有的聲如兒啼，非常淒厲；有的咆哮如雷，震動山谷。

到了子正，樂聲驟止。便聽水嘯濤飛，無數根大小水柱朝上飛起，嘩嘩連聲，日前所見各種奇形怪狀的妖物，一齊張牙舞爪飛撲上來。

霞兒等知道妖鯀要乘此時逃遁，不敢大意，各自聚精會神凝視湖面，靜等那狼首雙翼似龍非龍的怪物和妖鯀一出來，便即下手。

就在這些怪物連番往上衝起，都被飛劍光層阻隔之際，又聽湖底驚天動地一聲悲鳴怪吼，一團煙雲中飛起那狼首雙翼的妖物。先在光幕之下、湖沿上面盤旋了兩周。才一現身，先上來的那些妖物全部紛紛降落，隨著牠的身後滿湖面游走。魚龍曼衍，千形百態，頓呈奇觀。繞了三匝過去，湖底又將細樂奏起。

這一次才是妖鯀上來，胸前一隻獨爪托定一個大有二尺，似鼎非鼎的東西，金光四射，細樂之聲便從鼎中發出。大小妖物一聞樂聲，齊朝妖鯀身旁擁來。升到湖面，朝著霞兒怪嘯一聲，將爪中寶鼎朝飛劍光層打去。鼎一飛起，鼎上樂聲變成金鼓交鳴的殺伐之音。同時那狼首雙翼似龍非龍的東西，率了湖中千百奇形怪狀的妖物，也齊聲怪吼，蜂擁一般從鼎後面追來。

霞兒早有防備，左手掐著靈訣，右手從法寶囊內取出優曇大師預賜的一道靈符，交與身後若蘭。口誦真言，一口先天五行真氣噴出，立時化成一座霞光萬道、高約百丈的光幢，將若蘭全身罩定。若蘭忙將身劍合一，在光霞圍繞擁護之下，比電還疾，一轉瞬間，未容寶鼎與飛劍光層接觸，仗著優曇大師靈符妙用，一伸雙手，便將寶鼎接到手中！更不怠慢，連忙回身飛到原來岩石上面，將鼎抱在懷中，盤膝打坐，默用玄功。鼎後面千百大小妖物，也都紛紛趕到，圍在光層外面不住張牙舞爪怪嘯狂嗥。若蘭仗有光霞護身，也不去理它，只管默念定心。

那妖鯀冷不防寶鼎被人收去，又怒又急，連忙幻化原形隨後追來。被霞兒迎面一截，忽然回身隱入湖內。霞兒料知牠還要拼死衝出，暫時退逃，必有作用。仗著四外封鎖，又有九口天龍伏魔飛劍結成的光幕，也不窮追。回望若蘭存身之處，一片烏煙瘴氣中現出霞光萬道，怪聲大作，怪影飛翔，如同狂潮驚飛，甚是騷亂。料無妨害，一心關注湖底，駕著遁光憑空下視，靜候最後時機，招呼英瓊下手，同建奇功。

若蘭盤坐岩間，見千百妖物全被光層所阻，不能前進，以為妖物使倆止此，心一放定，精神未免少懈。因這些妖物多是生平罕見，一時好奇，定睛往外一看，那日所見為首妖物這時才得看清。變化到極大時，從頭至尾約有百十丈長短，身子和一座小山相似，越到下面越顯粗大，股際還生著四條長爪。自股以下突然收小，露出長約數丈，形如穿山甲的一條扁尾。拼命一般想往手上寶鼎撲來，其餘妖物也都是能大能小的，隨時變態，猛惡非凡。

若蘭正在觀看，遠遠聞得湖底怪嘯一陣，鼎上樂聲忽止，那些妖物也都比較寧靜一些，只是盤繞不退。忽覺懷中一股奇冷，其寒徹骨，直冷得渾身抖戰，兩手幾乎把握不住。知道不妙，忙運玄功從丹田吸起一股陽和之氣，充沛全身。剛得抵住一些，忽然鼎上生火，奇熱炙膚，又不敢放手，眼看兩手前胸就要燒焦！若蘭也不去管它，把心一寧，生死置之度外，一任它無方變化。一會熱退，又忽寒生，身體並未受傷，愈發覺出那是幻象。

若蘭雙手緊握鼎足，靜等收功。猛一眼看到那鼎紐上盤著一條怪物，也是狼首雙翼，似龍非龍、獰惡非凡。與光層外面那條為首怪物的形相一般無二。再一細看鼎的全身，其質非金非玉，色如紫霞，光華閃閃，金鼎上鑄著許多魑魅魍魎、魚龍蛇鬼、山精水怪之類。外面那些妖物俱與鼎上所鑄形相一絲不差！這才恍然大悟：原來這鼎便是那些妖物的原體和附生之所，無怪乎要追圍不退！只是這種數千年前大禹遺留的至寶，少時除了妖鯀之後，怎樣收法，倒是難題！

正在尋思不決，忽見光幢外面，紅光千丈沖霄而上，耳聽波濤之聲如同山崩海嘯，石破天驚，起自湖底。同時一道紫虹自天飛射，數十道細長金光閃處，怪聲頓止。又待不多一會，忽見光幢外面，大小妖物紛紛亂閃亂竄，離而復合。一道匹練般的金光直射進來！定睛一看，正是霞兒，一照面便喊：「妖鯀已斬，快將『禹鼎』與我去收妖物，壓平湖中洪水！」說罷，不俟答言，一手將若蘭手中「禹鼎」接過，另一手持著一粒五色變幻、光華射目的珠子，塞入鼎蓋上盤螭的口內。然後揭起鼎蓋一看，忽然大悟，口誦真言，首先收了靈符光芒，與若蘭一同現身出來。

妖鯀一死，那些妖物失了操縱，雖然仍是圍繞不退，已減卻不少威勢，好似虛有其表，無甚知覺一般。二人才一現身，紛紛昂頭揚爪往霞兒手上寶鼎撲來。霞兒雖得餐霞大師預示機宜，一見妖物這般多法，形象又是那般凶惡，也不能不預為防備，早把天龍飛劍放起護住全身。照著連日從妖鯀口中呼嘯同適才「禹鼎」內所見古篆參悟出來的妙用，口誦真言，朝著那為首的妖物大喝一聲。那狼首雙翼的妖物飛近鼎紐，忽然身體驟小，轉眼細才數寸，直往鼎上飛去。頃刻與身相合，立時鼎上便有一道光華升起，首妖歸鼎，其餘妖物也都隨後紛紛飛到，俱都由大變小，飛至鼎上不見。

這時湖底洪流業已升過湖面十丈以上，雖未繼長增高也不減退。幸有優曇大師預先封鎖，沒有往山下面橫濫氾溢，看上去彷彿周圍數里方圓的一塊大水晶似的。英瓊正用紫郢劍化成一道長約百丈的紫虹在壓那水勢。回望二人飛來，心中大喜，霞兒口中念動真言，將鼎一拍，從鼎上鑄就千百妖物的口鼻中飛出千百縷光華射向水面。初發時細如游絲，越長光華越大，那水立刻減低了數尺。

霞兒持著那鼎遊行一轉，才飛到雁湖上空，由鼎上千光萬彩壓著那水緩緩降退。約有半個時辰，水已完全歸入湖中。

一會兒霞兒持鼎上來，對英瓊、若蘭道：「全仗二位師妹相助，才得大功告成！這座『禹鼎』雖然收了，僅從連日妖鯀嘯聲悟出鼎內真訣，勉強試用，僥倖成功，一切俱以意會，並不能運用隨心。此寶又大有數尺，攜帶不便，家師現時約在邛崍，意欲前往獻寶請示，同時將妖鯀首級帶去。二位師妹回山可代愚姐向眾同門問候，開府之日定隨家師前往峨嵋參謁。秦家姐妹與藏靈子對敵，那面『紫雲仙障』必被損壞，見面之時，請代致意：仙障靈雖失效，務必代我好好保存，交與秦姐，等開府相見時取回祭煉，仍可應用。」說罷，收了四圍封鎖，將手一舉，一道金霞，破空飛去，轉眼不知去向。

二人見霞兒本領竟比靈雲還要高出一頭，甚是欽羨。這時妖鯀既除，天朗氣清，水後山林，宛如新沐，又值晨曦初上，下視大小山嶽圍拱，諸峰或如鵰翼摶雲，或如怪物刺天，窮極形相。更運慧目遙望富春諸江，如大小銀練，縈紆交錯。大湖之中，風帆片片出沒煙波，細才如豆。再望西湖，僅似一盤明鏡，上面堆些翠白點子。二人迎著天風，指點山川，目窮千里，不覺襟懷大暢！

若蘭問起除妖之事，才知底細。原來當時若蘭收了「禹鼎」回飛，破了妖鯀聲東擊西之計。

妖鯀怒嘯追來，被霞兒劍光逼入湖底，怪吼了一陣，忽然將內丹煉成的元珠飛出，與九口天龍飛劍相鬥。霞兒忙運劍光，變成一道光網，將妖鯀的本命元珠緊緊裹定。妖鯀竄上湖來，身一騰空，便噴出一股白氣去收那珠。誰知飛劍光網密得沒有一絲縫隙，一任牠用盡精神氣力，那粒栲栳大的光華在金光包圍之中左衝右突，休想逃出！

霞兒見時機已至，大喝一聲：「無知妖孽還不授首！」接著便有一道金光飛來，妖鯀知道情勢危急，把心一橫，胸前獨爪從湖中抓了兩抓。

就在這湖水響動中，震天價怪吼一聲，整個身軀忽然裂散，往下一沉，從軀殼內飛起牠數千年苦功修煉的元神，周身發出萬道紅光，張牙舞爪直朝飛劍光網猛撲，欲待棄了軀殼，搶了內丹，發動洪水逃走。

霞兒見牠來勢甚疾，正想招呼空中英瓊下手，一道紫色長虹已經從天而下，衝入光網之中。似金龍掉首，只一瞬間，接著又是數十道紅光飛下。「九九煉魔神針」和紫郢劍同時發動，妖鯀立時授首！

霞兒知道妖鯀被斬，大功告成，連忙飛身上前。用手掐訣只一招，先將那粒元珠收去。這時妖鯀身首業已落下，近前一看，見那顆怪頭雖被神針釘住，二目仍露凶光，知難將牠形神消滅。便收入法寶囊內，仍借神針釘壓，回山請示再行發落。所餘下半截屍身用丹藥化去。軀殼已墜入湖底，無關緊要。剛剛料理完竣，那湖水已漫上岸來。

其時二人回望若蘭，正被千百妖物包圍，知道「禹鼎」尚在手內。霞兒自幼就在「神尼」優曇門下，雖然看去仍如幼童，已有多年功修，道妙通玄。連日聽出妖鯀嘯聲有異，潛心體會，頓悟玄機，知那鼎紐上盤著那條狼首雙翼的怪物是全鼎樞紐。從若蘭手中接過「禹鼎」，便用一顆寶珠將鼎紐鎮住，隨手將鼎蓋一掀，又看出鼎心內鑄就的龍文古篆靈符，試一運用，竟然得心順手，將千百妖物收回「禹鼎」，回山覆命。不提。

英瓊說完經過，神鵰佛奴也已下降，二人上了鵰背，直飛黃山，會見了秦家姊妹，回返凝碧仙府，和眾同門相見，說了經過，正談得高興，袁星飛奔入洞報稱辟邪村玉清大師同了另一位仙姑駕到。眾人知是約了「女殃神」鄧八姑到來，便一齊迎入太元洞內。

眾同門有與鄧八姑尚是初見的，也由靈雲分別引見。落坐之後，玉清大師笑道：「恭喜諸位道友功行已有基礎，開山盛會一過，便須分別出門建立外功了。」說罷又向靈雲紫玲二人說道：「因開山盛會在即，各派群仙領袖以及先後輩同門道友，均要到此參與大典。三仙二老與各位師伯叔，俱奉長眉教祖遺敕，有事在身，期前不能趕到，特命貧道來此相助，佈置接待。」

眾同門素知玉清大師法力高強，見聞廣博，人又謙和，聞得她能在峨嵋長住，俱皆大喜。

玉清大師又道：「此番寶相夫人超劫，天魔來襲，事情非同小可，八姑的『雪魂珠』到時大為有用，是以邀她前來相助。」

紫玲、寒萼聞言早已感激涕零，與司徒平三人一同過去跪下稱謝不已。玉清大師連忙扶起，連說：「同是一家，義所應為，何須如此！」

紫玲道：「愚姐妹幼遭孤零，備歷艱辛，每念家母，心如刀割。多蒙大師垂憐，又承鄧仙姑高義相助。不特愚姐妹刻骨銘心，就是家母也感恩無地了。」

玉清大師道：「患難相扶，本是我輩應為之事，何況又是自家人，何須如此客套！但盼馬到功成，寶相夫人早日超劫，此時就起程吧！」

（注：下文寶相夫人超劫一段，頗能表現原作者的中心思想，敘述魔由心生，一切煩惱，本屬無形無質，極其透澈。）

第五回 移形禁制 翼人耿鯤

當下紫玲、寒萼、司徒平與「女殃神」鄧八姑四人便和眾同門告辭出洞。到了凝碧崖前，紫玲因玉清大師說獨角神鷲帶去無些用處，便將神鷲留在峨嵋。將手向眾人一舉，展動「彌塵旛」，一幢彩雲擁護四人破空升起。飛行迅速，當日便到了東海，過去不遠便是寶相夫人被困的所在。正快降落，忽見釣鼇磯上飛起一道金光，直朝自己迎來。四人看出是同門中人，便收了「彌塵旛」迎上前去。

紫玲以前常往三仙洞內參拜，認得來人正是玄真子的大弟子諸葛警我。

知他在此必與寶相夫人超劫之事有關，心中大喜，彼此一招呼，各收遁光，一同落下。

各自見禮通問之後，諸葛警我道：「伯母苦行圓滿，脫難在即，恐期前有以前仇敵得信來侵害，多半志在乘機剽竊伯母連年辛苦所煉的本命元胎。其中有一個乃是大鵬灣鐵笛坳的『翼道人』耿鯤，尤為道術高強，心腸更是狠毒。此人脅生雙翼，頃刻千里，精通秘魔大法，行蹤飄忽，窮極變化，更擅玄功地遁，穿山過石，深入幽域，遊行地府，真是厲害非常，自宜小心預防為是。」

眾人聽了，又增幾分憂慮，當下計議一番，由諸葛警我、司徒平、寒萼在釣鼇磯上瞭望防守，紫玲便同鄧八姑駕起遁光，先往寶相夫人煉形的所在飛去。

當初天狐兵解之後，玄真子因她那時業已改邪歸正，結了方外之交。又因以前曾助諸葛警我脫去三災，便將她軀殼用三昧真火焚化埋藏，另尋了一座石洞將元神引入，使其煉形潛修，外用風雷封鎖，以免邪魔侵害。

寶相夫人雖然出身異類，原有千年道行，又經極樂真人點化，參透玄機，在洞中晝夜辛苦潛修。不消多年，居然形凝魄聚，煉就「嬰兒」。靜中默悟前因後果，決意在洞中甘受風雷磨煉，挨過三次天劫再行出世。一俟外功積修完滿，減卻以前罪孽，便可成道飛升。似這樣每日艱苦潛修，道行大為精進，所煉「嬰兒」也逐漸長成，又用「身外化身」之法調和坎離，煉那本命元丹，以期早日孕育靈胎，參修正果。

（注：這一段寫天狐的修煉過程，十分玄妙。天狐本是「異類」——一隻狐狸。異類不能直接修煉成仙，所以要經過「孕育靈胎」的階段，自己生育出一個和以前的自己不同的自己來，今日之我非昨日之我，而今日之我又是從昨日之我蛻變而來。這是一種脫胎換骨的變化，這種變化，在中國的玄學中一直有極高的地位，如今甚至影響了西方的一種哲學思想。）

但是災劫仍是不可倖免，靈胎初孕之時，便是她大難臨身之日，只要躲過這一關，便可永脫沉淪，遨翱八表！

寶相夫人元神修煉的石洞，位置在一座幽崖下面，出入空口甚多，俱被玄真子用法術仙陣封蔽。洞的中心深入地底何止百丈，寶相夫人便在其中藏真修煉。八姑、紫玲兩人不敢入洞騷擾，只在附近巡行，且喜並無異狀。

第二日清晨，寒萼在釣鼇磯頂上正閒得無聊，一眼望見紫玲與八姑二人只管貼地低飛，遊行不息。與八姑素無深交，仗義相助，卻累人家這般勞神，於心不安。便飛身下去和紫玲說了，意欲對調，使八姑稍為休息。紫玲也與寒萼有同樣心理，聞言頗以為然。姐妹雙雙先向八姑道了勞，將心意說出。

八姑見二人情意殷殷，滿臉不過意神氣，初見未久，不便說她二人能力不如自己，只得囑咐遇敵小心，不可輕易動手，以先報警為是，然後由寒萼接替巡行，自己往磯上飛去。

八姑走後，寒萼隨紫玲巡行了一陣，不覺日已偏西。上下兩地均無動靜。寒萼對紫玲道：「我二人在一起巡行，誠恐還有觀察不周之處，不如你我兩人分開來，把母親所居的洞當作中心，相對環繞巡行，你看如何？」紫玲也覺言之有理，二人便分頭巡行。

巡了幾轉，風勢越盛，海水怒嘯，天色逐漸黑暗如漆，只聽澎湃呼號之聲，震天動地。二人有時凌波飛翔，被那小山一般的浪頭一打到面前，劍光照處，隱約似有魚龍鬼怪，隨波騰挪，明知幻影，也甚驚心。

釣鼇磯上三人，俱都格外留神，戒備萬一。這風直到半夜方才停止，漸漸風平浪靜，岸上海水全退。雲霧盡開，清光大來。半輪明月孤懸空中，碧海青天，一望無際，清波浩淼，潮音如奏鼓吹。景物清曠，波濤壯闊，另是一番境界。

紫玲方慶無事，忽聽寒萼在遠處嬌叱一聲，劍光隨著飛起，不禁大吃一驚，忙駕遁光飛將過去一看，寒萼已被五個渾身雪白、不著一絲、紅眼綠髮的怪人圍住。

那五個怪物似人非人，滿頭綠毛披拂，一雙滴溜溜滾圓的紅眼，細小如豆，閃閃放光。鼻子塌陷，和死人骷髏差不甚多。一張像猴一般凸出的方嘴，唇如血紅，往上翹起，露出滿口利銳的鉤齒。頭小身大，渾身其白如粉，十分肥胖。手足如同鳥爪，又長又細，形態甚是臃腫。

紫玲、寒萼各自將飛劍放出。那五個怪物俱似有形無質，劍光只管繞著牠們上下亂繞亂斬，終如不聞不見。身子緩緩前移，向二人圍攏。眼看那五個怪物快要近身，雖未見牠有什麼別的伎倆，畢竟不知底細，恐有疏失，只得將身飛起再作計較。

誰知那五個怪物也隨著飛起，圍繞不捨，離二人身前約有五尺光景。五張怪嘴同時一咧，從牙縫裡各噴出千百條細如游絲的白氣。幸而紫玲早有防備，「彌塵旛」化成一幢彩雲將身護住。因怪物五面襲來，寒萼再與紫玲相背而立，分防前後，有一個怪物距離較近，竟被那白絲沾染了一些，立時覺得渾身顫抖，麻癢鑽心，不能支持。

幸而紫玲見機，忙回身將她扶住，見她神色大變，知已中了邪毒，忙將峨嵋帶來的靈丹取了一粒塞入她口內。情知怪物定是外教邪魔一類，自身雖有「彌塵旛」護住，不知有無餘黨乘隙侵害寶相夫人，又無驅除之法，寒萼又受了傷。一陣焦急，把心一橫，正待借寶旛雲幢擁護飛往洞前查看，忽見那五個怪物逕捨了她們，掉頭往岩洞前飛去。

紫玲一見不好，也不暇再計成敗利鈍，剛待回身追趕，眼看五個怪物將要落到地上，忽見前面離地數十丈處似火花迸發一般，岩前一片，上下四方俱是金光雷火。也不聞一些聲息，齊往那五個怪物圍攏。一團白氣，化成輕煙飛散，轉眼雷火怪物全都不見。月明如水，景物通明，依舊靜蕩蕩的，猜那五個怪物定中了法術埋伏。

正在遲疑之際，忽聽後面有人呼喚，回頭一看，正是鄧八姑與司徒平二人駕了劍光飛來。八姑說起，才知那五個怪物是一個妖人以千年腐屍煉成，妄圖加害寶相夫人，已被洞前埋伏消滅。

那消滅妖人的埋伏，乃是「五火神雷」，是玄真子閒中無事，當海洋狂風驟雨之際，用玄門妙法採取空中雷火凝煉而成。一共只收了兩葫蘆，原準備異日門下弟子功行圓滿時節，防有外魔侵擾封洞之用。因知寶相夫人魔劫太重，來者多是勁敵，雖有仙陣封鎖，仍恐遇見能手不能抵禦，故將這兩葫蘆雷火也一同埋伏在彼。

而今第一次來的妖人雖死，但是未來的仇敵尚多。「五火神雷」只能再用一次，不可不多加準備。與八姑一商量，先由八姑、司徒平去將紫玲姐妹換回休息，乘空告知防禦之策。

這五人當中，諸葛警我是玄真子得意弟子，早得玄門正宗心法。鄧八姑雖然出身異類，但道術高深，博聞多識，不在玉清師太以下。自從雪山走火入魔，在冰雪冷風中苦修多年，得了那粒「雪魂珠」後，又經優曇大師點化，功行精進。司徒平道行法術原不如紫玲姐妹，一來關係著本命生剋，是這一次助寶相夫人脫難的主要人物，二則得了「神駝」乙休的「烏龍剪」，差一點的邪魔外道皆非敵手，所慮只是天魔來襲，防不勝防。

當下秦氏姐妹二人在釣鼇磯上隨定諸葛警我凝神定慮，四下瞭望。只見鄧八姑與司徒平並不分行，一道白光和一道青光連在一齊，疾如電轉星馳，圍著那岩流走不息。時而低飛迴旋，時而盤空下視，直到次日並無動靜。似這樣提心吊膽，驚驚惶惶的過了兩日，且喜不曾有什麼變故。

到了第六日夜間，因為明日正午便是寶相夫人超劫之時，當日由午初起，一交子正，三仙出洞，再過一日，便即成功脫難。八姑見連日並無妖人來犯，大出意料之外，因明午便是正日，越應格外戒備，不敢疏忽離開。便請司徒平去將紫玲替來，商議一同飛巡。

八姑對各人悄聲說道：「那日妖人用千年殭屍餘氣的五鬼來犯，伏誅以後，據我與諸葛道友推測，事已開端，妖人縱無餘黨偕來，別的邪魔外道定要賡續而至。尤其是那『翼道人』耿鯤更是必來無疑。因此人最擅『大小諸天禁制』之法，只要被他暗中來此行法佈置，不須天魔到臨，便能用『替形挪移大法』將此崖周圍數十里地化為灰燼，就是玄真子師伯的仙陣風雷，也未必能夠禁他侵入！」

各人聽了，皆憂形於色，八姑又道：「只恐那些邪魔外道到時偕來，我等既防天劫，又要應付強敵，危機甚多。適才想了又想，事已至此，除了竭盡我等智力抵抗重劫，並無良策。明日午初以前，令堂必然脫劫出洞，天魔也在那時相繼來到。在這千鈞一髮之際，可由司徒道兄乘外邪未到之際，緊抱令堂元嬰覓地打坐，你與令妹左右夾護。翼道人和其他外教邪魔，由我與諸葛道友抵擋，只須三仙出臨，便無害了！」

紫玲因為禍事快要臨頭，道淺魔高，心中憂急如焚。時光易過，不覺又交子夜。一輪明月高掛中天，海上無風，平波若鏡，銀光粼粼，極目千里。因近中秋，月光分外皎潔，景物清麗，更勝前夜。雖然距離正時越近，竟看不出有一絲異兆。

紫玲一路隨著八姑飛行，心中暗自默祝天神，叩求師祖垂佑，但能使母親超劫，情願以身相殉。誠中形外，八姑已自覺察，笑對紫玲道：「道友神明湛定，慧根深厚，連日更看出一片孝思，即此至誠已可上格天心，感召祥和！但盼這些邪魔外道到日也不來侵犯，我等專抗天魔，便可省卻許多顧慮，不致有害了。」

紫玲正在遜謝之間，忽見海的遠處起了一痕白線，往海岸這邊湧來，霎時間陰雲蔽月，海濤山飛，海裏怪聲亂嘯，把個清明世界變成一片突黑。

八姑紫玲一見事變將臨，自是戒備越緊。那釣鼇磯上三人看出警兆，因為正時將到，恐有疏虞，未容下邊報警，留下諸葛警我一人在磯上操縱仙陣，司徒平與寒萼早雙雙飛下磯來協同巡守。

八姑見天勢過於陰黑，惟恐各人慧眼不能周察，剛將「雪魂珠」取出，忽見一個高如山嶽的浪頭直往岸上打來。光影裡照見浪山中有好幾個生相猙獰、似人非人的怪物在內。大家一見妖邪來犯，司徒平首先將「烏龍剪」飛將出去。

眼看那浪山快要近岸，忽然一片紅光像一層光牆一般從岸前飛起，直往那大浪山裡捲去。轉眼浪頭平息，司徒平的「烏龍剪」也沒入紅光中，不知去向。紫玲姐妹的飛劍相隨飛到時，紅光只在百忙中閃了一閃，與那大浪頭一齊消沒。八姑最後動手，一見司徒平才一出手便失了「烏龍剪」，大吃一驚，司徒平更是痛惜惶駭，不知如何是好。連使收法，竟未回轉！

這時海上風雲頓散，一輪明月又出洪波，仍和方才一樣，更無別的異狀。如說那紅光是來相助的，便不該將司徒平的「烏龍剪」收去，要說是敵非友，何以對於別的飛劍沒有傷害，反將妖魔驅走？那「烏龍剪」自從到了司徒平手中，照「神駝」乙休親授口訣用法，已是運用隨心收發如意，一出手便被人家收去，來人本領可想而知。

眾人正都測不透主何吉凶，忽見近海處海波滾滾，齊往兩邊分湧，映著月光，翻起片片銀濤，頃刻之間，便裂成了一條數尺寬的大縫。鄧八姑疑是妖邪將來侵犯，飛身上前，將手一指，「雪魂珠」飛將出去。剛剛照定水縫中，猛見銀光照處，海底飛起一個道人，一手各夾著一個怪物，「吱吱」怪叫。鄧八姑定睛一看，又驚又喜，連忙將珠收起，未及招呼眾人，那道人已飛上岸來。司徒平首先認出來人正是「神駝」乙休，不由喜出望外，忙和眾人一同拜倒。

「神駝」乙休一上岸，將手臂上夾的兩個怪物丟了一個在地上，手一指，兩道烏光飛出去夾在怪物身上，也不說話。另一手夾著一個人首鼉身，長約七尺的怪物，邁開大步便往寶相夫人所居的洞崖前走去。眾人也顧不得看清那兩個水怪形相，忙即起身跟在後面。「神駝」乙休看似步行，眾人駕著遁光俱未追上，晃眼便入了陣地。

釣鼇磯上的諸葛警我先見海岸紅光，早疑是他，這時見他走入陣內，眾人又跟在身後，忙將門戶移動，準備放開通路時，猛覺陣中風雪已然被人暗中破去。正在大驚，鄧八姑和司徒平、紫玲姐妹四人追隨「神駝」乙休入陣沒有多遠，八姑一眼望到前面杉木旁有一座人力堆成的小山，和寶相夫人所居的崖洞形式一般無二，剛暗喊得一聲：「不好！」「神駝」乙休已直往那小山奔去。將那人首鼉身的怪物往地下一丟，兩手一搓，飛起一團紅光將小山罩住，口中長嘯了兩聲！

那怪物胸前忽然伸出一隻通紅大手，朝海沙連抓幾下，扒成一個深坑，回手護著頭面，直往沙中鑽去。頃刻全身鑽入地下，便見那小山逐漸緩緩往上隆起。一會離卻地面，仔細一看，那怪物已從沙中鑽下去將小山駝了起來。那山通體不過數尺，怪物駝著竟好以非常沉重，爬行迂緩，現出十分為難的神氣。

「神駝」乙休又長嘯一聲，將手往海一指，怪物被迫無奈，喘氣如牛，不時回首望著乙休，彷彿負重不堪，大有乞憐之意。

「神駝」乙休一手指定紅光，一手掐訣，喝道：「拿你的命換這麼一點勞苦，你還不願麼？」怪物聞言搖了搖頭，嘴裡又嘯了幾聲，仍自且行且顧，不消片刻，已然出了陣地。

八姑知道怪物行走雖緩，乙休使了「移山縮地」之法，再有片刻，便可脫險。正在沉思，忽聽天際似有極微細的摩空之音。抬頭一看，月光底下有一點白影正往崖前飛來。離海岸不遠，便有數十道火星直往眾人頭上飛螢一般打下！

眾人一見又來敵人，「神駝」乙休若無其事一般，連頭也不抬一下。寒萼心急，方喊一聲：「乙真人，敵人法寶來了！」一言甫畢，那數十點火星離頭只有兩三丈，眼看落下。乙休倏地似虎嘯龍吟般長嘯了一聲，左手掐訣，長臂往上一伸，五根瑩白如玉的纖長指甲連彈幾下，便飛起數十團碗大紅光，疾飛上去，迎著火星一撞，便是巨雷似的一聲大震，紅光火星全都震散紛飛。緊接著一個撞散一個，恰似灑了一天火花紅雨。霹靂之聲連續不斷，震得山鳴谷應，海水驚飛。只嚇得那怪物渾身戰慄，越發舉步維艱。

畢竟玄門妙法厲害，雙方鬥法之際，那人首鼉身的怪物，已將小山馱到海邊。「神駝」乙休左手指甲再向空中彈出紅光，與敵爭鬥。右手往海裡一指，海水忽又分裂，那怪物將小山驅了下去。沒有半盞茶時，海中波濤洶湧，怪物二次飛上岸來，跑至乙休足前趴跪，低首長嘯不已。

乙休正在全神注視海中，等怪物一奔上岸，便握緊右拳，朝著海裡一捏一放。便聽海底宛如放了百子連珠炮，一陣「隆隆」大響過去，忽然「嘩」的一聲，海水像一座高山，洪波湧起，升高約有百丈，倏地裂散開來。

月光照見水中無數大小魚蚧的殘肢碎體，隨著洪濤紛紛墜落。這時月明風靜，碧波無垠。只海心一處，波飛海嘯，聲勢駭人，震得眾人立身的海岸都搖撼欲裂。乙休連忙將一口罡氣吹向海中，舉右掌遙遙向前緊按了按，波濤方才漸漸寧息。同時左手指甲上彈出來的紅光，也與敵人火星一齊撞散消滅。

焰火散處，一個脅生雙翼的怪人飛身而下。眾人見來人生得面如冠玉、齒白唇紅、眸若點漆、晶光閃爍、長眉插鬢、又黑又濃。背後雙翼，高聳兩肩，翼梢從兩脅下伸向前邊，長出約有三尺。估量飛起來有板門大小。身材高大，略與「神駝」乙休相等，上半身穿著一件白色道家雲肩，露出一雙比火還紅的手臂。下半身穿著一件蓮花百葉道裙，赤著一雙紅腳，前半宛如鳥爪。

那人面鼉身的怪物見怪人來到，越發嚇得身慄抖戰，藏在乙休身後去了。怪人一照面便指著乙休罵道：「你這駝鬼，只說你永遠壓在窮山惡水底下，萬劫不得超生，不料又被人放出來為禍世間。你受人好處，甘心與人為奴，忘了以前說的大話。巴結峨嵋派，與藏靈道友為難，已經算是寡廉鮮恥的了。玄真子因妖狐有救徒之恩，護庇她情猶可原。你與妖狐並不沾親帶故，卻要你來捧甚臭腿！又不敢公然和我敵對，卻用妖法挾制我的門下，乘我未來，偷偷壞我的『移形禁制大法』，今日不說出理來，叫你難逃公道！」

乙休聞言也不著惱，反笑嘻嘻的答道：「我老駝生平沒求過人，人也請我不動。閒來無事，想做什麼就做什麼。你這披毛帶角的玩意，不通人情，也不細打聽就張嘴胡說。天狐與我雖無瓜葛，她卻是我小友諸葛警我的恩人，我記名徒弟司徒平的岳母。愛屋及烏，我怎不該管這場閒事？你乘人於危，又不和人家明刀明槍，用邪法暗中汙了人家封洞風雷，從海底鑽透地層，打算移形禁制，連此島一齊毀滅，你除了慣於倚強凌弱、欺軟怕硬，還有什麼面目在此逞能！」

那怪人聞言大怒。喝道：「我因山中有事，一時疏忽，晚來了一步，被你這駝鬼偷偷破了我的大法。那妖狐斷不容她再行脫劫淫惑世人！如不將她化魄揚塵，此恨難消，你既甘為妖狐爪牙，有本領只管施為便了！」

紫玲、寒萼、司徒平三人，已從那怪人生相看出是那「翼道人」耿鯤，先時原有些心懼。後來聽他口口聲聲左妖狐右妖狐的辱罵不休，不禁怒從心起。尤其紫玲姐妹，更是憤不兩立，也是耿鯤自恃大高，輕敵過甚，心目中除對「神駝」乙休還有一二分顧忌外，對於乙休身旁側立的幾個不知名的男女哪裡放在眼內！只顧說得高興，還要往下說時，紫玲姐妹早是孝思激動，氣得連命都不要，哪裡還顧什麼厲害輕重！悄悄互相扯了一下，也不說話，各自先將飛劍放出手去。

耿鯤一見，微微一哂道：「微末伎倆也敢來此賣弄！」肩上兩翅微展，從翅尖上早射出兩道赤紅如火的光華，將二人飛劍敵住。只一照面，紫玲姐妹便覺光華勢盛，壓迫不支。

司徒平見勢不佳，也將飛劍放出應援。乙休笑道：「我不似你們喜歡眾打一，既要上前，還不用你的『烏龍剪』？」

司徒平聞言，將手一招，那「烏龍剪」果從地面妖物身上飛回。這時敵人肩上又飛起一道光華，三人飛劍眼看不支，敵人仍然若無其事般指著乙休道：「你既不願現在動手，且等我除了這幾個小孽障，還你一個榜樣，再和你分個強存弱亡。」

耿鯤以為自己玄功變化，法力高強，連正眼也不朝三人看一看，正朝乙休誇口之際，旁邊鄧八姑、諸葛警我二人知道乙休脾氣古怪，未必此時相助，紫玲等劍光相形見絀，恐有疏虞。一聲招呼，一個將劍光放出，一個將「雪魂珠」飛起。

耿鯤見諸葛警我劍光不似尋常之輩，雖然有些驚異，還未放在心上。剛又放出一道劍光，忽見一團銀光飛來，寒光瑩流，皓月無輝，所有空中幾道光華俱覺大減，知是異寶，不由心裡一慌。正要行法抵禦，誰知紫玲姐妹一見「雪魂珠」出手，銀光強烈，陣上敵我光華俱都減色，忙趁敵人疏神之際，暗中默運玄功，將「白眉針」直朝敵人要害接連打去。

耿鯤識得「雪魂珠」厲害，將雙翼一舒，翅尖上發出數十道紅光。一面敵住，接著便想摩翼升空，另用玄功變化傷害眾人。就在這一時忙亂之中，忽見有十餘線如游絲的銀白光華往身前飛來。因那雪魂珠銀光強烈，宛如一輪白日，雙方飛劍光芒盡為所掩。

耿鯤雖是修道多年，一雙慧目明燭纖微，竟沒有看清敵人何時發出，直到近前，才得警覺。猛想起天狐白眉針厲害非常，自己因為想報當年仇恨，還煉就一樣破它的法寶。聞得她所生二女現在峨嵋門下，曾用此針傷過好幾個異派能手，怎的一時大意，忘了此著！

說時遲，那時快，在這危機緊迫之中，一任耿鯤萬分機警，縱有法寶道術，也來不及使用施為。略一遲疑，眼看針光快要到達身上，知道此針能隨使用人的心意追逐敵人，除了事前早有防備，一被針光照住，想要全身逃免，斷乎不能！只能將手一側，先避開幾處要害，豁出兩翼受傷！反倒迎上前去。

那十幾道銀絲打在翼上，登時覺著好些處酸麻。惟恐順著血流攻心，忙運玄功暗提真氣，將全身穴道一齊封閉。身受暗傷，急須設法將針取出，以免兩翼為針所毀。再加「神駝」乙休這個強敵還未交手，「雪魂珠」又非尋常法寶，同時司徒平的「烏龍剪」又如兩條神龍交尾而至，其勢難以戀戰！起初只說乙休難鬥，誰知反敗在幾個無名小輩手裡，陰溝裡翻船，好不痛恨懊悔！咬牙切齒長嘯一聲，借遁光破空而去。

八姑連忙喚住眾人，各收飛劍法寶，侍立「神駝」乙休面前，聽候吩咐。

那初被乙休挾上岸來的一個怪物，名喚「鮫人」，乃是魚首人身，脅生四翼，兩腳連而不分，與魚尾微微相似，卻生著兩隻長爪。已在司徒平收回「烏龍剪」時身首異處了。

「神駝」乙休見「翼道人」耿鯤受了重傷狼狽逃走，不禁哈哈大笑，對眾人道：「那耿鯤好不歹毒，他與天狐有仇，卻想連此島一齊毀滅。他因自己是乃母大鳥之精而生，介於人禽之間，平日不收人類，專一收取一些是人非人的東西做徒弟，打算別創一派。偏又疑忌太多，心腸狠毒，恐這些東西學成本領，出來闖禍，丟他的臉，教規定得極嚴，錯一點便遭慘死，門下得他真傳的極少。他曾從南海眼金闕洞底得了蚩尤氏遺留下來的一部《三盤經》。除本來煉就玄功外，所煉法術法寶，俱是汙穢狠毒。每次派出來的徒弟，除臨行傳授一些應用法術外，必有他的一兩樣護身法寶和一根鳥羽。外人見了那鳥羽，一則因他難惹，二則所行之事又非極惡大過，多不願與他結怨。因此成道以來，不曾遇過敵手，目空一世。不想今番卻敗在你們幾個人手上。他與北海陷空老祖頗有交情，必到那裡將針取出。但盼他二次趕來時有我與三仙道友在場，辦個了結，否則仇怨更深，你們從此多事，防不勝防了。」

各人見勝耿鯤容易，除諸葛警我、鄧八姑深知耿鯤技不止此外，紫玲等三人俱未在意。

乙休又道：「耿鯤派了兩個弟子，從海底偷入陣地，照他所傳法術用海沙築成一所小島岩洞，與後裏地形無二。靜等天狐快要出洞應劫之時趕來，施展那『移形禁制』之法，只一舉手間將那小山毀去，所有此島山林生物還未等天劫到臨，便一齊化為灰燼陸沉海底！」

各人聽說，才知適才千鈞一髮，不禁駭然。

乙休又道：「剛才耿鯤已追來，那座小山只被他放出來的火星打中，此島便須震裂陸沉。還算早有防備用縮地法將小山驅入海心深處，還隔斷了他的生剋妙用，才借他禁符將山毀去，你們但看適才破法時聲勢便知厲害。」

那人首鼉身的怪物，叫作「獺人」，乃是人魚與旱獺交合而生，此時早從乙休身後爬到前邊，跪在地上。

乙休道：「牠留此無用，待我行法將牠送回山去。天已快亮，該作禦劫準備了。」說罷，畫了一道靈符，口誦真言，將手一指，一團紅光飛起。那獺人將頭在地連叩數下，長嘯一聲，化成一溜火星，被紅光托住，離地破空而去。

乙休送走獺人，率領眾人來到寶相夫人所居岩洞前邊，說道：「天狐魔劫太重，微一疏忽，定成大錯！其中最厲害的一關，來襲的這東西名為天魔，並無真質，乃修道人第一剋星。對左道旁門中人與異類成道者更為狠毒。來不知其所自來，去不知其所自去，象由心生，境隨念滅，現諸恐怖，瞬思電變，稍一著相，便生禍災，備具萬惡而難尋跡！這比那頭二兩關，厲害何止十倍，神與天會，才能過此一關外，絕無別的方法抵禦。」

乙休又將玄真子在洞外所布仙陣的玄妙之處向各人說了，這時已屆巳初時分，司徒平忙往陣中死門地位上澄息靜念盤膝坐定。先將玄功運轉，以待寶相夫人入陣。諸葛警我仍去釣鼇磯上瞭望。紫玲姐妹分立岩洞左右，先將劍光飛起，一持「彌塵旛」，一持彩霓練，靜待接引。八姑暗持「雪魂珠」，飛身空中戒備。

到了巳末午初，正喜並無仇敵侵擾，忽見乙休飛向釣鼇磯上與諸葛警我說了幾句話，一片紅光閃過，升空而去。乙休一走，寶相夫人就要出來，大劫當前，陣內外夫妻姐妹三人俱各戒慎從事，越加不敢絲毫鬆懈。

待有半盞茶時，忽聽岩洞以上「嘩」的一響，一團紫氣擁護著一個尺許高的嬰兒，周身俱有白色輕煙圍繞，只露出頭足在外，彷彿身上蒙了一層輕綃霧縠。離頭七、八尺高下，懸著碧熒熒一點豆大光華，晶芒射目。初時飛行甚緩，紫玲姐妹早認出是寶相夫人劫後重生的元神和真體，不禁悲喜交集，口中齊聲喊得一聲「娘！」早一同飛迎上去接住。

紫玲一展「彌塵旛」，化成一幢彩雲，擁護著往陣內飛去。司徒平在死門上老遠望見，忙照乙休真傳，將陣法倒轉。轉眼彩雲飛至，因為時機緊迫，大家都顧不得說話。紫玲一到，一面收旛，口中喊道：「平哥看仔細，母親來了！」說罷，便將寶相夫人煉成的嬰兒捧送過去。

司徒平連忙伸手接住緊抱懷內，正待調息靜慮，運用玄功，忽聽懷中嬰兒小聲說道：「司徒賢婿快快將口張開，容我元神進去，遲便無及了！」聲極柔細，三人聽得清清楚楚。

司徒平忙將口一張，那團碧光倏地從嬰兒頂上飛起，往口內投去。當時只覺口裡微微一涼，無別感應，百忙中再看懷中嬰兒，手足交盤，二目緊閉，和入定一般。時辰已至，情勢越急，紫玲姐妹連忙左右分開，三人一齊盤膝坐定，運起功來。

當嬰兒出洞之時，便聽見西北天空中隱隱似有破空裂雲的怪聲，隆隆微響。及至嬰兒入陣，司徒平吞了寶相夫人那粒元丹，漸漸聽得怪聲由遠而近，由小而大。那釣鼇磯上諸葛警我與空中巡遊的鄧八姑俱早聽得，先時用盡日力，並看不見遠處天空有何痕跡。過有一會，回望陣中死門地位上，業已不見三人形體，只見一團紫霞中隱隱有三團星光，青芒閃爍，中間一個光華尤盛。

諸葛警我還不妨事，八姑究是旁門出身，未免也有些膽怯。天劫將到，耿鯤未來，料無別的外魔來侵，無須再為巡遊，便也將身往釣鼇磯飛上去。身剛飛到釣鼇磯上，便聽諸葛警我「咦」了一聲，回身一看，西北天空有一團紅影較火還赤，看上去分外顯得清明，初見時只如茶杯大小，一會便如斗大，夾著呼呼隆隆風雷之聲，星飛電馳而來，轉眼到了陣的上空。

那赤光大有畝許，中心實質不到一丈。通紅透明，芒彩四射，眼看快要落到陣上，離地七、八丈高，忽見陣地裡冒起無數股彩煙將那團火光擋住，相持起來。那團火光便彷彿曉日初出扶桑，海波幻影，無數金丸跳動，時上時下，在陣地上空往來飛舞。光華出沒彩煙之中，幻起千萬層雲霞麗影，五光十色，甚是美觀。

火光每起落一次，那彩煙便消滅一層。諸葛警我與鄧八姑看出那彩煙雖是陣法妙用，但至多不過延宕一些時刻！果然那火光越來越盛，緊緊下迫。

陣中彩煙逐漸隨著火光照處，化成零絲斷紈，在日光底下隨風消散。頃刻之間火光已飛離死門陣地上空不遠，忽然光華大盛，陣中彩煙全都消滅。「砰」的一聲大震，那團火光倏地中心爆散開來，化成千百個碗大火球。

星群墜雨一般，直往陣中三人坐處飛去。到離三人頭頂丈許，那三顆青星連那一團紫氣，便飛上去將那火光托住。

兩下光華強弱不一，此盛彼衰，相持有個把時辰，不分高下。八站有過以前經驗，先時甚代三人擔心懸念，及見這般光景，知道那「乾天真火」乃是一團純陽至剛之氣，來勢異常猛烈，先被仙陣借用地底純陰之氣抵擋了一陣，已緩減了不少威勢。難得陣中三人俱能同心如一，將生死置之度外，堅毅捱忍，拼受薰灼，居然將它敵住！只須捱過未正，頭一難關便逃脫了。

正在驚嘆心服之際，那一叢火光忽然大減。同時那三顆青星，除當中一粒光華轉更強盛外，其餘二顆都漸晦暗。方暗道一聲：「不好！」當中那顆青星忽往下落，然後朝上衝起，直往火叢中一團較大主光撞去。才一碰上，那團主光便似石火星飛，電光雨逝，立刻消散。主光一滅，所有空中千百團成群火光像將滅的油燈般，一亮一閃，即時化為烏有。

八姑、諸葛警我知那團主光乃是五火之原，疾如電飛，瞬息萬里！一見被司徒平的元神撞碎，便知大功將成，卻不料餘光消滅得這等神速，說滅便滅。再往陣中一望，陣法已是早被「乾天真火」破去。三顆青星，一個已離開紫氣圍擁，像人工製成的天燈，懸在空中浮沉不定，並無主宰，料是受創已深，元神無力歸竅。

且喜第二關雷風之劫要交申時才到，還有半個時辰空閒，連忙飛身過去救援。飛臨切近，各念歸魂咒語，將「雪魂珠」取出，放出一片銀光，罩向那最高一顆青星上面，緩緩壓了下去。到離司徒平頭頂不遠才止。再一細看，紫氣圍繞中的三人，一個個閉目咬牙，面如金紙，渾身濕汗淋漓，盤膝坐在當地。因四圍俱有紫氣圍繞，恐防有害，不敢近身。

二人正要商量離開，忽聽司徒平懷中的嬰兒開目細聲說道：「他三人因救難女，已被『乾天之火』所傷。如今小婿雖然不致有害，兩個小女已是不可支持。雖不送命，還有兩重劫難難以抵禦，望乞二位道友救她一救，將此寶珠向他三人命門前後心滾上一遍，再請諸葛道友將令師預賜的靈丹每人給一粒便無害了。」

二人聞言，便由八姑持珠在前，諸葛警我緊隨身後，一同上前。果然「雪魂珠」光華照處，紫氣分而復合，到了三人面前。八姑先用手向紫玲身上一摸，竟是火一般燙。將「雪魂珠」持在手內，在紫玲身上滾轉了兩周，立時散熱，臉色逐漸還原。諸葛警我也將玄真子預給的靈丹塞了一粒在她口內，然後再救寒萼與司徒平。不一會，三人一齊復原，頭上元神依舊光明活潑，才行離去。

兩人一同回釣鼇磯，諸葛警我道：「這『乾天純陽真火』，只聽師長說過，不想這般厲害！如無道友『雪魂珠』，三位道友不死也重傷了。」

八姑道：「昔年隨侍先師，曾經身與其難，那火所燒之處不但生物全滅，連那地方的岩谷洞壑，全都不顯一絲焦灼之痕而化為灰燼。此時晴日無風，看去不覺，少時『巽地風雷』一到，便看出那火的厲害了！」

諸葛警我雖然在小輩同門中功行比較深，到底沒有八姑見聞廣博。聞言往四外一看，遠近林木山石仍然如舊，樹葉仍是青蔥蔥的了無異態，雖覺言之稍過，也未回問。到了磯頭上面，因第二關有用著自己之處，先將「五雷真火」葫蘆從身後摘下持在手內，靜候申時風雷一到，便即迎上前去下手。先時「乾天純陽之火」來自西北，此時「巽地風雷」卻該來自東南。那釣鼇磯恰好坐西南、朝東北，與三人存身的陣地遙遙相對，看得一清二楚，二人便站向東南方一同注視。

這時已離申初不遠，諸葛警我方在和八姑笑說「翼道人」耿鯤幸是先來受了重傷而去，若在此時來犯，豈非大害？一言未了，忽然狂風驟起，走石飛沙。風頭才到，挨著適才天火飛揚之處的一片青蔥林木，全都紛紛摧斷散裂，彷彿浮沙薄雪堆聚之物，一遇風便成摧枯拉朽、自然癱散一般，聲勢甚是駭人。

諸葛警我疑是風雷將至，忙作準備。八姑先運慧目四外一看，說道：「道友且慢，此風雖也從東南吹來，不特風勢並不甚烈，又無雷聲。而且遠處妖雲瀰漫，那些林木裂散，並非風力，乃是適才『乾天之火』所毀，一切生物已然全滅，因為先前微風都無，所以尚存一些浮形，遇風即散，並無奇異。現距申時還有刻許，只恐別的異派邪魔乘隙來侵，請道友仍在此磯上防守，以禦雷火。貧道此來未出甚力，且去少效微勞，給來犯邪魔一個厲害。」說罷，便往三人坐處飛去。

諸葛警我眼見八姑飛離三人里許之遙，將手一揚，一道青煙過處，司徒平等三人連那紫氣青星全都不見。只剩八姑一人趺坐地上，手足並用，劃了幾下，知她用魔教中「匿形藏真」之法將三人隱去。

八姑佈置剛完，風勢越大，浮雲蔽日。煙霞中飛來了許多奇形怪狀的鬼物夜叉，個個猙獰凶惡，口噴黑氣。為首是一個赤面長鬚，滿身黑氣圍繞的妖道。左手持著一面白旛長旛，長約兩丈，右手拿著一柄長劍，劍尖上發出無數三稜火星。到時好似並未看見八姑在彼，領著許多鬼物夜叉，一窩蜂似的直往寶相夫人以前所居的岩洞中飛去。

諸葛警我先見來勢凶惡，也甚注意，準備上前相助。眼看那妖道同那一群鬼物夜叉煙塵滾滾，剛剛飛入岩洞，便見八姑將手一指，口中長嘯兩聲，那般高大的危崖倏地像雪山崩溶一般塌陷下去！碎石如粉，激起千百丈高，滿空飛灑，塵空中隱隱聽得鬼聲啾啾，甚是雜亂。過有一會，才見那妖道帶領那一群鬼物夜叉從千丈沙塵中衝逃出來，頭臉盡是灰沙，神態甚為狼狽。

八姑早長嘯一聲迎了上去，妖道這才看清敵人，不由大怒！一擺手中長旛，旛上黑煙如帶，拋起數十百根，連同那些鬼物夜叉一起向八姑包圍上去。

八姑罵道：「不知進退死活的妖道，連這點障眼法都看不透！被我略施小技，便將你這群妖孽差點沒活埋在浮沙底下，怎配覬覦寶相夫人的元丹！你吃了苦頭，可還認得當年的『女殃神』鄧八姑麼？」說時將手一揚，先飛起一道青光將那些黑煙鬼魅逼住。

八姑先時坐在地上，生得矮瘦，形如骷髏，又穿著一身黑色道服，遠望與一株矮的樹樁相似。妖道又是志在一到便搶了寶相夫人的元丹遁走，所以沒有在看。一入洞便吃八姑使了禁制，一座已被真火燒成石粉的灰山壓下去，怕沒有幾千百萬斤重量，一任妖道妖法厲害，一時也難以逃出。何況周身俱被灰塵壅堵，五官失用，上面又有那般重的壓力壓下，無論仙凡，也難承受。

還算那妖道本領並非尋常，所帶鬼物夜叉又是有形無質，一見腳下發軟，知道越避越險，口誦護身神咒，用盡妖法抗拒，往上硬衝，費了無窮氣力，吃了許多苦頭，才行逃出。一見八姑高喝，迎面飛來，知是寶相夫人請來幫手。剛在行使妖法抵敵，一聽來人自報姓名是「女殃神鄧八姑」，正是昔年對頭冤家！越發又愧、又怒、又恨！

仇人對面，無可逃避，只得潑口大罵道：「你這賊潑賤，原是一樣出身旁門，偏與旁門作對！這些年來，聽說你獨自逃往雪山潛伏，走火入魔，不死不活的苦受苦挨，不知又被哪個賊黨救將出來，與自家人作對。天狐不在，定然被你弄死了撿了便宜，趁早將那元丹獻出，免得死無葬身之地！」

八姑雖是近年道心平靜，也不禁勃然大怒道：「無知孽障，到處為惡，欺壓良善，今日犯在我手，我且先不殺你，讓你嘗嘗活埋的滋味，再伏天誅！」說罷，將手一指，妖道立處忽覺腳下一軟，知道不妙，方要騰空飛起，猛見頭上灰濛濛一片壓將下來。待使遁法逃避時，已被八姑早在暗中行法困住，地下似有絕大力量吸引，頭上又有數千百萬斤東西壓下，身不由己，連人帶那些鬼物夜叉全都陷入地內。

這次更不比剛才，八姑存心與他為難，用魔教中最狠毒的禁法，暫時也不傷他性命，只教他在地下無量灰沙中左衝右突，上下兩難。

八姑將妖道困住，一望日影已入申初，暗恨妖道言行可惡，把心一狠，收轉適才劍光，飛回釣鼇磯上。諸葛警我連讚八姑妙法，頃刻除了妖道。

八姑道：「那妖道也非弱者，煉就許多成形魔鬼，遇到危急，隨便擇一，可以替身逃遁。他名叫風梧，人稱『百魔道長』。論貧道本領只能將他趕走，要想除他，卻是萬難。也是這廝惡貫滿盈，他未來前，岩洞附近一片山地盡被純陽真火化煉成了朽灰，藉著這現成的浮沙將他陷入地內，又一併將那座毀崖朽灰移來與他壓上。他縱然精通法術，或可脫身，也須掙扎些時！這種惡道留在世上終須為害，不如趁此極巧機會將他除去。少時『巽地風雷』便到，正好利用風雷將這群妖道魔鬼化為灰煙！」

正說之間，諸葛警我一眼見東南角上有一片黑雲，疾如奔馬，雲影中時見數十道細如游絲的金光亂閃亂竄，忙喊：「八姑仔細！」一面舉著手中葫蘆，口誦真言，準備下手。八姑知那風雷來勢甚快，耳聽雲中「轟轟」發動之聲越來越響，不俟近前，便將手朝下一指，連禁法與陣中三人隱身匿形之法一齊撤去。

這時妖道陷身之處已成一片灰海煙山，塵霧發揚，直升天半。那妖道在灰塵壅埋中領了那一群鬼魔衝將上來。恰巧罡風疾雷同時飛到，一過妖道頭上，便要往司徒平等三人打去。「轟轟隆隆」之聲驚天動地，雷後狂飆已吹得海水高湧，波濤怒嘯，漸漸由遠而近。諸葛警我用手一指，一道金光將那葫蘆托住，直向那團飛雲撞去。一面忙將金光招了回來。耳聽「砰」的一聲，二雷相遇，成團雷火，四散飛射！

那妖道未離土前，還在想尋仇對敵。一眼看到前面三顆青星，貪心又起，未及上前，猛見頭上一朵濃雲，金蛇亂竄，業已兩下爆發！這一震之威，休說雷火下面的妖道與鬼物夜叉之類化為飛煙四散，連諸葛警我與鄧八姑俱耳鳴心怖、頭昏腦眩。那海上許多大小魚蚧，被這一震震得身裂體散，成丈成尺成寸的魚屍，隨著海浪滿空飛舞！

迅雷甫過，罡風又來。乙休還說神雷既破，風勢必減，尚吹得海水橫飛，山石崩裂，樹析木斷，塵霾障目！

八姑見罡風的翼略掃磯頭，磯身便覺搖搖，似要隨風吹去。哪敢怠慢，忙將「雪魂珠」放出手去！然後飛身上空，身與珠合，化成畝許大一團光華，罩在司徒平等三人頭上。

這萬年冰雪凝成的至寶果然神妙非常，那大風力竟自不能搖動分毫。風吃珠光一阻，越發怒嘯施威，而且圍著不去，似旋飆般團團飛轉起來。轉來轉去，轉變成數十根風柱，所有附近數十里內的灰沙林木全被吸起，一根根高約百丈，粗有數畝，直往銀光撞來。一撞上只聽「轟隆」一聲大震，化作怒嘯，悲喧而散。

諸葛警我在磯頭上當風而立，耳中只聽一片山嶽崩頹、澎湃呼號之聲，駭目驚神，難以形容！相持約有個把時辰，銀光四圍的風柱散而復合，越聚越多，根根灰色，飆輪電轉。倏地千百根飛柱好似蓄怒發威，同時往那團畝許大小的銀光撞上去。

光小，風柱太多，互相擁擠排盪，反不得前，發出一種極大難聽的悲嘯之聲，震耳欲聾。

諸葛警我看得怵目驚心，只見那團銀光，忽然漲大約有十倍，那風被這絕大漲力一震，「叭」的一聲，緊接著「噓噓」連響，所有風柱全都爆裂，化成縷縷輕煙四散。不一會便風止雲開，清光大來，一輪斜日遙浮於海際波心，紅若朱輪，碧濤與天半餘霞交相輝映，清麗壯闊，無與倫比。如非見了高崖地陷沙沉，斷木亂積，海岸邊魚屍蚧殼，狼藉縱橫，幾疑置身夢境，哪想到會有適才這種風雷巨變！

那空中銀光早隨了鄧八姑飛上磯來，八姑已是累得力盡精疲，喘息不已了。這第三次天魔之災應在當晚子夜，除了當事的人冥心湛慮、神與天合，無法抵禦。八姑與諸葛警我二人自是愛莫能助，除了防那別的邪魔而外，惟盼三仙早時開洞出臨而已。

且說「苦孩兒」司徒平與秦紫玲姐妹，護著寶相夫人法體元神，已連過兩關，這第二關風雷之災雖比「乾天純陽真火」厲害得多，僅只受一番虛驚，平安度過，好不暗中各自慶幸。三劫已去其二，只須挨過天魔之劫，便算大功告成。因為前兩關剛過，最後一關陰柔而險毒異常，心神稍一收攝不住，便被邪侵魔害，越發不敢大意！

這時岩前這一片山地連受真火風雷重劫，除了司徒平四人存身的所在周圍二、三畝方圓，因有紫氣籠護巍然獨峙外，俱已成沙海巨坑。月光之下，又是一番淒慘荒涼境界。

到了戌末亥初，司徒平與紫玲、寒萼姐妹三人已在潛心運氣，靜候天魔降臨。忽聽懷中寶相夫人道：「我今日所受之災，以末一災最為難過。『天魔』有形無質，而含天地陰陽消長妙用，來不知其所自來，去不知其所自去，休說心放形散，微一應聲，元精便失！我的元神由賢婿元靈遮護，元靈不散，『天魔』不能侵入，此魔無法可退，非挨至三仙出洞，不能驅散。此時吉凶已非道力所能預測，雖有倖免之機，而險兆尤多，但看天心能否鑒憐而已！」

三人因為時辰快到，連心中悲急都不敢，只管平息靜慮，運氣調元，使返光內瑩，靈元外吐，以待「天魔」來降。

約莫有半個時辰過去，已交子時，月光如水，碧空萬里，更無纖雲，未看出一絲毫的警兆。正在稀奇，忽聽四外怪聲大作，時如蟲鳴，時如鳥語，時如兒啼，時如鬼嘯，時如最切近的人在喚自己名字。其聲時遠時近，萬籟雜呈，低昂不一，入耳異常清脆。不知怎的，以三人都是修道多年，久經險怪的，聽了這種怪聲，兀自覺得心魂搖搖，入耳驚悸，幾於脫口應聲！

三人方一聞聲，便知「天魔」已臨，連忙潛心默慮，鎮攝元神。一會功夫，怪聲忽止，明月當空，毫無形跡，正揣不透是何用意，忽聽東北角上頓作巨響，恍如萬馬千軍殺至。一會又如雷鳴風怒，山崩海嘯，和那二次「巽地風雷」來時一樣。雖然只有虛聲，並無實跡，聲勢也甚駭人，驚心動魄。那東南角上卻起了一陣靡靡之音，起初還是清音細打，樂韻悠揚，一會百樂競奏，樂聲匯呈，濃豔妖柔，蕩人心志。

這裡淫聲熱鬧，那西南角上同時卻起了一片匝地的哀聲。先是一陣如喪考妣似的悲哭過去，接著萬眾怒號起來，恍如孤軍危域，田橫絕島，眼看大敵當前，強仇壓境，矢盡糧空，又不甘降賊事仇，抱著必死之心在那裡慟地呼天，音聲悲憤。響有一會，眾聲由昂轉低，變成一片悲怨之聲。時如離人思婦，所思不見，窮途天涯，觸景生悲。時如暴君地上，苛吏莫訴，宛轉哀鳴，皮盡肉枯，呻吟求死。這三種悲聲，雖然激昂悲壯，而疾痛慘怛各有不同，俱是一般的哀號。尤其那萬眾小民疾苦之聲，聽了酸心腐脾，令人腸斷！

三人初聽風雷殺伐、委靡淫亂之聲，因是學道多年，心性明定，還能付之無聞。及至一聽後來怨苦呼號之聲與繁音淫樂遙遙相應，不由滿腔義俠，軫念痌瘝，心旌搖搖，不能自制！幸而深知此乃幻境，真事未必如此之甚，這同情之淚一灑，便要神為魔攝，功敗垂成！只是那聲音聽了，兀自令人肌慄心跳，甚是難過。正在強自挨忍，群響頓息，過不一會，又和初來時一樣，大千世界無量數的萬千聲息，大自天地風雷雨雹之變，小至蟲鳴秋雨，鳥噪春晴，一切可驚可喜、可悲可樂、可憎可怒之聲，全都雜然並奏。

這時諸葛警我、鄧八姑雖也一樣聽見，因是置身事外，心無恐怖，不虞魔侵，仍自盤空保護，以防魔外之魔乘機潛襲。一聽眾響回了原聲，下面紫氣籠繞中三點青星仍懸空際，光輝不滅，便知第一番「天魔」伎倆已窮！

果然不消頃刻，群噪盡收，萬籟俱寂。方代下面三人慶幸無恙，忽見繽紛花雨自天而下，隨著雲幢羽葆中，簇擁著許多散花天女，自持舞器，翩躚而來，直達三人坐處前面舞了一陣，忽然不見。再接著又是群相雜呈，包羅萬象，真使人見了目迷五色，眼花繚亂！

三人看到那至淫至穢之處，紫玲道心堅定，還若無睹。司徒平雖與寒萼結過一段綺緣，乃是患難之中情不由己，並非出於平時心理。惟有寒萼生具乃母遺性，孽根未盡，看到自己與司徒平在紫玲谷為藏靈子所困時的幻影，不禁心旌搖搖起來。這元神略一搖動，渾身便自發燒，眼看那萬千幻相中隱現一個大人影子，快要撲進紫氣籠繞之中！知道不好，上了大當，連忙拼死鎮攝寧靜時，大人影子雖然退去，元神業已受了重傷！

一會，萬幻皆空，鼻端又忽聞異味。時如到了芝蘭之室，清香襲腦，溫馨蕩魄；時如入了鮑魚之肆，腥氣撲鼻，惡臭薰人，所有天地間各種美氣惡臭次第襲來。最難聞是一片暖香之中雜以極難聞的臊膻之味，令人聞了頭暈心煩，作噁欲嘔，三人只得反神內覺，強自支持。

霎時鼻端去了侵擾，口中異味忽生。酸甜苦辣鹹淡澀麻，各種千奇百怪的味道一一生自口內，無不極情盡致。哪一樣都能令身受者感覺到百般的難受，一時也說之不盡。容到口中受完了罪，身上又起了諸般朕兆，或痛、或癢、或酸、或麻，時如春困初回，懶洋洋情思昏昏，時如刮骨裂膚、痛徹心腑，這場魔難比較以前諸苦更是厲害！

好容易才耐過，忽然情緒如潮齊湧上來。意馬心猿，怎麼樣也按捺不住。以前的、未來的、出乎料想之外的、遠近富貴賤憂樂苦厄鬼怪神仙佛，六慾七情，無量雜想，全都一一襲來！此念甫息，他念又生，越想靜，越不能靜，越求不動，他偏要動！連紫玲姐妹修道多年，竟不能澄神遏慮，反照空明。

眼看姐妹二人一個不如一個，首先寒萼先是一個失著，心中把握不住，空中元神一失主宰，眼看就要散消！寒萼哪知道是魔境中的幻中之幻，心裡剛一著急，恐怕元神飛逝。此念一動，那元神便自動飛回。元神一經飛回，所有妄念立止。等到覺察想再飛起防衛，卻不知自己大道未成，本無神遊之能，只是「神駝」乙休靈符妙法的作用。神散了一散，法術便為魔力所破，要想再行飛起，焉得能夠！

紫玲雖比寒萼要強得多，無奈「天魔」厲害，並不限定你要走邪思情慾一關才致壞道。只你稍一著想，便即侵入。紫玲關心寶相夫人過切，起初千慮百念，俱能隨生隨滅，未為所動。最後不知怎樣一來，念頭轉到寶相夫人劫數太重、「天魔」如此厲害！心裡著想一動，魔頭便乘虛而入。惟她道行較高，感應也較嚴重，也和寒萼一樣，猛覺出空中三個元神被魔光一照，全快消滅。

紫玲以為元神一散，母子夫妻就要同歸於盡，心中一急，元神倏地歸竅。知道不妙，忙運玄功想再飛出時，誰知平時雖能神遊萬里之外，往返瞬息，無奈道淺力薄，又遇上這種最厲害的「天魔」，哪還有招架之功，用盡神通，竟不能飛起三尺高下。

寶相夫人的左右護翼一失，那「天魔」又是個質定形虛、隨相而生之物，有力也無處使。這一來休說紫玲姐妹嚇得膽落魂飛，連空中的諸葛警我與鄧八姑，一見空中三朵青星，倏地少了一朵，天還未亮，不知三仙何時出洞，雖然司徒平頭上那朵青星依舊光明，料定道淺魔高，支持稍久，決無倖理！二人都是一般心驚著急，愛莫能助！

尤其「女殃神」鄧八姑，想起自己以前走火入魔，還沒有今日「天魔」厲害，已是不死不活，受盡苦痛。眼看寶相夫人就要遭劫，兔死狐悲，物傷其類，更為難過！暗忖自己那粒「雪魂珠」乃是天地精英、萬年至寶，除魔雖未必可以，難道拿去保護三人，還無巧效？

一時激於義憤，正要往下飛落，忽聽諸葛警我道：「怪事！」定睛一看，論道行，司徒平還跟不上紫玲姐妹，起初紫玲姐妹元神一落，便料他事敗只在頃刻。誰知就在二人沉思觀望這一會功夫，不但那朵青星不往下墜落，反為光華轉盛起來，一毫也不因失了左右兩個輔衛而失效用！二人看了好生不解。

原來「苦孩兒」司徒平幼遭孤露，嘗盡磨難，本就沒有受過一日人生之樂。及至歸到「萬妙仙姑」許飛娘門下，雖然服役勞苦，比起幼時已覺不啻天淵。後來因自己一心向上，未看出許飛娘私心深意，無心中朝餐霞大師求了幾次教，啟了許飛娘的疑忌，備受荼毒。末一次若非紫玲谷二女借「彌塵旛」相救，幾乎被許飛娘毒打慘死！人在萬分危難冤苦之中，忽然得著其美如仙的紅粉知己，既救了他的性命，還受盡溫存愛護之恩，深情款款，以身相許，哪能不浹髓淪肌的感激恩施。

此番到了東海，若論道行法術還不如寒萼，比起紫玲更是相差懸殊。也是司徒平該要否極泰來，悟到寶相夫人已和自己同體，那「天魔」只能傷夫人而不能傷我，我何不抱定同死同生之心！自己這條命原是撿得來的，當初不遇二女，早已形化神消，焉有今日！要遭劫索性與夫人同歸於盡，既是境由心生，幻隨心滅，什麼都不去管它，哪怕是死在眼前，有何畏懼？主意拿定，便運起玄功，一切付之無聞、無見、無覺，一切眼、耳、鼻、舌、身、意的魔頭來侵時，一到忍受難禁，便把他認為故常，潛神內照，反諸空虛，那魔頭果然由重而輕，由輕而滅！

司徒平並不因此得意，以為來既無覺，去亦無知，本來無物，何必魔去！神心既是這般空明，那意魔來襲自然便不易攻進。中間雖有幾次難關，牽引萬念，全仗他道心固定，旋起旋滅。先還知道有己，後來並己亦無，連左右二衛星的降落俱未絲毫動念，不知不覺中漸漸神與天會，神光湛發，比起先時三星同懸，其抗力還要強大！

道與魔原是此盛彼長，迭為循環，過不一會，魔去道長，元神光輝益發朗照，所以空中諸葛警我與鄧八姑見了十分驚異。

這時只苦了紫玲姐妹！自知誤了乃母大事，一面跪地呼天、悲號求赦，一面籲懇三仙出洞救難。驚急憂惶中偷眼一看司徒平，神儀內瑩，寶相外宣，二目垂簾，呼吸無聞，不但空中星輝不滅，臉上神光也自煥發，那嬰兒也是盤膝貼坐在司徒平懷內，若無聞見。雖看出還未遭劫，畢竟不能放心。二女正在呼籲求救之中，猛聽四外怪聲大作，適才所見怪聲幻相，忽然同時發動！

紫玲姐妹因是驚惶，在空中的八姑、諸葛警我也看出兆頭不對。如果所有六賊之魔同時來犯，休說一個司徒平，任是真仙也難抵禦！

八姑、諸葛警我正在憂急，忽見西南角上玉笏峰前三仙洞府門首，飛起一道千百丈長的金光，直達司徒平夫妻三人坐處，宛如長虹貫天，平空搭起一座金橋！

這時海上剛剛日出，滿天盡是霞綺，被這金光一照，奇麗無與倫比！諸葛警我知是三仙開洞，心中大喜，眼看那道金光將司徒平等三人捲起往回收轉。

就在這時，東北遙空星群如雨，火煙亂爆，夾著一片風雷之聲疾飛而來，煙火中「翼道人」耿鯤展開雙翼，疾如電掣般直往金光中三人撲去！

八姑方要飛身上前，忽然「天魔」的一派幻聲幻相一齊收歇。從下面三人坐處飛起一個慈眉善目的清瘦瞿曇，另一個仙風道骨的星冠白衣羽士，雙雙將手往空中一指，也未見發出什麼劍光法寶，那「翼道人」耿鯤兀自在空中上下翻飛，兩翼間的火星如暴雨一般紛紛四散墜落，灑了一天的火花。過沒半盞茶時，忽然長嘯一聲，仍往東北方破空飛去。下面三人就在雙方鬥法之間，隨著那道金光到了三仙洞中。

諸葛警我知道大功告成，忙約八姑跟蹤過去到了洞前落下。一同入內一看，三仙正與司徒平等三人說話，連忙上前拜見。玄真子便命諸葛警我到妙一真人房內，取來妙一夫人日前遺留的一身道衣，然後吩咐紫玲從司徒平懷中抱過嬰兒，拿了那身衣服入室與寶相夫人更換。等到紫玲出來，寶相夫人已成了一個妙齡道姑了。

原來司徒平剛將六賊次第抗過，忽又同時襲來，眼看危急萬分，正趕上三仙修煉仙法功行圓滿出來，首由玄真子與苦行頭陀用先天太乙妙術驅散天魔。再由乾坤正氣妙一真人用長眉真人《天籙玉笈》中附賜的一口降魔仙劍，藉本身純陽真氣化成一道金光，接引三人入洞。偏巧耿鯤在北海陷空島取出了「白眉針」，修煉復原趕來報仇，原想乘隙使用毒手傷害三人性命，正值苦行頭陀與玄真子除了「天魔」，用無形劍將他趕走。

司徒平等三人到了洞中叩見三仙之後，寶相夫人多年苦修，業已煉體歸原，嬰兒可大可小，三仙早向妙一夫人要了一身仙衣相贈。紫玲姐妹見母親仍和從前一般模樣，只是添了一身仙氣，好不悲喜交集。寶相夫人更衣出來，先向三仙謝了救命之恩，又同二女、司徒平跪謝諸葛警我與八姑相救之德。

妙一真人便取出一封仙札，交與寶相夫人說道：「我三人奉了先師遺敕，閉洞開看玉笈，修煉法寶，笈中附有封仙札。吩咐你持此札往峨嵋前山解脫庵舊址的旁邊，那裡有個洞岩，直通金頂。可在裡面照札中仙示修煉，直到三次峨嵋鬥劍方許出面，事完之後，功行便自圓滿，飛升仙闕。積修外功由你二女代為，千萬不可離開，自誤功課！」

寶相夫人再行拜謝，妙一真人又道：「我不久即往峨嵋準備群仙聚會、開府大典，此番魔劫只司徒平一人無礙，道心堅定，甚是可嘉！你二人俱受魔侵，元神虧損，尤以寒萼為甚。須俟回山開府先取了『太極兩儀微塵陣』中所藏仙丹，方可複元。你母女多年未見，方得重逢，又要久違，可同到峨嵋聚上

三、二日，再照仙札修為便了。」

寶相夫人將仙札跪領過去，默謝長眉真人，這才起身率了眾人同三仙拜辭。玄真子道：「諸葛警我在此無事，也隨了一同去吧。」當下寶相夫人與諸葛警我、鄧八姑、司徒平夫妻三人拜別三仙，出了仙府。各駕遁光法寶齊往峨嵋進發。到了凝碧崖前落下，靈雲同了一干小輩同門已在引頸相候，互相見禮稱謝之後，問起寶相夫人脫劫之事，俱都驚喜非常。

自那日司徒平等四人走後，陸續又來了不少兩輩同門，洞中之事已由「髯仙」李元化代為主持。因為開府在即，來的人一天多似一天，接待一切俱都派有專司，這都暫且不提。

那寶相夫人原不甚放心寒萼，打算脫劫以後母女三人同在一齊修煉，就便監管。不料又奉長眉真人仙札，只能相聚二、三日便須分手往解脫庵側岩洞之內修為。知道運數如此，這三日裡默觀眾小輩同門之中，只有英瓊不但根器最厚，前途造就更是難量。又見她和寒萼頗投契，越發心喜，再三叮囑寒萼對於英瓊務要極力交好。自己又當面向靈雲、英瓊重託，說二小女劫重魔深、緣淺道薄，務望隨時照應等語。

到了第三日，不能再延，打開仙札拜觀，便又囑咐了紫玲姐妹與司徒平三人幾句，才行辭別各位老少同門，逕往解脫庵岩洞之中潛修去了。寶相夫人走後，紫玲姐妹自是心酸難過，大家不免又勸勉一陣。

這日英瓊、若蘭與紫玲姐妹四人，奉命在飛雷捷徑的後洞外面接候仙賓，米、劉二矮與袁星、神鵰俱都隨在身側。

等了一陣，芷仙忽然同了余英男來到後洞。英瓊便問二人出洞則甚？英男笑道：「我自身子復原以後，好幾天也沒見你的面，心裡頭怪想的，請裘師姐帶了我同來與你談談，別的也無甚事。」

英男劫後重生，大家因她生具仙根，又是三英之一，十分愛重。她的性情又是英爽之中夾以溫和，個個投緣，俱都搶著傳她劍法口訣，功力也頗有精進。

這時英瓊見英男口中雖稱無事，卻有些神不守舍，連連追問，英男也不說什麼，只是道：「我想遊山，可能將佛奴、袁星借我作陪麼？」

英瓊笑道：「哪有什麼不能！」英男立時面有喜色，跨上神鵰，振翅便飛，袁星嚷著追趕前去，也上了鵰背。

英男走後，英瓊總覺英男神色有異，命米、劉二矮到洞中去請示，米、劉二矮來到太元洞，見了玉清大師和靈雲，說起英男借了佛奴、袁星他去一事，玉清大師笑對靈雲道：「昨晚我略露口風，她便警覺，只生性太急了些！」

靈雲便問何故？玉清大師道：「英男師妹因開山盛典在即，門下弟子只她一人道淺力薄，連口好劍都無。雖有英瓊妹子送她的一口，偏又本質不佳，我曾代她占過，知道她應得一口劍，雖非紫郢、青索之比，卻也相差不甚遠，經她一磨，我又給她占了一卦，卦象竟是甚奇，大有一出門便可到手之象，當時再三勸她不要心急，以她一人之力，難免有險，她竟不聽！」

（注：下文一大段，寫余英男得達摩老祖遺下的「南明離火劍」，頗能表現原作者在書中表示主旨「前緣註定」。本書中人物的遭遇，在很多情形下，全都擺脫不了「前緣註定」的影響，對於中國的人生哲學「命裡有時總須有，命裡無時莫強求」的說法，演繹得頗為生動，更強調了就算是前緣註定，也要經過努力才獲得的積極想法。）

米、劉二矮知道英男是英瓊至交，在一旁聽了，急形於色，玉清大師笑道：「你們想去建這一功，相助余仙姑麼？」

二矮連忙跪伏，玉清大師閉目不語半晌，才道：「好，你們前去相助，要見機行事。」說罷，望著米矮，道：「那阻礙行事之人，與你大有淵源！」

米、劉二矮當時也不知玉清大師此言何意，領命逕去追趕英男。

第七回　南明離火　天一真水

卻說英男得了玉清大師預示機宜，暗想：「英瓊那口紫郢劍，費了多少辛苦，干、莫神物，豈能隨便到手！久聞玉清大師占驗如神，何不前去試它一試？」便問明大師劍的方向，想背人先和英瓊商量一下。到了後洞一看，同門好幾個在彼，不便將英瓊喚開說私語，只好暫時秘而不宣，省得徒勞，不好意思，便藉騎鵰飛行閒遊為名，帶了袁星同去。

她在鵰背上飛行了一陣，乘虛御風，覺得眼界一寬，甚是高興。暗忖：「玉清大師雖從卦象上看出神物方向，卻未說準藏在哪裡！茫茫大地，宛如海底撈針，何處可以尋找？」不由把來時高興打退了一半，知道鵰、猿俱是靈通之物，想了想，對鵰、猿道：「我余英男昨日受玉清大師指點，說我該得一口仙劍，就應在前途。我肉眼凡胎，實難找尋，千萬看在你主人份上，幫我一幫，把它得到，真是感恩不盡！」

那神鵰回首向著英男長鳴一聲，倏的雙翼微束，如飛星隕瀉一般直往下面山谷之中投去。英男望見下面崖轉峰回，坡巒起伏，積雪未消，一片皚白。及至落地，神鵰放下英男，便將雙翼展開，往對面高峰上飛掠過去。

英男見那山盡是冰雪佈滿，一片陰霾，完全荒寒未闢境界，不知神鵰是何用意。忽然一陣大風吹起，先是一陣輕微爆音，接著便是驚天動地一聲大震，定睛一看，對面那座雪峰竟平空倒將下來！

那峰高有百丈，一旦墜塌，立時積雪驚飛，冰團雹舞，瀰漫天空，宛如數十百條大小銀龍從天倒掛！那大如房畝的碎冰塊，紛紛墜落在雪山深谷之中，震盪磨擊，勢若雷轟，餘音隆隆，震耳欲聾！

就在這時，耳際似聞神鵰聲，仰面一看，神鵰飛翔越高，只袁星站在身後兩丈遠近，用長臂向著空中連揮。再看神鵰，只剩一個小黑點，只管時隱時現，盤旋不下。

袁星面向對崖，定睛注視著下面的奔雪，連眼都不瞬一下，指了指天上，又指了指對面的山谷，又叫英男將身隱伏在近側一個雪包後面。英男猛的心中一動，剛將身伏倒，便見谷中雪霧中，衝起一道五色光華，直往空中飛去，轉眼追離神鵰那點小黑影不遠，忽然往上一升，一同沒入雲中不見。

袁星連忙站起，喊道：「余仙姑快隨我走！」說罷，拉了英男一把，首先往谷中竄了下去，英男聞言靈機一動，連忙飛身跟了下去。

英男秉賦既佳，輕身功夫又好，身體更是在冰雪寒霜中經過淬煉，脫劫以後多服靈藥仙丹，日近高人，端的奇冷不侵，身輕如燕。

不一會，一路履冰踏雪到了下面，見袁星在前，逕在雪塵飛舞中鑽了進去，趕到跟前，竟是三座冰雪包裹的岩洞，裡面火光熊熊，甚是光亮。入內一看，洞內寬大非凡，當中燃著一堆火，看不出所燒何物，到處都是晶屏玉柱，寶幔珠纓，流輝四射，光彩鑑人。

英男萬沒想到寒荒冰雪中會有這般奇境靈域，好生驚奇！原來那洞本是雪山谷中一座矮小孤峰，峰底有個天生古洞。洞外峰頂終年積雪包裹，亙古不斷，再加谷勢低凹，那峰砥柱中流，山頂奔雪碎冰，到此便被截住，越積越高大，漸將峰的本形隱去，上半截全是凝雪堅冰。雪山冰川稍受震動，便會崩裂，哪經得起適才神鵰雙翼特意用力一扇！自然上半截冰雪凝聚處便整個崩裂下來！

英男見洞中不但景物靈奇，而且石桌冰案，丹爐藥灶，色色俱全，料知必有仙靈盤踞，袁星既將自己引到此間，必與那口寶劍相關！方在定睛察看，忽見袁星拔出雙劍，朝室中那團大火一揮，立時眼前一暗，火焰全滅，猛聽袁星又高叫道：「寶物到手，仙姑快些出去，省得對頭回來不便！」

英男聞言又驚又喜，連忙縱身跳出，袁星業已越向前面，往崖上跑去，劍已還鞘，兩手抱定一個大有五尺，形如棺材的一塊石頭。英男跟著袁星一路飛跑，從寒冰積雪中，連越過了幾處冰崖雪坡，直到一個形如岩洞的冰雪凹中，鑽了進去，袁星才將手中那塊石頭放下，說道：「仙姑的劍藏在石中，只沒法取，待我去將佛奴喚回，帶回去再想法吧！」說罷，便自走出。

英男往那石一看，石質似晶非晶，似玉非玉，正中刻著「玄天異寶，留待餘來，神物三秀，南明自開」十六個凸出的篆書。細玩詞意，心中狂喜，知道是前輩仙人留給自己的。用手一捧，竟是沉重非凡，何止千斤！暗忖自己不會飛行，袁星抱著跑了路，已累得渾身是汗，除了神鵰此時回來，帶了回去，求眾前輩師伯叔，與眾同門行法打開，更無法想。適才那道五色光華必是藏石之人，本領定然不少，萬一回洞發覺追來，怎生抵敵？神鵰怎的去這一會了還不見回來？」

英男想到這裡，探頭往外一看，天空中那一道五色光華已高得望上去細如游絲，正和一個黑點飛行馳逐，出沒無定。雙方鬥有好一會，忽聽一聲鵰鳴，黑點首先沒入雲空，那道五色光華也相繼不知去向。袁星卻從側面跑來，近前說道：「佛奴已將對頭引到遠處，少時便要飛來，帶了我們逃回峨嵋。那對頭也頗靈警，請仙姑到岩後面等去。」說罷，進洞將那大石挾起，引了英男直奔岩後。

二人仍擇了一個幽僻之所，先將那大石放下，靜等神鵰一到便走。英男問起袁星，何以知道此間有寶？袁星說是佛奴所告，佛奴則是從白眉和尚處聽來。原來石中所藏，乃是達摩老祖渡江以前所煉的一口「南明離火劍」，藏在大雪山邊境一座雪峰底下，有瓊石匣封，不遇有緣人，不能得去。偏在二十年前被一個異派中的女子知道，為了此劍，不惜離群脫世，獨自暗入雪峰腹內闢了一座洞府，尋到那藏寶的瓊石匣。用所煉三昧真火凝成一團，將這石匣包圍，每日子午二時，連煉了二十三年，石匣依然未動！

袁星正說之間，忽見遠處坡下面現出一個小黑點，由小而大，轉眼到了面前，正是神鵰佛奴貼地低飛而來。

英男、袁星見大功告成，正在高興，準備起程回山，忽聽頭上一聲斷喝，一道五色光華從雲空裡電一般射來，跟著落下一個又瘦又乾，黑面矮身的道裝女子。同時，袁星也將雙劍拔出，待要上前，卻被神鵰一聲長鳴止住。

那女子一現身本要動手，見鵰猿是英男帶來，知道厲害，把來時銳氣已挫了一半，便指著英男問道：「我與道友素昧平生，為何盜取我的寶物？」

英男知道來人不弱，先頗驚疑，及見來人先禮後兵，神態懦怯，頓生機智，便答道：「我名余英男，乃峨嵋凝碧崖乾坤正氣妙一真人門下弟子，此寶應為我所有，怎說盜取？」

那女子一聽英男是峨嵋門下，又見英男從容神氣，摸不出深淺，越更吃驚。暗忖來人雖非善與，但是自己好不容易辛苦多年，到手寶物，豈甘讓人奪去？不由兩道修長濃眉一豎，厲聲答道：「我名米明孃，這裝寶物石匣外面的偈語，明明寫著『南明自開』，暗藏我的明字。又經我幾次費盡辛苦尋到，用三昧真火煉了多年，眼看就要到手，怎說是你之物？即使讓道友得了去，此劍內外均有靈符神泥，你也取它不出，何苦為此傷了和氣！」

英男聽她言剛而婉，知她適才嘗過神鵰厲害，有點情虛，仗有猿、鵰在側，越發膽壯，答道：「你只說那劍在你手中多年，便是你的，你可知道那劍的來歷和石匣外面偈語的寓意麼？我告訴你，此劍名為『南明離火劍』，『南明』乃是劍名，並非你叫『明孃』，此劍便應在你的身上。劍是達摩老祖渡江以前煉魔之寶，藏在這雪峰底下已歷多世，被你仗著目力尋見。如是你物，何致你深閉峰腹，煉了二十三年仍未到手？」

那米明孃原是米鼉的妹子，當年異教中有名的「黑手仙長」米和的女兒。只因生時天色無故夜明，所以取名叫做「明孃」，兄妹都一般矮小，尤其明孃，更是生就一副怪相奇姿！周身漆黑，面若猿猴，火眼長臂，一道一字黑眉又細又長，像髮箍一般，緊束額際，真是又醜又奇。左道旁門原不禁色慾，偏明孃人雖醜陋，心卻光明，自知男子以色為重，自己容貌不能得人憐愛，如以法術攝取美男取樂，豈非淫賤，立志獨身不嫁，專心學道。

她自看出石內藏有寶劍之後，已在此苦煉了二十餘年，雖已聽說南明劍和英男一鵰的來歷，畢竟神物難捨！略一盤算，此寶費了如許心血，豈容她唾手而得！自己雖在旁門煉了許多狠毒邪法，從未使過，那女子身旁猩猿的劍已非尋常，若憑飛劍，決難取勝，除了暗下毒手，無法退敵！想到這裡，把心一橫，手掐暗訣，默誦真言，倏的將手四外一指，又將手朝英男一揚，立時愁雲漠漠，陰風四起，一片啾啾鬼聲同時襲來，慘霧狂風中，現出其紅如火的七根紅絲，直朝英男頭上飛去！

與此同時，地下又轟轟作響，大有崩裂之勢。袁星原是站在英男身側，一見敵人神態不對，方疑有變，剛將雙劍拔出，忽然神鵰一聲長嘯，一雙鋼爪舒處，抓起石匣，往空便飛。袁星聽出是向牠報警，便將雙劍一舉，舞起一團虹影，殺上前去，明孃一見神鵰抓起石匣便飛，知道追趕不上，越發眼紅，把牙一挫，兩手一揚，又飛起數十縷黑煙，飛向英男！

英男起初以為明孃被她用話鎮住，方自得意，不想敵人驟施毒計。大吃一驚，還算袁星動手得快，沒有受傷。敵人那七根紅絲帶起一團烏煙瘴氣，宛如赤電驚飛，紅蛇亂竄。袁星兩道劍光雖是不弱，終不如敵人變化神奇，漸漸有些手忙腳亂。同時存身的一片冰原雪阜受了狂風吹撼，已有好些地方崩裂，神鵰又復抱石飛去，無術脫身！方在憂急驚惶之際，忽見對面煙霧之中又是兩道青黃光華一閃，剛疑敵人又使妖法，猛聽袁星和對方女子同時高喚，定睛一看，來人正是米、劉二矮！

英男心才略放，未及聽清雙方言語，倏地又是一道匹練般的金光，疾如電掣自空飛下，立時紅絲寸斷，煙霧齊消。那金光早將明孃和米、劉二矮罩住，休說明孃嚇得魂飛膽落，就是米、劉二矮也自驚慌失措！

還算袁星比較在峨嵋日久，一看來勢，早看出是本門中人，一揮雙劍，兩道長虹般的光華飛上前去，將來人金光敵住，米、劉二矮才得趁勢避開，連明孃也得保了性命。情知萬分不是來人對手，心裡一酸，正想藉了遁光逃跑，猛覺金霞射目，來人金霞業已布散開來，成了一片光網，想要逃跑，焉得能夠！

明孃驚疑不定，再看對面敵人業已收了寶劍，在和來的一個絳衣女孩說話。自己哥哥和他老同黨劉裕安卻同那猩猿一起，恭身侍立在盜劍女子身側，不由起了一線生機。逃生路絕，反倒定了心神，站在那裡靜候發落，只不知乃兄米鼉怎會和敵人做了一起？

待有一會，忽見米鼉和來的女子說了幾句，便走來說道：「適才取劍的乃峨嵋門下『三英』之一的余仙姑英男。後來的是『神尼』優曇大師門下齊仙姑霞兒，見你行使惡毒妖法害人，本要斬你首級。如今我已拜在李仙姑英瓊門下，適才我向齊仙姑苦求，余仙姑也給你講情，才答應寬恕了你。只是齊仙姑還要告誡你幾句，吩咐你上前答話！」

明孃聞言，猛的靈機一動，暗忖兄長和劉裕安以前為惡多端，一旦回頭，便能投身正教。自己這多年來，從未為惡，何不趁此時機，上前表明心跡，倘承收錄，豈非幸事！想到這裡，便朝米鼉點了點頭，半憂半喜的走向齊霞兒跟前，恭身施禮，先謝了不殺之恩，然後跪將下去。

霞兒原因凝碧仙府開府在即，近年忙著積修外功，許久未和靈雲等一干骨肉同門相見，自和英瓊、若蘭在雁湖除了惡鯀，得了「禹鼎」之後，便即回山覆命。「神尼」優曇大師見她功行精進，又費了多日艱危，除此未來大害，著實誇獎了幾句。霞兒便拜別大師，先往凝碧仙府與眾同門敘闊，等候開山重典。行近大雪山邊際看見一團濃霧瀰漫，黑煙中有七道紅絲和兩道光華互鬥，認出紅絲是異教中最狠毒淫惡的「纏蛇七絕鉤」，以為行法之人定是一個極惡淫凶之輩，抱定除惡之心，所以出手。

霞兒把明孃喚到面前一看，雖然形容醜陋，竟是骨相清奇，滿臉俱是正氣，比米、劉二矮還要來得純正，暗自點了點頭，略為告誡了幾句。這時明孃雖已算是降服，那地底「轟轟」之聲仍是響個不休，左近的冰山雪壁相次在那裡倒塌，「轟隆」巨震，接連不斷。

大家心俱注在霞兒和明孃對答，誰也不曾料到危機頃刻。英男、袁星恃有霞兒在側，凡事無憂，只二矮見聞眾多，聽了心中驚異。就連霞兒隨著優曇大師多年，先時也錯以為明孃妖法未收，沒有在意。方要問明孃既願降服，怎還弄這些左道玄虛則甚？言還未曾出口，正值身側不遠，一片雪崖崩裂，冰飛雪舞，聲震天地，眾人立身之處，立時裂散開來！

霞兒猛的覺出有異，方在觀察因由，忽然一片紅霞，比電閃還疾，自天直下，落地現出一個老年道姑，兩個少女。

霞兒認出是衡山「金姥姥」羅紫煙同了兩個門人：吳玫、崔綺。剛待上前施禮問訊，猛聽金姥姥喝道：「地劫將至，魔怪即刻出世，霞兒你一人不怕，難道就不替他們設想嗎？還不快隨我走！」

一句話將霞兒提醒，方要施為，金姥姥已將手一揚，兩袖展處，喊一聲「起！」一片紅霞遁光將眾人托起，比電還疾，往峨嵋方向飛去。

眾人起身時節，從雷馳飆逝中回身一望，只見下面冰雪萬丈，排天如潮，千縷綠煙，匝地飛起。雪塵煙光中現出一個裝束奇特的道士，和一個形如殭屍、赤身白骨的怪物，駕起妖光，從斜側面往東南方飛去，遁光迅速，瞬息萬里，轉眼不見。還聽得冰雪崩墜，地裂山崩之聲。

不多一會，眾人已在凝碧後洞、飛雷崖前降落。

英瓊等在崖前迎候，因神鵰先抱了石匣飛回，英男、袁星並未同來，心中大驚。一問神鵰：「英男有無危難？」神鵰卻又搖頭，正自憂疑不解，隨見英男無恙而歸，還同了金姥姥、霞兒兩人同來，方才轉憂為喜，便即分人迎了進去。

金姥姥匆促間連明孃一齊救出了險地，誤當成了俱是霞兒一起。英男因霞兒不曾說話，也未作聲，米、劉二矮更巴不得明孃也歸到峨嵋門下，見眾人未攔，自是高興。霞兒雖然恕了明孃，當時並無收羅之心，見金姥姥連她帶來，以為金姥姥不是路過，是事前受了囑託趕來援救，金姥姥既連明孃帶回，必有用意。也是明孃該有仙緣遇合，本人又是福至心靈，當著這些成名劍仙，竟自會陰錯陽差的賴著臉混入了凝碧仙府！

眾人走出飛雷捷徑，玉清大師已和靈雲在太元洞前迎候，接入洞中，見了長幼兩輩同門道友，各按尊卑敘禮。明孃早已拿定主意，也跟著眾人跪拜，行完了禮起來。

髯仙等長一輩的劍仙便邀了金姥姥居中落坐，有那未曾見過的同門，正在互詢姓名，明孃倏地越眾上前，跪伏地下，說道：「各位仙師垂憐，收錄弟子吧！」

金姥姥才猛的察覺過來，仔細朝明孃看了一眼，哈哈笑道：「你這妮子真是精靈，連我和眾道友俱被你瞞過，混了進來！也是你向道心誠，才有這次仙緣巧遇，既是我忙中疏忽，將你誤帶到此，索性成全你到底。你且起來，等我與眾道友說明了經過，看哪位道友與你有緣，再行拜師之禮便了！」

明孃大喜，連忙叩謝仙師成全之恩，起身侍立，在小一輩同門的身側，恭聽訓示。霞兒聞言方知來時誤會了意，暗自好笑。

金姥姥便對眾人說道：「我因偶聽凌道友說那大雪山八反峰底下的七指神魔將要出世，便想順道繞往大雪山，去看看那妖魔的動靜。剛一到，便看出那廝正用極惡毒的妖法攻穿地竅。當時因為地竅已快被妖魔攻穿，霞兒不怕，別人和袁星怎能禁受？事在萬急，見他們幾人俱在聚談，神氣好似一路，不暇問明，便將他們一同用遁光托起，救出險地。」

金姥姥說至此處，向明孃一指，又道：「此女福至心靈，便乘機混入了仙府，適才我細看她氣宇根骨，以前雖然出身異教，不但一臉正氣，而且神儀內瑩、仙光外宣，心靈湛定、基秉特異，非多年潛修靜養又有夙根不能致此。此女我決可保她將來成就，不知諸位以為然否？」

長幼兩輩同門俱都定睛朝著明孃注視，果覺她形容雖然醜陋，但神光足滿，比起米、劉二矮勝強得多，俱都暗自點頭。

「髯仙」李元化道：「羅道友論斷不差，掌教師兄雖未來，我等也未始不可擅專。只是本門收徒，除李英瓊因奉遺命特許，尚係暫時便宜行事外，均不似異派中混雜。此時女同門尚無人到，可暫時准她隨眾小輩同門班次，等開府時人到齊後再議如何？」

金姥姥與玉清師太方要答言，明孃忽又走出，朝上跪稟道：「李仙姑門下米鼉是弟子兄長，班次不容混亂。弟子適才一時愚昧，不服余仙姑之勸，恰值齊仙姑飛來，一到便將弟子制服，又聞兄長之言，才得猛省，決計改邪歸正。但是明知齊仙姑乃優曇尊師高徒，掌教真人之女，道行高超，未必收此孽徒。弟子得到此間，全仗齊仙姑當頭棒喝，才能轉禍為福，總算有緣，望乞列位仙尊作主，轉請齊仙姑不棄非惡，收弟子為徒，情願不惜艱危，為本門服役，勤求正果。若有差過，水墮沉淪！如令拜在別位前輩尊長門下，一則兄妹同事兩輩，班次不符，二則弟子自知薄質，也所不敢！」

金姥姥聞言，首先撫掌稱善道：「此女聰慧，謙而有禮，霞兒得此高足，可喜可賀！」

霞兒正與靈雲敘闊，聞言方自謙遜，玉清大師道：「師妹現方奉命行道，正需用人，適才見此女不凡，已然有意，方要向各位仙長陳說，不想此女竟能出請自願。此係前緣註定，何須謙謝？」「髯仙」李元化、「金姥姥」羅紫煙俱都應聲稱善。

霞兒見明孃根基甚厚，又有各尊長同門相勸，只得躬身說道：「暫時收她為一記名弟子，留待尊父母回山，再行拜師請訓，傳授本門心法如何？」

「髯仙」李元化說道：「此言甚是有理，掌教師兄回山，自有我等代作陳說便了！」

明孃原知霞兒自幼就得「神尼」優曇嫡傳，道法高深，看去年輕，本領已不在一班峨嵋前輩以下，初見便嘗了滋味，心悅誠服。又知三次峨嵋劫後，峨嵋前一輩劍仙，多半不是應劫轉化，便是劫後道成飛升，此時拜師，相隨已無多日。倒不如小一輩的幾位劍仙，正是方興未艾，可以相隨深造，尋求正果。一聽「髯仙」和金姥姥為她作主，知道霞兒不會堅辭，早起身跪在霞兒面前叩頭，恭聽訓示。及聽霞兒說起，奉命收徒尚係初次，佛家、道家俱重長門弟子，益發心喜欲狂。與霞兒行完拜師之禮，玉清大師便走過去，先給霞兒道了賀，然後代霞兒領了明孃，向兩輩同門尊長依次引見行禮。

眾人二次落坐，英男才敬陳離山尋劍之事。髯仙道：「此事自你走後，已聽玉清大師道友說起。適才佛奴已將石匣帶回，現在靈雲室內。此劍名為『南明離火劍』，乃達摩老祖渡江以前煉魔之寶，不但妙用無方，還專破一切邪魔異寶。與紫郢、青索、七修諸劍，各有專長，難分軒輊。我雖聞名，還未見過，今入你手，須要善自寶用。只是此劍係達摩老祖取西方真金，採南方離火之精熔煉而成，中含先後天互生互剋之至妙。聞得煉劍時融會金人，由有質煉至無質，由無質復又煉至有質者達十九次，不知費了多少精神修為，非同小可！」

英男聽得入神，髯仙再細說此劍來歷，道：「後來達摩老祖渡江，參佛門上乘妙諦，默證虛無，天人相會，身即菩提，諸部天龍，無相無著，本欲將它化去。末座弟子歸一大師覺著當年苦功可惜，再三請求給佛門留一相外異寶，以待有緣，拿去誅邪降魔。達摩笑道：『你參上乘，偏留些兒渣滓，你無魔邪，有甚魔邪？誰說有緣，你便有緣！此劍是我昔日化身，今便賜你，只恐你異日無此廣大法力，解脫它不得！』說罷，舉手摩頂，劍即飛出，直入歸一大師命門。」

一般小輩同門，聽髯仙講得動人，全凝神以聽。

髯仙再道：「後來達摩老祖飛升，歸一大師雖仗此劍誅除不少妖魔，不知怎的，終是不能及身解化。最後才在苗疆紅瘴嶺群魔薈萃之區，也學乃師面壁，受盡群魔煩擾，摘髮擣身，水火風雷，備諸苦惱，心不為動，雖有降魔之法，並不施展。以大智力、大強忍、大勇氣，以無邪勝有邪者十九年。直到功行圓滿，忽然大放光明，邪魔自消，這口南明離火劍方脫了本體，成為外物，但仍是不能使之還空化去。決計將之捨給道家，用一丸神泥將劍封固，外面靈符禁制，留下偈語，將劍藏在雪峰腹內，以待有緣，然後圓寂。那石匣並非玉石，是那一丸神泥所化，要想取出此劍，卻是難事，恐怕非掌教師兄回來不可了！」

（注：原作者最推崇佛教，書中的絕頂高手也全是佛門高手。書中有許多地方對佛義的理解極其超卓。「髯仙」李元化講述南明離火劍來歷，只不過是一個小節，已將禪宗精義解說得極其透澈。）

金姥姥道：「我也聞人說過，劍外神泥有五行生剋之妙，只有紫雲宮的天一真水方能點化。若用火煉，反倒越煉越堅，毫無用處，不過五行反應，西方真金未始不能克制，玉清道友見聞廣博，看看有無妙法？」

玉清大師望著英男笑道：「余師妹原因開府盛會，無有合用寶劍，相形見絀，才往雪山盜取此劍。如等掌教師尊回山再行取出，豈非美中不足？紫雲宮乃地闕仙宮，非有穿山裂石之能不能前往。我想五行回生，神泥後天雖是土質，先天仍是木質，真金剋木，本派盡有不少仙劍，何妨試他一試？」

髯仙聞言，便命人去將英瓊、輕雲等喚回，又命靈雲去將石匣取出，置在室中。當下由「髯仙」李元化與金姥姥、羅紫煙、玉清師太三人為首，向著石匣坐定，再選出靈雲、輕雲、英瓊、人英、霞兒、金蟬六人，分佈石前，相隔約有兩丈開外，按九宮位向坐定。髯仙一聲號令，各人便一同將劍放起，圍著中藏南明離火劍的石匣，電閃星馳般旋轉開來。

這九人的飛劍俱是仙府奇珍，一出手便見滿室光霞璀璨，彩芒騰輝，真是奇麗無儔！休說初入門的米明孃見了驚心，連見慣的諸弟子也同欽仙劍妙用，歆羨不置。

劍光正在飛躍，猛聽一聲斷喝：「快些住手！」一道光虹直從洞外射進室來，落地現出一個背葫蘆的道人，眾人認得是峨嵋前輩醉道人，突然飛來，知道有故，連忙停手，一同上前參見。醉道人先往石旁一看，見無損傷，連說幸事。

髯仙問是何故？醉道人道：「此劍係達摩老祖故物，歸一禪師雪山藏珍，劍之神妙自不必說，那封劍的一丸神泥，乃是佛家異寶，如得天一真水化合，重行祭煉，異日三次峨嵋鬥劍尚有大用，毀之可惜。我已見過掌門師兄，他說此劍在開山以前必須取出，除了天一真水和凌道友的『九天元陽尺』同時運用，更無別法取出，現命齊靈雲、周輕雲再往青螺峪去見凌道友，二借『九天元陽尺』。並請凌道友夫妻開會前一日到此，那時掌教師兄也必來到，尚有要事相商！」

各人至此，方知妙一真人早已算到寶劍已歸本門。醉道人又道：

「那天一真水乃紫雲宮中之物，此宮深藏海底地竅之中，常人不得擅入。宮主三人在宮中享那世外奇福已逾百年，極少與外人來往，異教中還有幾個交遊，正教中人除嵩山二老有些淵源外，素乏往還。前往盜取，既欠光明，貽人口實，善取又恐不從，只有石生之母，現在宮中執事，又有一面『兩界牌』，可以通天徹地。只要入內找著乃母，更可託她代求。又恐對方有了異教中人先入之見，不知成全此事，彼此有益，特命我等代掌教師兄寫下一封書柬，再給石生擇一同伴將書柬帶去。先見她三人中值年的一個，明言向她借天一真水，微露五十年後，助她抵禦地劫之意。她如應允更好，否則便由石生以見母為名，再行相機行事。」

髯仙因離開府盛典為日無多，「九天元陽尺」人到即可借來，並不費事。先命齊靈雲、周輕雲二人帶了一封書柬前往青螺峪，就便請「怪叫化」凌渾與「白髮龍女」崔五姑領了眾門人早日到來，赴那開山盛典。石生去時便借用紫玲「彌塵旛」，以求來去迅速。

靈雲、輕雲辭別去後，才與「金姥姥」羅紫煙商量石生的助手。為了關係重大，派去的人本領既要高強，應付還得十分機警，才可勝任。眾弟子中只笑和尚前往最妙，偏又在東海面壁潛修，不在身側。正在商議之間，玉清大師一眼看見石生在和金蟬低語，以手示意。原來他心中早想約了金蟬同去，只是不敢公然陳說，低聲悄告金蟬，叫他自己上前請命。

玉清大師已對髯仙、金姥姥道：「同門師姐妹雖然盡有道行高超，法寶神奇之人，無奈此去不為鬥力。第一，去的人須能不動聲色直入地竅；第二，須要心靈口敏，隨機應變。若論人選，自以金蟬師弟最為相宜。為備萬一之計，仍將朱文師妹的『天遁鏡』帶去備用，另請金姥姥將玉瓶借給石生，盛那天一真水。等他二人去後，再命一位同門帶了隱形符，騎了神鵰趕往接應。無事便罷，如二人到了不能明求，須要暗取時，紫雲三女必出地竅追來，可由後去的人相機行事。一面接水隱形先回，一面駕『彌塵旛』遁走，只要一遁出百里之外便無慮了。」

髯仙答道：「我原想到金蟬前往相宜，只愁他道力稍弱，所幸他災劫已滿，接應的人多因不便，少亦難勝，可由霞兒同了英瓊二人前往便了。」

計議已定，金姥姥便從法寶囊內取出一個約有拇指粗細，長有三寸的黃玉瓶，連朱文的「天遁鏡」、紫玲的「彌塵旛」一同交與金蟬、石生二人。

石生帶了玉瓶，金蟬接過旛、鏡，向諸尊長同門告辭，起身出洞，一展「彌塵旛」，化作一幢彩雲，擁著二人破空而去。二人走後，髯仙囑咐了霞兒幾句，命他帶了英瓊，騎鵰隨後跟去。不提。

（注：原著在此之後詳述「紫雲三女」的出身來歷，幾達二十萬字，成為本書的兩大累贅之一，但其中也有精彩部分，是以大部分刪去，只將其中精要處保留，儘快「書接前文」。）

原來那紫雲三女，原是三姐妹，祖上是明末遺民，逃難出海，在水島上存身。三姐妹遇到了一隻千年成精的老蚌，由老蚌幻化成人，將三人帶入水底宮闕紫雲宮之中。三女名喚初鳳、二鳳、三鳳，入宮之後，找著了一部道書，修煉起來，又有一個怪人，自稱金鬚奴來投，甘作奴僕，又收了一些海精水怪，在那紫雲宮中度那快樂歲月。

這紫雲宮乃千年前一位叫做「地母」的散仙舊居。不但珠宮貝闕，仙景無邊，所藏的奇珠異寶更不知有多少。自從地母成道，超升紫極，便將各樣奇珍靈藥，天書寶劍，封藏在金庭玉匣之中，留待有緣，便宜了初鳳姐妹。

金庭當中頭一根玉柱珊瑚葫蘆內所盛，便是峨嵋派諸仙打算用來煉化神泥的天一真水。

三女和金鬚奴照著道書修煉，功力精進，不免出外走動。這一日，四人飛過一個海島，見海島上烈火轟發，一時好奇，降低一看，只見有兩個矮子，正在用一柄寶傘作法降火。一問之下，原來他們是嵩山二老：「矮叟」朱梅、「追雲叟」白谷逸。

「矮叟」朱梅對三女及金鬚奴道：「這月兒島火海之中有當年長眉真人的師叔連山大師遺蛻。大師解化以前，用無邊妙法將遺留下的數十件仙籙和異寶，連同遺蛻封存海底，並留遺偈，每逢五十三年的今日開海一次。到期准許各派有緣能手入海尋珍，只是此海乃地竅洪爐，非同凡火，每次開海為期只得一日，每人每次只准挑選一件，多則必為法術禁制。你們剛好前來，可算有緣，我也有事借助，你們四人中如能選出一人下去，代我們將火海中黑壁上連山大師遺容下面那兩個朱環取來，我二人便依次用寶傘護送其餘三人下去。憑仙緣目光深淺，各取一件至寶到手，豈不是好？」

四人聞言，退下來一商量。金鬚奴先聲言願為二位仙人效勞，不要寶物。正打算由他先入火海取那墨壁上面的朱環，三鳳忽起機心，看出二矮的寶傘有降火之功，心想取了寶物出來，乘二矮不備，搶了寶傘，駕遁光逃回紫雲宮去，等到下次開海再一同仗傘來取，豈不可以多得？

二矮含笑點了點頭，好似並沒看出三鳳心意。三鳳越發放心，高高興興的從白谷逸手上接過寶物。白谷逸令她駕遁光往海中飛落，然後將手一指，一片金霞將三鳳護住，往火海中射去。三鳳見身外火焰雖然猛烈，寶傘頭上一片烏光到處，自然分開，身子也不覺熱，心中大喜。及至下有千丈，穿透火層，落到地底一看，地方甚大，空無所有，僅正中心地上冒起一股又勁又直的青焰，直升上空，離地百丈才化散開來，變成烈火。

三鳳更不思索，逕往洞中走去。那洞異常高大，洞外立著兩個高大石人，手執長大石劍，甚是威武，當門而立。正想從石人身後鑽將進去，那石人倏地自動分開，讓出道路。三鳳本想還在遺容前禱告禱告，試探著多取一兩件寶物，一見這般神異，恐怕弄巧成拙，稍息了無饜之想。先朝把石人行禮禱告了兩句，然後入洞。

那洞內甚是光明寬朗，四壁俱如白玉，光華四閃，只盡頭處是塊墨壁。壁當中印著一個白衣白眉的紅臉道人，那一對朱環乃是道人絛上佩帶之物。暗想這個寶物只是畫的，如何取得？方一尋思，忽然一道光華一亮，「噹」的一聲，那一對朱環竟自墜落地上！連忙拾起，朝道人遺容跪叩了一番，起身再往側面壁上細看，果然寶物甚多，還有一部天書。心剛一動，猛覺腦後風生！回頭一看，門外石人面已朝裡，石劍上冒起一道光華，正指自己！不敢怠慢，連忙退出準備上升，再看石人已復原位，匆匆飛升，穿出火外，到了山頭，將那對朱環交與白谷逸。

第二個輪到初鳳，二矮含笑道：「火海法寶俱是身外之物，中有靈丹不可錯過。」

初鳳福至心靈，接過實傘，如法下去。到了洞中一看，除法寶仙書之外，果有個碧玉匣子，盛著一粒通紅透明、清香透鼻、大如龍眼的丹丸。初鳳朝遺像跪謝，將仙丹服了，入口隨津而化，立時覺著神明朗澈，周體輕靈。記著二矮之言，不敢再覬覦別的寶物，飛升而上。

三鳳見了自不免問長問短，初鳳便將得丹之事說了。三鳳毫未在意，反以為初鳳太不聰明，眼看放著洞中許多寶物，不一人取它一件！紫雲宮金庭玉柱所存靈丹甚多，自己是仙根仙骨，要它何用？輪到二鳳下去，取了一部道書上來。

這次該金鬚奴，接過寶傘，飛身到了下面。入洞一看，寶物甚多。暗忖寶物不過用以防身禦敵，終不如靈丹可以增長道力。而況自己以異類成道，更比別人需要。便先在遺像前潛心叩說了一回，起身往四壁尋視，別的寶物全未放在心上，但希冀也能尋它一粒服用。偏偏洞中靈丹只有一粒，已為初鳳得去，哪裡還有？金鬚奴只顧在洞中細找，不由便耽延了好些時候，末後實覺絕望，只得改取別的寶物。

金鬚奴因為這種機緣曠世難逢，總想尋著一樣特奇的異寶。看這件很好，那件更好，終是拿不定主意。末後看到一柄銅扇，金霞閃耀，照眼生輝，懸嵌在洞壁上隱秘之處。別的寶物均少注釋，只有這扇柄上不但鐫有「清寧」兩個古篆文，旁邊壁上還注有朱文的偈語用法，說此扇專為煉丹伏魔之用。知是一件至寶，便叩了一個頭起來，先用手取，並未取出。後照壁間偈語將手一招，一道金光飛入手內。寶扇剛一到手，那守洞石人便走將過來，石劍上發出火焰，直指金鬚奴，金鬚奴連忙退了出來，飛身上去。

金鬚奴一手持傘，一手持扇，上時心中高興，略一尋思，便顯遲慢了些。猛覺一股奇熱撲上身來，一著慌，不暇尋思，順手使扇一揮，一片霞光飛起，那火便似狂風捲亂雲般，成團往四外飛開，同時身子也在寶傘劍光籠繞之下飛身到了上面。不禁心中一動，又驚又喜。先和眾人一般，去見白、朱二人稱謝。

二矮見他手上持著那把寶扇，面上頓現驚詫之容，彼此互看了一看。三鳳便趄向白朱二矮面前，陡地出手，奪過寶傘，駕起遁光破空逃走！初鳳大驚，剛要追去，二矮呵呵大笑，道：「別忙！」三鳳盜傘逃走，二矮既未攔阻，又不許追，不知是何用意，只得硬著頭皮一同飛身過去，跪下聽候吩咐。

白谷逸先指著金鬚奴道：「你雖是個冷血異類，卻有天良。你三番大劫已逾其二，還有一劫回去便當應驗。那天一真水乃地闕靈泉，不可妄費！用後可將它覓地保存，以待有緣。三劫完後，自有你的好處。」又對初鳳道：「地闕三女，只你一人仙根深厚。此番服了靈丹，不出十年必有大成。如不妄為，地仙有望！望你姐妹好自修持，也不枉我成全一場！」

初鳳恭謹答應，白谷逸又道：「你那二妹人較忠厚，只你三妹天性既是涼薄，慣愛使奸行巧，終須弄巧成拙，惹火燒身！十二年後，你們剛有成就，必有異派能人前去尋事。到時如果緊閉宮門，仗著法術封鎖，來人絕難混入。否則便是異日一個隱患。月兒島火海奇珍乃是長眉真人師叔連山大師所遺留，將來峨嵋門下後輩如有人入宮，須念成道淵源，留一點香火情面。」

白谷逸當時如此說法，是早已料到異日會有峨嵋弟子到紫雲宮索取天一真水一事，是以特別告誡。初鳳本也記在心中，但日後終究受不住妖邪煽惑，以致生出無數事來，這且不提。

朱梅招手叫金鬚奴過去，道：「你新得那柄寶扇，乃是連山大師煉丹降魔第一件至寶。此扇被大師另用仙法封鎖，不比別的寶物懸嵌壁上，一望而知，不遇有緣不會出現。連我二人兩入火海，雖知此寶，俱未尋到。大師既以此寶相傳，必然還有深意，那柄寶傘，本是我們和鐵傘道人借來，三鳳在半途，定遇那傘主人將傘奪回，你們便即回宮，好好潛修！」

二鳳在火海中所得那部道書，乃是天府副冊「天魔祕笈」，各人回到紫雲宮，三鳳已狼狽歸來，正如朱梅所料。回宮以後，三鳳便提議那部天府副冊是她捨了寶物不要才得到手，大家空入寶山，只金鬚奴一人便宜，獨得了一柄寶扇，回宮又不交出，此書不能和他一同修煉，方顯公平。

初鳳自在火海中服了靈丹，神明朗澈，料定金鬚奴異日別有仙緣，聞言只笑了笑，也未勸說。三鳳見大姊不攔，越發逞強，率性與金鬚奴說明：眾人練習，不准入內！金鬚奴原本志不在此，也未介意。二鳳人較忠厚，看了倒有些不服，因為初鳳不說話，雖未相勸，由此卻對金鬚奴起了憐意。

眾人在宮中潛修到了第三年上，金鬚奴功行大進。他本是異類，須要藉紫雲宮中天一真水脫胎換骨，是以自願投身為奴。這時，已快到天地交泰服真水之期，服後便可脫胎換骨，有了成道之分。初鳳便和眾人定日行法，助他服用。這三年功夫，除三鳳仍是與他不睦外，二鳳是另眼相看。聽說他服了真水便可換形，真是心喜。

服水那一天，須要一人在旁照應七日七夜，不能離開一步。初鳳看了三鳳一眼，然後問：「哪位姐妹願助他一臂之力，成全此事？」

三鳳道：「他一個奴才，又是個男的，據說服後赤身露體，有許多醜態，我們怎能相助？除非叫他另尋一個人來才好！」

初鳳也知事情非同小可，金鬚奴因是關係著他一生成敗，便是在旁照應的人，因為當時法壇封閉，不到日子無法遁出。金鬚奴服水之後，要待第三日上才能恢復知覺。醒來這三、四天功夫，本性全迷，種種魔頭都來侵擾。不到七日過去開壇，不能清醒。一個受不住他的糾纏引誘，立時壞了道基。自己要主持壇事，別人無此道力。三鳳和金鬚奴嫌隙甚深，如允相助，金鬚奴素來畏她，易於自制，比較相宜，偏又堅不肯允，聞言好生躊躇！

二鳳見三鳳作梗、初鳳為難神氣，心中不服，不由義形於色道：「助人成道，莫大功德！何況金鬚奴與我們多年同共患難，他是自甘為奴，論道行還在我等之上。當他這種千年難遇的良機和畢生成敗的關頭，怎能袖手不管？我情願身任其難便了！」

初鳳一想，二鳳雖然天資較差，沒有三鳳精進，但是這三年的苦修，天書副冊上的法術已然學會不少，防身本領已經足用。金鬚奴昏迷中如有舉動，想必也能制住。除她之外，別人更難。便即應了，仍囑小心行事，不可大意。

金鬚奴見二鳳仗義挺身相助，不由喜出望外，走上前去朝二鳳跪下道：

「二公主如此恩深義重，小奴真是粉身難報了。」

二鳳忙攙起道：「你在宮中這多年來，真可算是勞苦功高。今當你千鈞一髮之際，助你一臂，份所當然。但盼你大功告成，將來與我們同參正果便了。」

金鬚奴感激涕零的應謝起身，竟忘了朝三鳳叩謝。三鳳好生不悅，本已有忌刻之心，再見他獨朝二鳳跪謝，不理自己，明顯出懷恨自己作梗！好人俱被別人做去，越覺臉上無光，又愧又忿，暗思破壞之策。不提。

（注：以下一節，寫金鬚奴脫胎換骨，與寶相夫人超劫，同寫抵禦天魔，但又是另一番境界，變幻萬千，不可方物。）

初鳳分派好了一切，法壇早已預定，設在後宮水精亭外。到時便領了眾人前往，取來天一真水，行法將壇封鎖。命三鳳守壇護法，二鳳早領了金鬚奴朝壇跪下，先行祝叩一番，然後請賜真水。

初鳳道：「紫雲仙府深居海底，不論仙凡俱難飛進，本無須如此戒備。無奈諸天界中只有『天魔』最是厲害！來無蹤影，去無痕跡，相隨心生，魔由念至，不可捉摸，不可端倪，隨機幻變，如電感應。心靈稍一失了自制，魔頭立刻乘虛侵入，因此我以魔制魔，照天府秘冊所傳，設下這七煞法壇，凡諸百魔悉可屏禦。行法以後，你到了這座水精亭內，立時與外隔絕，無論水火風雷不能侵入。我用盡心力求你萬全，你當這種千年成敗關頭，挨過七日，大功即可告成了！」

金鬚奴原本深知厲害，聞言甚是感激警惕。忙稱：「小奴謹領法諭！」初鳳便將真水三滴與他服了，又取一十三滴點那全身要穴，命二鳳扶導入亭。那真水原是至寶，一到身上立即化開，敷遍全身。

金鬚奴猛覺通體生涼，骨節全都酥融，知道頃刻之間便要化形解體，忙隨二鳳入亭。亭中已早備下應用床榻，金鬚奴坐向珊瑚榻上，滿心感激二鳳保護之德，想說兩句稱謝的話，誰知牙齒顫動，遍體寒噤，休想出聲！眼看亭外紅雲湧起，亭已封鎖，內外隔絕，同時心裡一迷糊，不多一會便失知覺。

二鳳見狀，連忙將他扶臥榻上，去了衣履，自己便在對面榻上守護。一連兩日，金鬚奴俱如死去一般。

第三日上，二鳳暗想金鬚奴平日人極忠和，只是形態聲音那般醜惡，這解體化形以後不知是什麼樣兒？正自無聊盤算，忽覺榻上微有聲息。近前一看，金鬚奴那一副又黑又紫，長著茸茸金毛的肉體有的地方似在動彈。以為日期已到，快要醒轉，無心中用手一觸，一大片紫黑色的肉塊竟自落了下來！二鳳嚇了一跳，定睛一看，肉落處現出一段雪也似白的粉嫩手臂。再試用手一點別的所在，也是如此，這才恍然大悟，金鬚奴外殼腐去，形態業已換過。知將清醒，忙用雙手向他周身去揭，果然大小肉塊隨手而起。

一會功夫，全身一齊揭遍，地下腐肉成了一大堆，只剩頭皮沒有揭動，猜是還未化完，只得住手。暗想這般白嫩得和女人相似的一個好身子，要是頭面不改，豈不可惜？正自好笑，忽聽金鬚奴鼻間似有「嗡嗡」之聲，彷彿透氣不出，人中間隱現出一根紅線，漸久漸顯。猛的心中一動，試用手一撕，「嘩」的一聲，從人中自鼻端以上直達頭腦全都裂開！心中大喜，手捏兩片面皮往左右一分，竟是連頭帶耳帶著腦後金髮，順順當當的揭了下來。

面皮揭去，同時眼前一亮，榻上臥的哪是平日所見形如醜鬼的金鬚奴，竟變了一個玉面朱唇的美少年！正在驚奇，榻上人的一雙鳳目倏的展開，雙瞳剪水，黑白分明，襯著兩道漆也似的劍眉，斜飛入鬢，越顯英姿颯爽，光采照人！

二鳳呆了一會，只見金鬚奴口唇略動，似要說話，又氣力不支神氣。二鳳問道：「你要坐起麼？」金鬚奴用目示意，二鳳便過去扶他起坐。玉肌著手，滑如凝脂，鼻間隱聞一股子溫香氣息，又見他彷彿大病初癒，體憊不支神氣，不由添了憐惜之念。及至將他扶了坐起，背後皮殼業已自行脫落，粉光緻緻，皓體呈輝，真是明珠美玉不足方其朗潤！

這時金鬚奴脫形解體之後，除身長未減外，餘者通身上下俱已換了形質，只是起止需人，暫時還不能言笑罷了。二鳳先笑朝他稱賀道：「你如今已是換形解體，變了一身仙骨，再有四天靜養便即大功告成了。」金鬚奴將頭點了點，不住用目示意，看向兩腿。二鳳猜他是要打坐入定，運用玄功，便代他將雙膝盤好。

二鳳起初忙著代他揭去外皮，一變得那般美好，雖然出乎意外，因為一心關注他的成敗安危，還不覺得怎樣，僅止讚羨驚奇而已。及至扶他坐起，肌膚相親，香澤微聞，心情於不知不覺中已然有些異樣。再給他一盤腿，猛一眼望到對方龍穴之下垂著一根玉莖，丹菌低垂，烏絲疏秀，微有兩根青筋從白裡透紅的玉肉之中隱現出來，更顯出豐潤修直，色彩鮮明，不禁心中起了一種說不出的情況！立時紅生玉靨，害起羞來。忙把金鬚奴適才所脫的衣服取過，因為變體以後，衣服顯得肥大，再加元神未復，不便穿著，只得先將他腹部上下圍掩。再看人時，已在榻上緊閉雙目，入定過去。這才退回自己榻前，好生無聊！

二鳳知道金鬚奴初次回醒，這一打坐須等真元運行新體，滿了十二周天，到當夜子時，天地交泰之際，才能言動自如，暫時還不需人照料扶持，閒著無事，便也用起功來。坐了一會，不知怎的，覺出心神煩亂，再也收攝不住。

兩三個時辰過去，正在勉強寧神定慮，猛想起金鬚奴入定已然好久，他現時舉動需人相助，不知還原了沒有？今日心緒偏又這般亂法！想到這裡，睜眼一看，金鬚奴依然端坐在對面珊瑚榻上。鼻孔裡有兩條白氣似銀蛇一般，伸縮不定。知他立功運行已透十二重關，再不多時便可完成道基。正暗讚他根行深厚，異日成就必定高出眾人之上，猛覺一陣陰風襲入亭內，不由機伶伶打了一個冷戰！

這亭業經初鳳行法封鎖，無論水火聲光都難侵入。那陣陰風明自外來，二鳳仔細四下觀察時，什麼跡兆都無。再看榻上金鬚奴，依舊好端端的坐在那裡，一絲未曾轉動。只是鼻孔間兩道白氣吞吐不休，其勢越疾。二鳳哪知危機已潛伏，還以為他功候轉深，不久便能下榻言動如常。

又待了一會，才看出金鬚奴渾身汗出如漿，熱氣蒸騰，滿臉俱是苦痛愁懼之容，不由大吃一驚，暗忖他已是得道多年的人，雖說這次剛剛解體換骨，真元未固，那也是暫時間事。只要玄功道行透過十二重關，不但還原，比起往日道力靈性還要增長許多。適才見他坎離之氣業已出竅往復，分明十二重關已透過，怎便到了這種難忍難耐的樣兒？越看越覺有異，心中大是不解！

看到後來，那金鬚奴不但面容越更愁苦，雙目緊閉，牙關緊咬，竟連全身都抖戰起來。自己沒有經過這類事，雖知不是佳兆，無奈想不出相助之法。再一轉眼功夫，適才所見那般仙根仙骨的一個英美少年，竟是玉面無光，顏色灰敗，渾身戰慄，宛如待死之囚一般！

二鳳平素對他本多關注，自從解體變形以後，更由讚美之中種了愛根。目睹他遭受這種慘痛，哪裡還忍耐得住，一時情不自禁，便向他榻前走去。

這時金鬚奴正在大功告成之際，受人暗算，偷開法壇，將魔頭放了進來。如換旁人，真元未固，侵入魔頭，本性早迷，什麼惡事都能做出！還算他平日修煉功深，當那真元將固，方要起身與二鳳拜謝之際，猛覺陰風侵體，知道外魔已來，情勢不妙！連忙運用玄功屏心內視，拼著受盡諸般魔難，挨過七日，哪怕誤了自己，也不誤人！

本來他一切苦厄俱能勉強忍受，但感激二鳳之念一起，也和寶相夫人超劫一般，這意魔之來卻難驅遣！一任他寧神反照，總是旋滅旋生，二鳳如果不去理他，雖然受盡苦難，仍可完成道基。偏偏二鳳不知厲害，見他萬分可憐，走了過去。想起自己身旁還帶有一些玉柱中所藏的靈丹，便對金鬚奴道：「你是怎麼了？我給你備了幾粒靈丹，你服了吧！」

可憐金鬚奴正在挨苦忍受，一聞此言，不由嚇了個膽落魂飛！知道天難將至，雖然身已脫骨換胎，十二重關已透，不致全功盡棄，變成凡體。但是這些年的心血盼想，稍一把持不住，勢必敗於垂成！在這魔頭侵擾要緊關頭，又萬不能出聲禁止，萬般無奈中，還想潛運真靈克制自己，以待大難之來，希望能以避過。

怎知正在危急吃緊之際，猛覺二鳳一雙軟綿綿香馥馥的嫩手挨向口邊，塞進一粒丹藥。當下神思一蕩，立時心旌搖搖，頓涉遐想。剛暗道得一聲：「不好！」想要勉強克制時，已是不及！真氣一散，自己多年所煉的那粒內丹已隨口張處噴出，同時元神一迷糊，便自走下榻來。

那二鳳好心好意拿了一粒藥走向榻前，剛剛塞入金鬚奴口內，見他鼻孔中兩條白氣突然收去，口一張噴出一口五色淡煙。二鳳驟不及防，被他噴了個滿頭滿臉。

那金鬚奴雖和人長得一樣，乃是鮫人一類，其性最淫。那五色淡煙便是那粒內丹所化，無論仙凡遇上便將本性迷去，二鳳哪裡禁受得住！當時覺著一股異香透腦，心中一蕩，春意橫生，懶洋洋不能自主，竟向金鬚奴身上撲去！

神思迷惘中，只覺身子被金鬚奴抱住，軟玉溫香，相偎相摟，一縷熱氣自足底蕩漾而上，頃刻佈滿了全身，越發懶得厲害。有一種說不出的難過神氣，血脈賁張，渾身微癢，無可抓撓，又覺金鬚奴用力要將自己推下床去，暗忖這廝怎這般薄情寡義？不由滿腹幽怨，由愛生恨，張開櫻口，竟向金鬚奴肩頭就咬。星眼微睜處，看見金鬚奴那肩頭竟似削玉凝脂，瓊酥搓就的一般。心剛一動，櫻口業已貼向玉肌，哪裡還忍再咬下去？只使齒尖微微啃了一下，愛到極處，和發了狂一般，一雙玉臂更將金鬚奴摟了一個結實。

那金鬚奴靈元有一點未昧，正在欲迎欲拒，如醉如醒之時，哪禁得起她這麼一番挑逗！口裡微呻了一聲，長臂一伸，也照樣將她摟了一個滿懷。二人同時道心大亂，雙雙跌倒在珊瑚榻上，任性顛狂起來。一個天生異質，一個資秉純粹，各得奇趣，只覺美妙難言，什麼厲害念頭全都忘了個乾乾淨淨！直綢繆到了第六日子夜，魔頭才去，二人也醍醐灌頂，大夢初覺，同時清醒過來。已是柳憔花悴，雲霞滿身，二人你望著我，我望著你的相對著一聲苦笑，彼此心裡一陣悲酸！

等到初鳳開壇，才知有了意外，二鳳便和金鬚奴正式夫妻相稱，紫雲宮中珍藏也陸續被四人發現，有許多奇珍異寶皆不知用法。只得照天府副冊中所載道法修煉。這期間，三鳳仗著道法日高，在外任性胡為，結下不少仇人，初鳳告誡眾人，不許再出外生事，大力整頓紫雲宮。

三女和金鬚奴把一座紫雲宮用法力重新改建，又從十洲三島、神仙聖域移植來了無數的瑤草琪花，收服馴養了許多的珍禽奇獸。在宮前設下魔陣，海面加了封鎖，以防仇敵侵入。另由後苑宮門開了一條長逾千里的甬道，由地底直達一座海島的地面。一層層俱有埋伏，無論仙凡，莫想擅入一步。並在外面物色來許多弟子，一一派了執事，分任煉丹、馴獸、鋤花、採藥之責，初鳳自為全宮之主，更是不在話下。

各人滿以為海腹潛修，別有世界，長生不死。誰知天下事往往微風起於蘋末，出人意料。一旦種因，終必收果，任你用盡心機，終是徒勞無功！如照當時的紫雲三女，閉門不出，全宮深藏海底，佈置天羅地網，勝過鐵壁銅牆，是誰也侵不了她們，偏巧又在閒中生出事來！

紫雲宮那般警備森嚴，眾人意猶未足。這日初鳳升座，按察全宮諸人的職司，偶想起那條上通地面的甬道，本質多半原來石土，雖經法術祭煉，無殊玉石，到底尚欠美觀。近宮一帶海底所產的珊瑚鐵晶彩貝之類甚多，打算採集了來用法術煉成一種神沙，將那條甬道重築。

那甬道長逾千里，縱是玄門奧妙，築起來也頗費心力。算計宮中執事人等不少，異日甬道築成，各層埋伏均須派人主持，恐到時不敷使用，便命金鬚奴夫婦三鳳三人分頭出海去，各自物色一個有根器的少年男女渡進宮來備用。

三人領命之後，初鳳便率了宮中諸人儘量採集應用之物，建下五行爐鼎，等去人一回，便開始祭煉。

不消三月功夫，二鳳回宮覆命。金鬚奴和三鳳因為選擇太苛，並無所獲。恰巧這日二人在雲貴交界的深山中無心相遇，彼此一談經過，才知打的是一個主意！因未出家而有根器的少年男女尋覓不到，想在名山勝境中尋一個曾經學道未成之士，收服回去。

正在互商如何進行，忽見一道光華擁著一個少女，慢騰騰從對面峰側飛過，似要住上升起。二人一見，知是業已成道的元神，如能收了回去，勝似常人十倍！見她飛升遲緩，看出是脫體未久，所以覺著費力。只要再飛行些時，不遇見外人侵害，一經掙扎，升出雲層，便憑虛上行，直入靈空天界，完成正果！

二人存身之處本已甚高，這光華中的女子更高離地面不下千丈，再升千餘丈便無法能制。這類事如被正派中仙人遇上，不但不去害她，反要飛身上去助她脫險上升。三鳳為人任性，自私之心太重，哪管對方多少年辛苦修持，好容易脫體飛升，完成正果！一見時機瞬息，也不和金鬚奴商量，手一揚，劍光先飛出去，打算逼迫那光中少女降下。那少女見有人為難，知道是命中魔頭，益發奮力上升！

三鳳見飛劍飛近少女面前，為護身靈光所阻，無所施功。眼看少女又飛高了數百丈，知此女道力不淺，稍縱即逝，眉頭一皺，頓生惡念！口喊一聲：「那女人還不投降，休想逃走！」接著便將所煉魔沙取出，朝少女打去。

這魔沙乃近年三鳳在外雲遊時瞞了初鳳，也不知費了多少心力才得煉成，除善於汙毀敵人的飛劍法寶外，差一點的仙人被它沾上，重則神迷昏倒，輕則也要打落多少年的道行！

那少女平時法力雖然高強，這時一個甫行脫體飛升的嬰兒，如何禁受得住！還算那少女見聞廣博，知道魔沙厲害無比，一被打中，不但一樣身落人手，異日再想飛升，又須借體還原，再行轉劫，受諸災劫，把這多年石中苦修付於流水！明知敵人逼迫歸順，不懷好意，無奈已萬分緊迫，再不當機立斷，所受更慘！拼著再受數十年辛苦，把所煉護身靈光毀去，以免損及元嬰。想到這裡，三鳳的魔沙已變成萬千團黃雲紅焰風捲而來，少女一見不妙，眼含痛淚，把心一橫，運用玄功，把那護身光華化成一道經天彩虹迎上前去，將撲來的雲焰攔住，口裡連喊：「道友高抬貴手，容我下來相見！」

那護身靈光一經脫體，少女的身子便不似先前遊行自在，飄飄蕩蕩御著風降落下去。三鳳見魔沙飛上前去，竟被一道長虹攔住，正暗驚少女僅是一個甫行脫體的嬰兒，竟有這般神奇道力！聞少女已在答話，離開光華自行降落。才知她是怕毒沙。連忙飛身上去將她捧住，接了下來。

那少女降至中途，回望空中彩虹為魔沙所汙，業已逐漸減退，即使敵人應允放行，也不能即時飛升，心裡一陣慘痛氣憤，業已急暈過去！

金鬚奴見三鳳行為如此可惡，委實看不過去！知道這種初脫體的元嬰，一任平日道力多高，此時也是至為脆嫩，什麼災害都禁受不起。恐不知怎樣保護，再傷了她，先取出一粒玉柱中所藏的靈丹與少女塞入口中，然後輕輕喚道：「道友莫要驚恐，我等並非要借道友元神去煉什麼惡毒法寶。道友喪了護身靈光，如今再想上升仙闕，已非所能。不如隨我等回轉紫雲宮海底同享散仙奇福，宮中現有固元靈膠，道友無須借體便可復原。只不過遲卻數十年飛升，異日遇見機緣，道友仍可成就仙業，豈不是好？」

那少女不是別人，正是石生之母陸蓉波。自從感石懷孕，陸敏疑她與人有私，險遭慘死。多虧極樂真人預示仙機，賜了一道靈符，叱開石壁，逃了進去。在壁中生下石生。先後辛苦潛修了多少年，好容易才將嬰兒修煉成形，眼看道成飛升，卻在半途，又遭魔劫！這時無法可施，只好應允。

三鳳所求既得，又比眾人不同，好不心喜！便獨自帶了那少女往紫雲宮飛去。

三鳳走後，金鬚奴原意尋一深山洞壑中修道未成之士收回宮去，彼此有益。誰知三鳳狠毒，阻人升仙，為惡太甚，類此孽因，異日必無善果。大錯已鑄，無法挽救，坐在路旁樹根上，望空咄咄，好生慨嘆！正在無聊，忽又聽遙天雲際破空之聲。舉目一看，一道銀光直往面前飛落，現出一個俊美道童，一見面便問金鬚奴在此則甚。

金鬚奴因見道童一身仙氣，心愛非常，把同了三鳳來此尋人，只見一個甫成道的女嬰，現已被王鳳妄用魔沙收回宮去，自己因使命未完，尚在尋找等語通盤說出。

道童人甚機警，聞言心裡又驚又急，臉上卻未顯出。反笑問金鬚奴自己可入選否？金鬚奴見那道童看上去年紀雖輕，人甚老練，飛劍已有根柢，絕非初學之士，如能網羅回去，豈不比那女嬰又要強些？只為他穿著道童裝束，必有師長，難得他一些唇舌不費，自願前往！便盤問道童的來歷和師長的姓名，那道童原有深心，隨機應變造了一套言語，假說姓韋名容，師父原是一位散仙。自己因犯小過，為師逐出，自念學道未成，終年遍遊名山大川，一為訪師，二為擇地隱修。難得有這種海闕仙景，曠世奇緣，故此降心相從，敬求引渡等語，詞色誠摯，極其自然。金鬚奴那般精細謹慎的人，竟為所動，信以為真，暗忖即使萬一有點什麼，自己也還制伏得他過。便滿口應允，渡他入門。道童大喜，立時拜倒在地。

那道童不是別人，正是陸蓉波少年時好友楊鯉。當年陸蓉波被乃祖誤會她與楊鯉有染，以致囚身石中，楊鯉對陸蓉波極有情意，聞說陸蓉波有難，便混入紫雲宮之內，伺機行事。

各人回轉紫雲宮中，那初鳳見三鳳金鬚奴一個收了一個已成道的元嬰，一個引進一個有法力的仙童，先後回來，問起經過。因三鳳這種行為最干天忌，雖然埋怨了幾句，心中未嘗不喜。錯已鑄成，率心一不做、二不休，表面上仍好好的用言安慰，給她服了固元膠和金庭玉柱中留藏靈藥，暗中卻用魔法立了一面「元命牌」，把蓉波禁制，如有異圖，無論逃到何方，俱有感應！

二鳳找來的一個幼童，是苗人之子。姓龍名喚力子，生具奇形，頭扁而短，凹鼻上掀，兩眉當中多生著一隻眼睛，兩手六指並生。初鳳行法，築成長逾千里的神沙甬道，層層禁制，仙凡難入。

陸蓉波連用宮中真水靈藥，形體早已堅凝，只是形態比起常人要小得多。日子一久，知道元神受了魔法禁制，難以脫身。先時甚為憂急，後來細察宮中諸人，在上幾個雖是法力高強，俱都入了魔道，絕非仙家本色。初鳳人較正直，可惜入了旁門，縱有海底密宮藏身，未必災劫到來便能避免！只金鬚奴未習那天魔祕笈，沒有邪氣而已。下面更是除龍力子一人還可造就外，餘人不是迷途罔返，便是根淺福薄，俱非成器之流。有時潛神返視，默察未來，竟覺出禍變之來，如在眉睫！她與楊鯉也在暗中相見，唯恐招禍上身，表面裝著不識。

那初鳳見神沙甬道已成，可以倒轉八門，隨心變化。如發覺有人擅入，只須略展魔法，那一條長及千里的甬道立刻化成許多陣圖，越深入越有無窮妙用。除非來人有通天徹地本領，金剛不壞之身，還須見機得早，在初入陣時發覺，急速後退，逃離甬道方可無事。否則也是一樣陷入陣內，不能脫身。

三鳳又把神沙甬道盡頭處那座荒島，用法術加了一番整理，遍島種上瑤草琪花，千年古木，添了不少出奇景致。把島名也改作「迎仙島」，並在出入口上建了一座「延光亭」，派了幾個宮中仙吏按日輪值，以迎仙侶。

光陰易過，不覺多時。先並沒有什麼人前來島上拜訪初鳳姐妹。日子一多，因為以前金鬚奴等出外，遇見幾個舊日遊侶說了經過，才漸漸傳說出去。第一次先來了北海陷空老祖門下大弟子靈威叟，看望了一會自去，並無生事。第二次便是黃山五雲步的「萬妙仙姑」許飛娘前來慕名拜謁。

常言道物以類聚，許飛娘一到，首先和二鳳、三鳳成了莫逆之交。仗著生就蓮花妙舌，論道行本領經歷都是旁門中數一數二的人物，日子稍為一多，連初鳳也上了套。她哪想到許飛娘別有深心！只接連會晤過三、四次之後，便把她當成知己，宮中首腦諸人大半對她言聽計從。

第九回　神沙甬道　鬥法成仇

金鬚奴覺得此人體重言甘，處處屈己下人，其事必有深意。也是紫雲宮運數將終，二鳳平日對於金鬚奴本甚敬愛相從，這次偏會和三鳳做了一齊，認為許飛娘是個至交良友。金鬚奴一連警告了兩次，反遭二鳳搶白，說他多慮！

初鳳以前人甚明白，她所得那部《地闕金章》雖非玄門正宗，也並非旁門邪術，藉以修到散仙是易事。如今因知天仙無望，劫運難逃，一念之差，專一在魔道上用功，於是道消魔長。一部天府副冊雖被她盡窮秘奧，人已入了魔道，性情行事漸非昔日。自用魔法築成神沙甬道，更與前判若兩人，所以易為許飛娘所動。

許飛娘每一到來，必要留住些日，漸漸談起目前各派劍仙中只峨嵋派猖狂，把許多天生靈物如千年成道的肉芝之類，俱都據為己有。只可惜他們道法高強，心辣手狠，誰也奈何他們不得。否則像千年成道芝血，得它一點，便可助長五百年道力。說時看出眾人有些心羨，又說他們專一巧取惡奪，幸而紫雲宮深居海底，不能輕入，否則宮內有這許多的靈藥異寶，早已派人盜取了！

飛娘說這一席話，原意只要能說動一個前往峨嵋取芝血，便不愁兩家不成仇敵。誰知三鳳等人雖是心貪好動，此時尚能守著初鳳之誡，又和峨嵋素無嫌隙，雖聞言也有些心動，並無出宮之想。飛娘知非三言兩語可以如願，再說反啟人疑，只得暫時擱開，以待機會。暗忖：「只要我常常來此，反正不怕你們不上鉤，何必忙在一時！」

又過沒多時，正值華山派史南溪同了諸妖人用風雷烈火攻打凝碧崖飛雷洞。南海雙童用地行神法潛入凝碧崖被擒失陷，不知生死。緊接著便是三英、二雲相見，紫郢、青索雙劍合璧，大破烈火陣，飛娘毀滅峨嵋根本重地之策又復失敗！

許飛娘一計不生，又用奸謀。想起紫雲三女昔年曾和南海雙童之父甄海相鬥，甄海就死在三女之手，與紫雲三女有不共戴天之仇，峨嵋對於這種素無惡名，又有那麼好根質的南海雙童，決不殺害，已然收歸門下也說不定！利用這番揣度，前往紫雲遊說諸人，豈非絕妙！當下忙即飛往迎仙島，由神沙甬道內見了二鳳等人，鄭重其事道：「峨嵋派因紫雲宮有許多靈藥異寶，知道南海雙童是諸位仇人，特地擒了不殺，反而收歸門下，意欲藉他地行神法前來盜寶，並派能手助他報當年父母之仇，諸位須要作一準備才好！」

紫雲三女自然不知許飛娘真正用意，反倒以為她是一番好心前來警告，聽了盡皆氣憤不已，吩咐防守甬道的各人，小心在意。

這一日，也是合該有事，迎仙島上若是由楊鯉或陸蓉波當值，金蟬、石生來到，也不致有事。但該日偏由一個名叫吳藩的當值。那吳藩巧言令色，最得三鳳歡心，原是邪派中人，投入紫雲宮中服役。

吳藩在迎仙島上，忽見西北方天空中似有一點霞影移動，就在這微一回顧之間，還沒轉過頭去，一幢三色彩雲疾如星飛電掣，已從來路上平空飛墮。剛在驚異，亭前彩雲歇處，現出兩個英姿俊美的仙童。一個年紀較長的手中拿著一封書信，上前說道：「借問道友，這裡是通海底紫雲宮的仙島麼？」

吳藩卻也識貨，見那兩個仙童年紀雖輕，道行並非尋常，忙躬身答道：「此處迎仙島，正是紫雲宮的門戶。在下吳藩，奉了三位公主之命，在這延光亭內迎接仙賓，但不知二位上仙尊姓高名、仙鄉何處、要見哪位仙姑？請說出來，待在下朝前引路，先去見過金鬚奴道長，便可入內了。」

那為首仙童答道：「我名金蟬，這是我兄弟石生。家住峨嵋凝碧崖太元洞內。現奉掌教師尊乾坤正氣妙一真人之命，帶了一封書信來見此地三位公主。如蒙接引，感謝不盡。」

石生方要張口詢問乃母蓉波可在宮內，金蟬忙使眼色止住。吳藩一聽是峨嵋門下，宮中三位公主才警告過，要小心在意，便道：「二位暫候，容我通稟！」說罷，走向亭中，也不知使了什麼法術，一團五色彩煙一閃，立時現出一條有十丈寬大、光華燦爛的道路，吳藩人卻不見。

石生問道：「我好久不見母親的面，便是醉師叔也說是到了宮中，正可請母親帶去引見三位公主。哥哥怎不許我問呢。」

金蟬道：「你真老實，行時李師叔曾命我等見機行事。你想伯母以前原是煉就嬰兒，脫體飛升，應是天仙之分，如今去給旁門散仙服役，其中必有緣故。起先我也想先見伯母求她引見，適才吳藩那廝帶著一身邪氣，以此看來，宮中決無好人。伯母成道天嬰飛升時節，被他們用邪法禁制也說不定！」

石生聞言方始醒悟，只為母親飛升，時縈孺慕，只說人間天上，後會無期，不想卻能在此相晤，恨不得早進宮去相見才趁心意。偏偏吳藩一去好久不出來，二人起初守著客禮，還不肯輕入。等到紅日匿影，仍無動靜，二人俱是一般心急。正商量用法寶隱身入內，忽見甬道內一道光華飛射出來，到了洞口外，現出一個比石生還矮的少女，滿身仙氣，神儀內瑩，比起吳藩大有天淵之別。

金蟬方詫異原來宮中也有正人。未及問詢，石生業已走上前去抱著那女子跪下痛哭起來。這才明白，來人乃是石生母親陸蓉波，無怪身材那般小法，忙也上前跪下行禮。

蓉波連忙攙起說道：「你二人來意我已盡知，如今宮中情勢大變，你二人此來成敗難測。以先大公主初鳳未受許飛娘所惑，有峨嵋掌教真人書信，還可有望。如今除二鳳的丈夫金鬚奴略能分出邪正外，俱與許飛娘情感莫逆，怎肯隨便將宮中至寶送人？我拿了這封書信前去回稟，他們如願相見，再來喚你二人進去。事如不濟，還有一位道友名喚楊鯉的，也為助我投身宮內，均作你二人內應。」說罷，又將甬道中許多機密，盡知道的詳說一遍，再三囑咐謹慎行事，然後拿了書信匆匆往宮內飛去。

蓉波去後，二人便在迎仙島延光亭內靜候回音。頭一次吳藩入內時，暗將第一層陣法開動，以防二人入內，看去裡面光華亂閃。及至蓉波入內，因恐二人年幼無知，妄蹈危境，便就自己法力所及將陣法止住。誰知這一來，反倒害了二人，幾乎葬身其內！

起初金蟬、石生見甬道內光華亂閃，隨時變幻，連金蟬那一雙慧眼都看它不真，不敢涉險。及至蓉波將陣法止住，看上去清清楚楚，只是一條其深莫測、五色金沙築成的甬道。看出去十餘里光景，目光便被彎曲處阻住，不由便存了僥倖之心。這陣法是動實靜，是靜實動，一層層互為虛實，如將頭層陣法開動，至多不過闖不進去，即使誤入也比較易於脫險。這頭層陣法一經止住，從第二層起俱能自為發動，有無限危機，此後越深入越不易脫身！

那甬道長有千里，往返需時。第一次吳藩入內，二人在外面等了許多時候，已是不耐。這時蓉波一進去，又是好些時沒有回音。金蟬首先說道：「目前掌教師尊快要回山，五府行即開闢，有不少新奇事兒發生。還有同門中許多新知舊好也要來到，正是熱鬧有興的時候，偏巧我二人奉命來此取天一真水。如取不回去，豈不叫眾同門看輕！」

石生答道：「天下事不知底細，便覺厲害。我母親既能打此出入，又說出其中玄妙，我想此行並非難事。好便好，不好飛入宮中，盜了便走，愁他怎的？倒是取水還在其次，我母親禁閉石中苦修多年，好容易脫體飛升，無端被這三個魔女困陷在此，還壞了道行。她好好將水給了我們，還看在師尊金面，只將母親救了同走。否則我和她們親仇不共戴天，饒她才怪呢！」

金蟬道：「方才伯母出入隨心，而不在輪值時逃走，必有緣故在內。適才伯母匆匆沒有提到此事，旁門行為陰毒險辣，以前綠袍老祖對待眾門人便是前車之鑒，你我不可造次。」石生雖聽勸說，念母情切，終是滿腹悲苦。

又過了個把時辰，漸漸越等越心煩起來，石生道：「甬道機密，母親已說了大概，想必不過如此。我們有『彌塵旛』、『天遁鏡』、『兩界牌』這些寶物，我又能穿石飛行，即使不濟，難道這砂比石還堅固，我們何不悄悄下去一探？」

金蟬近來多經事故，雖較以前持重，一則石生之言不為無理，二則「彌塵旛」瞬息千里，所向無敵，又盼早些將天一真水取回，好與諸位久別同門聚首，略一沉思便即應允。

二人先商量了一陣，彼此聯合一處，無論遇何阻隔，俱不離開一步，以便萬一遇變，便可脫身。一切準備停當，金蟬先打算駕著「彌塵旛」下去，又因那旛飛起來一幢彩雲，疾如電逝，恐蓉波出來彼此錯過誤了事機，仍同駕飛劍遁光入內。進有十餘里遠近，二人一路留神，見那甬道甚是寬大，除四壁金沙彩色變幻不定，光華耀目以外，並無別的異況。俱猜蓉波入內時已將陣法閉止，益發放心前進。

遁光迅速，不一會穿過頭層陣圖，二人正在加急飛行之間，猛見前面彩雲瀲灩，激起千百層光圈，流煙幻彩，阻住去路。二人聯合將劍光護住全身，直往彩光中穿去。只微覺一陣周身沉重，似千萬斤東西壓上身來。忙即運用玄功，略一反抗，便穿越過去。身子剛一輕，便見前面又變了一番景象。上下四方大有百丈，中間還按日月五星方位挺立著七根玉柱，根根到頂。當中一根主柱周圍大有丈許，其餘六根大小不一，最小的也有兩抱粗細，看去甚是雄偉莊嚴，再趁著四外五色沙壁光華變幻，更覺絢麗無比！柱後面則陰森森望不到底。

二人商量了一陣，石生力主前進，金蟬因蓉波一去不回，比吳藩去的時刻還久得多，說不定機密業已被人看破，不再放她出來。想了想，雄心頓起，決計涉險前進，不再反顧。那七根玉柱直蕩蕩的立在那裡，不知敵人用意，恐有失閃，便將「彌塵旛」取出備用，與石生同駕劍光試探前進。

二人剛剛飛過第一根玉柱，忽見一片極強烈的銀光從對面照將過來。射得石生眼花繚亂，耀目生光。金蟬圓睜慧眼定睛一看，頭一排參差列立的兩根玉柱已然失去，一條虎面龍鬚似龍非龍的怪物，藉著光澤隱身，從甬道下端張牙舞爪飛將上來，往那最末一根玉柱撲去。龍爪起處，那根玉柱又閃起一片強烈的紫光，接著便不知去向。同時便覺身上一陣奇冷刺骨，連打幾個寒噤。猛一眼瞥見石生被那紫光一照，竟成了個玻璃人兒！臟腑通明，身體只剩了一副骨架，與骷髏差不許多，才知道這七根玉柱幻化的光華能夠銷形毀骨，不由大吃一驚！

說時遲，那時快，就這轉眼功夫，那怪物又快往餘下幾根玉柱撲去。每根相隔約有數十丈遠近，怪物爪起處，又是一根玉柱化去。一道黃光閃起，二人便覺身上奇冷之中雜以奇癢，眼看危機已迫，金蟬暗忖：「這七根玉柱不破，進退都難。」索性一不作，二不休，把心一橫，忙取「天遁鏡」往前一照，回腕抱走玉石，運用玄功，一口真氣噴將出去，霹靂雙劍化成一紅一紫兩道光華，一道直取怪物，一道逕往那巍立當中最大的一根玉柱飛去。同時左手「彌塵旛」展動，便要往前飛遁。

這時石生也將身帶防身法寶取出，許多奇珍異寶同時發動。百丈金霞中夾著彩雲劍光，虹飛電掣，那神沙煉成的七煞神柱也禁受不住。金光霞彩紛紛騰躍中，金蟬、石生二人剛剛飛起，還在驚慌不知能否脫險，忽聽一聲怪嘯，前面怪物已往地下鑽去。當中那根王柱吃二人飛劍相次繞倒，立化成一堆五色散沙，倒坍下來。主柱一破，其餘六根被「天遁鏡」和二人的劍光亂照亂繞，也都失了功效，紛紛散落。

此時金蟬、石生業已飛越過去，一見奏功，忙即收了法寶飛劍，停身一看，光華盡滅，身上寒癢立止。七根玉柱已變成了七堆金色金沙，怪物已鑽入地底逃走，地下卻斷著半截龍爪。一問石生，除先前和自己一樣感覺周身疼癢外，別無異狀，才放了心。一看前途盡是陰森森的，迥非來路光明景象。知道越往前進，其勢越險，但是已然破了人家陣法，傷了守陣異獸，勢成騎虎，欲罷不能，除了前進，更無後退之理！

當下便和石生穩神定性，用法寶護身，往前深入。前行雖然漆黑，仗著二人一個是生就慧眼，一個是自幼生長在石壁以內，能夠暗中觀物，近處仍是看得清楚。

行了一陣，方覺這陣中四外空蕩蕩的並無一物，忽聽前面風聲大作，甚是尖銳。二人原知敵人陣中如此黑暗，必定潛有埋伏，用「天遁鏡」反而驚敵，俱都隱著光華飛行。聽風聲來得奇怪，便按著遁法準備抵禦。等了一會，前面的風只管在近處呼嘯，卻未吹上身來，也無別的動靜，老等不進也不是事，依舊留神上前。

過去約有百丈左右，適才風聲不止，二人也不知是何用意。正待前進，忽聽四外「轟」的一聲，眼前一黑，二人忙各將飛劍施展開來護住身體，以防不測。誰知四外俱是極沉重的力量擠壓上來，劍光運轉處雖是空虛虛的並未見什麼東西，可是那一種無質無形的力量卻是越來越重如山嶽。不消片刻，把二人竟累了個力乏神疲！而且微一鬆懈，那力量便要增加許多，二人枉自著急，只管竭盡全力抵禦，連想另出別的法寶，俱難分神使用。知道這種無形無質的潛力，定是那魔沙作用，一個支持不住，被它壓倒，立時便要身死！幸是二人俱能身劍合一，不然危機早迫！

又過了一會，金蟬急中生智，猛的大喝道：「石弟，我們在這裡死挨，不會衝到前面去麼？」一句話把石生提醒，雙雙運足玄功，拼命朝前衝去。

這一下衝出去有十里遠近，雖然阻滯非常，且喜衝出險地。二人俱都累得氣喘吁吁，打算稍為寧息，身外又覺有些沉重。這一次不敢疏忽，金蟬急不暇擇，左手「天遁鏡」首先照將出去。千百丈金光照處，才得看清那慧眼所視查不得的東西，乃是一團五色彩霧，正如雲湧一般從身後捲過來。吃金光一照，先似沸水沖雪般沖成一個大洞，再被金光四外一陣亂照，立刻紛紛自行飛散，身上更不再感到絲毫沉重，無形神沙一破，甬道又現光明。

二人想不到「天遁鏡」竟有如此妙用，心中大喜，膽氣更壯。略一定神，再往前面一看，四壁俱如白玉。離身百餘丈遠處，正當中放著一個寶座，寶座前有一個大圓圈，圈中有許多尺來長的大小玉柱。走近前去一看，那一圈玉柱高矮粗細俱不一般，合陰陽兩儀五行八卦九宮之象。除當中有一小圓圈是個虛柱外，一數恰是四十九根。

金蟬自幼長在玄門，耳濡目染，見聞也不少，雖不明圈中奧妙，可是一見外形，便想起蓉波所說，甬道中陣圖共分四十九層，這圈中大小玉柱也是四十九個，加上當中虛柱，分明「大衍」，不禁靈機一動，忙囑石生不要亂動！

金蟬細看那些玉柱，根根光華閃閃，變幻不測。只外層有一大一小兩根毫無光彩。那根大的柱頂還有七個細白點，宛然七星部位，不由恍然大悟！這圈果是全陣鎖鑰，每根玉柱應著一個陣圖，如能將它毀去，說不定全甬道許多陣法不攻自破！又想這般重要所在，卻沒個能人在此把守，任它顯露，莫非又是誘敵之計？

盤算了一會，因為適才急於脫險，不但破了陣法，還將那怪獸斷去一爪，善取終是不成。不如試探著毀它一下，如能成功更好，否則也不是沒有脫險之策。便命石生取出「兩界牌」，又將「彌塵旛」給他拿著備用，自己試著下手，如有不妙，急速逃遁。安排妥當，一手持著「天遁鏡」，先不施為，以備萬一。另一手指定劍光去破那些玉柱。默察陣法，知道大衍之數五十，其用四十有九，虛實相生。那個虛柱定是其餘四十九陣之母，只是空空一個圈子，如何破法？試拿劍光點了一下，不見動靜，心想管他三七二十一，我把圈子這一塊削去，看看如何！

這一圈玉柱，果是全甬道的外層樞機所在。除宮中還有一幅全圖外，往時均有主要人在此輪流把守。無論哪一層陣中有什麼異動，俱可由此看出，發動困陷敵人。每破一陣，便有一根光華消滅。偏巧今日是三鳳當班，因三女生日在即，忙於煉法娛賓，又因甬道陣法神奇，自來沒事。縱有人來，有那第二層的七煞魔柱和靈獸龍蛟把守，更有無形神沙阻路，外人到此非死不可，所以擅離重地，沒有在心。

一方面，金蟬也是忽然過於聰明謹慎，如果一到便不問青紅皂白，用霹靂雙劍向那四十九根長短玉柱排頭砍去，雖然其中還藏有妙用，不能斷完，到底斷一根便少一層阻力。這一小心反倒誤事，雖將內中要陣毀去一小半，仍然留著許多大阻力，幾乎送了性命，這且不提。

金蟬見那虛柱劍點上去沒有動靜，前後一遲疑，便耽延了一些時候。及至第二次想將有虛柱那一塊鏟起時，誰知道這虛柱雖是全圖樞紐，卻與宮中那幅全圖相應，只供主持此圖的人發動陣勢之用，外人破他不得，劍光速轉，依然如故。金蟬見劍光不能奏效，又見沒甚別的跡兆，一時興起，這才指定劍光往那四十九根玉柱上繞去。頭兩根劍光轉了幾下便斷，並無異兆。說時遲，那時快，及至斷到第三根上，才出了變化。劍光才繞上去，便有一蓬烈火從柱上湧起，其熱異常。

如非二人早有戒備，幾乎受了大傷。幸而金蟬手快，一面飛身避開，左手「天遁鏡」早照上去。那火雖然猛烈，勢卻不大，只有丈許來高、數尺粗細的火頭，鏡光照上去一會便行消散。火滅以後，那柱才被斬斷。第四根似乎易些，只冒了一股子彩煙，香氣撲鼻，聞了身軟欲眠，神思恍惚，也被鏡光照散，飛劍斬斷。餘下幾根俱是有難有易，每根俱有異狀發現，至少也須劍光繞轉一陣才行斷落，並非一遇劍光便折。

金蟬因這些玉柱各有妙用，雖然發作起來具體而微，終是不可大意。斬斷三、四根後，便學會破法，總是先用「天遁鏡」照住再行下手。約有頓飯光景，居然被他斬了十幾根。末後一根，金蟬劍光斬上去，也不知觸動了圈中什麼奧妙，那根玉柱低了三寸，眼看劍光繞到上面，五彩霞光亂閃。適才斷的幾根中，臨將斷時也有這等現象，沒有怎麼在意，以為也是將要斷落。算計自從動手業已過了好些時候，圈中玉柱還未破完。倘被宮中諸首腦發覺，豈非功虧一簣？益發運用玄功催動霹靂雙劍加急下手，轉眼之間，忽見眼前一亮，千萬點金星像正月裡的花炮一般爆散開來！金蟬一上來就很順手，不由疏忽了些，眼見發生異狀，並未害怕後退，仍是一手持著「天遁鏡」照定圈中，一手指揮兩道劍光照舊行事。

卻原來神獸龍蛟受傷之後，從地底逃回宮去，宮中諸首要得了信，相繼用「縮河行地」之法追來。那千萬點黃星乃是金鬚奴等到時，路上發現有幾層陣法俱都失了作用，知道敵人得了陣中秘奧，正毀那九宮圖內的大衍神柱。連忙大家合力，運用天魔妙法，一面顛倒五行，轉換陣勢，匆匆從地底九宮圖內追出，一到便想將金蟬霹靂劍收去！

金蟬正在得意施為，猛覺手上一沉，所運真氣幾乎被一種大力吸住，大吃一驚，連忙收劍定睛看時，光霞斂處，面前那一個大玉柱忽然自動疾轉，捷如風吹電逝，一連只幾旋便沒入地底之內，頃刻合縫，地面齊平，不現一絲痕跡。幸是雙劍出自仙傳，收得又快，差一點失去。忙用「天遁鏡」四面去照時，上下四壁都是光彩閃閃，空無一物。再照前面，又復一片漆黑。二人知勢不妙，方才驚愕駭顧，猛聽連聲嬌叱，面前人影一晃，現出二女一男，個個俱是容顏俊美，羽衣霓裳，手中各持寶劍法寶，將金蟬、石生二人團團圍住，怒目相視。

金蟬、石生俱知不易善罷干休，仍打著先禮後兵的主意，躬身說道：「諸位道友可是紫雲宮三位公主麼？」

內中一個女子怒答道：「大膽妖童，既知你家公主大名，為何還敢來此侵犯？」說罷，便要動手，那男的一個卻攔道：「三公主且慢下手，反正如今全陣都已發動，釜中之魚，料他也走不脫，何必忙在一時，我們先問明了他的來歷再說！」

金蟬見那男的出口不遜，大是不悅，便怒答道：「我二人乃是峨嵋掌教乾坤正氣妙一真人門下，今奉師命帶了一封書信來向三位公主商酌拿天一真水一用。群仙五百年大劫將臨，神沙甬道陣法雖然神妙，我二人微末道行尚能闖入，怎能抵禦最後末劫？莫如少贈真水，略留香火因緣，異日事到危急，本派各位尊長念在前情，必來援手，豈不甚好！」

三鳳本來就急於動手，再一聽來人出言無理，已是怒不可遏。二人只說是峨嵋門下，仍未說出姓名，好像故意隱瞞一般。便以為是甄海之子「南海雙童」，越更加了仇意，破口大罵道：「大膽妖童餘孽，竟敢擅入仙宮，今日叫你死無葬身之地！」言還未了，手一指，劍光先飛出手去。

三鳳這口仙劍雖是金庭玉柱藏珍，又經過她姐妹三人多年祭煉過，畢竟旁門奧秘，哪裡是金蟬霹靂劍的對手！碧熒熒一道光華剛飛出去，才一交接，就差點被金蟬雙劍絞住。還算人多勢眾，二鳳、金鬚奴見三鳳業已動手，也相次將劍光放起。金蟬、石生見敵人勢盛，暗打一個手式，二人連在一起，紅、紫兩道光華，二溜銀雨，夾著殷殷雷電之聲，與敵人碧光鬥將起來，各自耀彩騰輝，不分上下。

金鬚奴在一旁，猛想起當年嵩山二老相助在月兒島去取連山大師藏珍時，曾說異日如有峨嵋門下有事相求於紫雲宮時，務要看在他二人分上少留香火情面。今日既已應驗，如果劇下毒手，不但二老分上交代不過，而且末劫未完，忽樹強敵，將來豈不增多阻難？便不肯施展法寶，口中大喝道：「來人既是峨嵋門下，當非無名之輩，不肯通名，卻是為何？」

金蟬喝道：「小爺金蟬，這是我師弟石生，誰還怕你不成！」金鬚奴未聽人說過石生，卻知金蟬是峨嵋掌教真人愛子，幾次聽許飛娘講起，今日一見，果是名不虛傳，越發不敢冒昧。

鬥了一會，三鳳連用眼色催金鬚奴使用法寶，金鬚奴心已內怯，故作不解，三鳳性情偏狹，貪功好勝，立時取出一件名喚「璇光尺」的法寶來，那「璇光尺」剛一出手，便轉起千百道五彩光圈。二鳳等人知道厲害，忙各將劍光收回，退向一邊，以防有損。金蟬、石生正鬥之間，忽見飛出無數五彩光圈，餘下敵人也都退出，同時自己飛劍才只與那光圈接觸，便差一點被捲住，幸是二人收轉得快。

金蟬又先因敵人勢盛，恐防又有別的邪法，早取出「天遁鏡」備用。一見來勢不佳，一面疾收飛劍，一面早把「天遁鏡」照出手去。兩件至寶遇在一齊，千丈金光霞彩，竟將那無數五彩光圈敵住，幻成奇觀。

三鳳先以為敵人手到擒來，誰知那「璇光尺」大小光圈只在金光紅霞影裡飆輪霞轉，消長不休，一面是轉不上前，一面是照不過去，倒也難分高下。

這時不但金鬚奴一人驚訝，便是二鳳也覺峨嵋門下名下無虛，敵人竟有這樣寶物，把以前仗勢輕敵之心全都收起。

正在相持不下，忽聽後面甬道深處，隱隱有風雷之聲，知道初鳳在宮中已將陣法發動，回身一看，果見一團紅霞，擁著一個與太極圖相似的圈子，發出百丈紅光，疾如奔馬，飛將過來！金鬚奴一見陣法被初鳳倒轉發動，敵人萬難逃走，心中想起二老前言，好生焦急，只得故意大聲喝道：「大宮主已將陣法倒轉，敵人萬難逃走，三公主還盡自與他相持則甚？」

金蟬、石生見連「天遁鏡」都不能奏功，已知這裡敵人非同小可，自己身在重地，本就留意。猛見對面甬道深處，一團紅霞夾著太極圖飛來，忽又聽金鬚奴這麼一說，益發心驚！剛在躊躇進退，猛又覺身後一股奇熱，覺著適才所遇的那一種壓力，又從四外擠壓上來，才知再不逃走，勢已無及。

也是二人命不該絕，三鳳聽金鬚奴一喝，不知他是存著萬一之想，故意提醒來人。心想陣法倒轉，前後埋伏俱已發動，樂得坐觀敵人入網，便將「璇光尺」收了回去。金蟬、石生都是機警非常，一見對面五彩光圈退去，心中大喜，更不戀戰，金蟬收轉寶鏡護身，石生早展動「彌塵旛」，化成一幢彩雲，由金蟬鏡光衝破無形神沙阻力，比電還疾，一晃眼，便衝出重圍，直往迎仙島甬道外面逃去！

三鳳等人眼看無形神沙與太極圖一齊發動，敵人轉眼入網，萬無逃走之理！卻不料敵人身畔會飛起一幢彩雲，將全身籠罩，往前衝去。金光影裡照見彩幢所到之處，那些無形神沙都將原質照現，數十百丈深厚的五彩金沙，竟被衝成一個巨衖！宛如滾湯潑雪，立見冰消，再也包圍不上。說時遲，那時快，金光彩幢只在眾人眼前閃了幾閃，便即沒入暗影之中，不知去向。縱有陣法寶物，也來不及施展，大家都駭了個目瞪口呆，面面相覷！

一會功夫，初鳳也自趕到，見敵人一個也未擒到，問起眾人，金鬚奴便搶在頭裡說了經過。初鳳聞言才知峨嵋果非易與，不由害怕起來。暗忖：「自己費了許多心力，煉成這一條長及千里的神沙甬道，只說不論仙凡俱難擅越雷池。如今峨嵋首要並未前來，僅憑兩個後輩，就被他鬧了個馬仰人翻！雖仗自己防範周密，魔法神妙，敵人並未得手。可是人家一到便將外層陣法連破去了十七個，末後又被人家從容退去，一根毫髮俱未傷損，這等任憑外人來去自如，異日怎生抵禦末劫？」一面想到強敵的可慮，一面又想到異日切身的安危，好生憂急。

金鬚奴看出初鳳有些內怯，舉棋不定，便乘機進言道：「其實這兩個峨嵋門下也是性子太急，以致妄行撞入，傷了和氣。否則當初月兒島承嵩山二老相助取寶時，也曾託過我們，看在白、朱二位道友分上，也不見得吝而不與，怎會鬧成仇敵之勢！」

一句話將初鳳提醒，決計暫時仍是回宮，加緊防守，萬一來人二次侵入，便是擒到了手也不傷他，只等白、朱二位出來轉圜。

想到這裡，覺著事情還未十分決裂，心才略寬，便命金鬚奴專守外層主陣，不得擅離，其餘眾人回轉宮中，重將全甬道陣法整理復原，以防敵人捲土重來。眾人先因初鳳法陣未收，前面有無形神沙阻路，無法追趕敵人，只得暫候。

見初鳳趕到聽完經過，以為她必定隨後追趕。誰知她面帶憂疑，呆立了一陣，即命眾人回轉。陣法被破，龍鮫受傷，吃了許多虧，還不如初次聞警時那等著惱，俱都測不出其心何意。三鳳更是心中不服，怒問道：「大姐，我們就眼看兩個小輩上門欺了人逃走，不管了麼？」

初鳳知她在火頭上，難以理喻，便答道：「據你們說，敵人所用法寶如此神妙，逃時疾如電逝，我來已這些時，怎追得上？來人天一真水不曾取去，焉有不來之理。我們只在宮中等他，加緊準備，到處都有埋伏，又不比先時是措手不及，難道還怕擒不到他麼？」

三鳳早從初鳳語言神色上看出是金鬚奴鬧的鬼，恨在心裡，當時也不說破，只冷笑了兩聲，含怒回宮。

且說金蟬、石生二人雖仗著這許多異寶，運用玄功，拚命往前直衝，還被那神沙擠壓得氣喘吁吁。容到逃出甬道外，到了迎仙島，已累了個元氣耗損，力盡神疲了。料知後面敵人追趕不上，除迎仙島外，海天遼闊，洪濤萬里，無可落腳之處，只得暫在島上隱僻處歇息，容到敵人追來再作道理。等了一回，敵人並未出現，喘息略定。石生想起乃母蓉波自從入內送信便未出來，不知機密已否被人看破，有無凶險，好生焦急！

金蟬勸慰了一陣，道：「我們來時，李師伯早料定善取不易，曾說派兩位有本領的同門隨後相助，縱然『彌塵旛』飛行迅速，差不多也出來了一日一夜，怎的還未到來？」

正說之間，忽見一道銀光從延光亭那面飛起，沿島盤旋低飛，似在尋找敵人蹤跡。

二人存身的地方在島邊一塊凹進去的礁石之內，極為隱僻。那銀光先時飛行較緩，後來越飛越疾，時高時低，從全島連飛繞了六、七匝。有時也飛近二人藏身的近處，卻未落下，銀流飛瀉，一瞥即逝。二人正要準備出去相會，那銀光倏地飛高數十百丈，又在空中盤飛起來。

金蟬方覺那道銀光與石生飛劍家數有些相同，忽見青、紫、白三道光華如長虹經天，疾飛而來，銀光便撥轉頭，流星飛瀉一般直往廷光亭中落去。

金蟬認出來的是英瓊和輕雲，好生歡喜，不等下落，便即迎上前去接了下來。那與輕雲、英瓊同來的是一個女子，看去舉動雖然老到，身材卻極矮小，頗似七、八歲的幼女，相貌也極清秀。穿著一身青色衣服，腰繫紫絛，掛著一個長約七、八寸的紫荷包，背插一口尺多長的短劍，一雙星眼威光顯露，迥非尋常新進可比。

大家相見後互道姓名，才知那女子乃雲南昆明府大鼓浪山、摩耳崖、千屍洞一真上人最心愛的弟子、「神尼」優曇侄甥「女神嬰」易靜。金蟬曾聽妙一夫人說過，此女生具慧質仙根，不但劍法高強，還精於七禽五遁，道術通玄，本領高強，已然得道多年，身材卻異常矮小，所以有「女神嬰」的稱號。

當她劍術初成時，因為性情剛烈，嫉惡如仇，屢次在外惹事結仇，專與異派作對。有一次惹翻了「赤身教主」鳩盤婆，幾乎被敵人用倒轉乾坤大法「九鬼啖生魂」！多虧乾坤正氣妙一真人走過，硬向鳩盤婆討情，才得免難。一賭氣逃回山去，立誓不能報復前仇，決不在人前露面。由此再未聽人提起她的蹤跡。自己聞名已久，不想在此不期而遇，好生心喜。便向英瓊問道：「你和周師姐為何這久時候才來，莫非今早才動的身麼？」

英瓊道：「哪裡，你們一走，我二人沒待多時便動身了。」正要往下說時，輕雲攔道：「這裡密邇紫雲宮，我們在路上已知天一真水還未到手，與紫雲三女動了干戈。適才還有一個敵人一照面便被他逃走，大家急於見面，也未追趕，此時必去宮中報信邀人，這些話且等事完再說。還是先問二位師弟怎樣與人動手，宮中情形如何，以便相機下手為是！」

第十回　喜獲新知　二闖魔陣

金蟬道：「說起來話長，我二人元氣都略受了點傷，周身還在酸痛，須要略為歇息些時。況且此時神沙甬道內防備甚緊，去了未必成功。我們正打算打坐片刻，運轉玄功，將真氣復原，再去擒來一個防守甬道的敵黨，拷問一些虛實再行入內。恰值那道銀光升起，好似四處搜尋我二人的蹤跡，我們正要上前擒他，便遇三位師姐妹到來將他驚走。甬道中妖法神妙，甚是厲害，我們已知紫雲三女壽辰在即，一、二日內必有異派中人前來慶壽，可以乘機下手。」

輕雲仍恐有人窺伺，用邪法暗算，不住四外留神查看。

「女神嬰」易靜見了不耐道：「我們原要尋他，還怕他來麼？我正想聽二位師兄說甬道中情形，我自有道理。」說罷，便將秀髮披散，拔出背後短劍，禹步行法。一陣清風過處，眾人只覺腳底下軟了一軟，別的也無甚動靜。

易靜笑道：「我已施『七禽遁法』，敵人不暗算我們還好，否則即以其人之道還治其人之身，叫他來得去不得！我們索性圍坐石上暢談一陣，容他聽個清清楚楚，再拿他開刀吧！」眾人便依她同在礁石上坐下，互談經過。

（注：本書中每有重大情節，必然分幾個段落來寫，中間加插其他情節，有一波未平，一波又起之妙。大破紫雲宮，不即破之，要加插一段玄龜殿，是其中之一例。本書原版本第十集起，已提及「峨嵋開府」，但一直到二十五集，才正式敘述到開府的經過，可知其間「波瀾」起伏之多！）

英瓊性急，先由金蟬說與紫雲三女反臉動手之事，然後再由英瓊說來時經過。原來二人在鵰背上憑臨蒼宇，迎著劈面罡風禦虛飛行，頃刻千里，比起駕著飛劍光遁也慢不了多少。知道神鵰道行，日益猛進，甚是代牠高興。

飛行了兩三個時辰過去，遙望前面山峰刺天，碧海前橫，已抵海隅，再有數千里遠近，便可到達。正自快意，猛覺神鵰身子往下一沉。還未及看清下面，神鵰一聲長鳴，重又往上升起，剛飛到原來高處，倏又往下沉落，這一次竟落有數十百丈高下！

英瓊本已聽出神鵰報警，不由又驚又怒，忙向下面一看，腳底下三面皆是山巒，一面臨海，展出一個大約數百頃的平原，當中建了一所宮殿，瓊宇金闕，金階朱柱，迴廊曲檻，華表撐天，看去甚是莊嚴華麗。大殿階前有一大平臺，廣約百畝，先時目光被山擋住，這時剛剛飛過一條高嶺，正臨殿宇上空，由高視下，一目了然，看得極其清楚。偌大宮殿，竟不見一個人影，可是神鵰兩翼已給什麼絕大的力量吸住，只管奮力騰撲，不能前進，漸漸還有下沉之勢。

二人知道定有人藏在殿中作祟，眼看神鵰飛落越低，鳴聲越疾，先沒看出神鵰雙爪已吃敵人法寶套住。及至二人離了鵰背要往下飛落去尋殿中人，英瓊慧眼猛然看見神鵰腳下似有一條青氣，顏色極淡，時隱時現。因見神鵰鳴聲淒涼，飛騰不起，一時情急，顧不得先尋人，將手一指，紫郢劍化成一道紫虹脫匣飛起，不問三七二十一，便往神鵰腳下繞去。

起初英瓊心理不過姑試為之，那青氣看上去似有若無，並不斷定是敵人法寶。不想劍光才繞到神鵰雙爪之下，便聽無數裂帛之聲同時發作，那青氣由隱而現，「嘩嘩」連聲，全都變成萬千縷長短青絲，雨雪一般滿空飛灑，斜陽裡頓成一片從所未見的奇觀！

那神鵰本在拼命往上掙扎，腳底下束縛一去，鐵羽翻風，一聲長嘯，振翼便起。因為用力太猛，直似彈丸脫手，瞬間直上青冥。那些萬千縷青絲經了這兩翼的風力鼓蕩，益發翻滾，半晌還未落到地上。

神鵰佛奴已有千年道行，何等通靈厲害，兩翼神力何止千斤，豈能輕輕巧巧便被人套住！一脫網便如驚弓之鳥，直沒雲空不再飛回，殿中人非比尋常，已可想見！

英瓊、輕雲二人破了敵人法術之後，英瓊因為神鵰吃了大虧，心中忿恨。說時遲，那時快，就在神鵰振羽，青絲斷落，飛舞零亂之中，二人只略一招呼，早同往大殿前平臺之上飛去。

輕雲見聞較廣，又比英瓊持重，飛離平臺還有數十丈高下，猛一眼看出那平臺竟是一塊整玉所成！不但五方十色，暗藏六合陣法，而且光華隱隱，彩霞騰耀。想起昔日在黃山學劍時，餐霞大師曾經說過，如遇這等境地，定有能人主持，千萬不可妄入！忙將遁光一催，攔向英瓊前面，口中喝道：「瓊妹且慢，敵人無理，我們須守教規！不問明是非，未奉師命，須要扣門而入，不可妄入人室。」

英瓊心想教規雖然如此，眼看敵人惡行已露，明明妖邪一流，還與他講什麼禮數？正要答話，吃輕雲用劍光一攔，雙雙一同降落在平臺之上。

英瓊本想直入大殿去尋敵人算帳，一落地又待張口相問，輕雲忙使眼色將她止住。英瓊方自不解，輕雲已朝殿上喝道：「我二人奉了師命騎鵰打此經過，並無嫌忤，爾等無故阻攔是何道理？現在登門候教，還不出來答話，我二人要無理了！」言還未了，忽見一道青光從大殿內直飛出來。

英瓊正要迎敵，來人好似早已知道，到了離身十丈以外落地，現出全身，乃是一個二尺多高，生得奇形怪狀的小孩。

輕雲看那小孩，生得又胖又矮，一雙黃眼生在額上，鼻子高聳朝天，加上底下一張闊口，和一個又大又圓的蛤蟆頭，越顯醜陋非常。不過小孩形狀雖似妖邪，那道青光來路又非旁門左道。而且小小年紀便有這等道力，宮殿中能人必不在少。

正自尋思，那孩子如飛也似搖著雙手跑了過來說道：「我兄弟兩個起初看見這隻黑鵰神駿，飛行又高，也沒看清上面有人，冒冒失失的打算放起青瑤鎖去將牠捉住收服養了玩。一見上面有人下來，知道惹禍，法寶已為你們飛劍所毀。好在你們坐騎未傷，我們也是事出無心，傷了一樣至寶，已然晦氣，悔之無及，何必又尋上門來，你們走你們的，豈不甚好！」

輕雲見來人說話，不亢不卑，未必好惹，又想起使命在身，急於上路，已有允意，正想藉勢收篷，答言勸走，忽然大殿內又是一道青光飛出，落地現出一個身容俊美、英氣勃勃、年約十六、七歲的童子，一見便朝二人說道：「你們在此亂喊些什麼？我雖向你們取了一回鬧，我的『青瑤鎖』卻被你們飛劍斬斷。少時我祖父處還不知想什麼法兒交代！我不尋你，你們倒上門欺人。對你說，省事的快走，我弟兄認晦氣，不與你們女流一般見識。如再遲延，我便把你二人擒住做我殿中侍女，稍為做錯點事，便打你四百海蟒鞭，叫你吃罪不起！」

英瓊一聽他出言強橫，比先來那個要不說理得多，不由勃然大怒，喝罵道：「大膽妖童，無故開釁，還敢出言無狀！」說罷，手一指，劍光便飛上前去。

先來那個見英瓊動手，口中罵他「妖童」，也怒罵道：「好個不知趣的丫頭，放你生路不走，誰還怕你們不成？」一面說，弟兄兩個的飛劍早先後放起迎敵。

二童劍光哪是紫郢劍敵手，輕雲青索劍還未放出，兩下略一交接，已感不支。英瓊滿心氣憤，哪肯放鬆，一道紫虹如龍飛電掣，把二童的飛劍壓得光芒漸減，勢頗不支。

輕雲也惱那後來童子無理，不過已從來人言談動作和飛劍家數上，看出來人不是妖邪左道，知道是海外散仙一流。靜以觀變，相機處置。

三道劍光在空中鬥了不多一會，這兩弟兄萬不料敵人飛劍如此厲害。只急得滿面通紅，無計可施。輕雲見雙方雖相持不下，敵人業已勢敗，便勸英瓊道：「我們還有事在身，饒了他們吧！」

話才出口，內中一道劍光已吃紫光絞住，立時粉碎，青芒飛落如雨，還算一道光華被紫光絞碎，另一道勢子略鬆，被一童收了回去，喊一聲，直往大殿中飛逃！

英瓊得了勝，怒氣稍懈，又聽輕雲催走，本未想追，抬頭一看神鵰佛奴仍在空中極高之處往來飛翔，正要飛身上去，猛聽大殿內一聲嬌叱，又是兩道青光，一個全身縞素的淡妝少婦，後面跟著先前那兩弟兄，一同飛身出來。一照面便問：「何方賤婢，敢毀吾兒飛劍，速速通名納命！」

英瓊聽她一見面就罵人，哪裡容得？也不容輕雲答話，早將紫郢劍飛將出來。

那少婦見了英瓊劍光，好似有些吃驚，忙對二子喝道：「讓我獨擒這兩個賤婢，爾等不可動手。」二童會意，逕自閃開，袖手旁觀。

輕雲見那少婦劍光雖非紫郢劍之敵，卻比起先前二童要強得多，英瓊一時半時取不了勝。暗忖紫郢仙劍以前未合璧時，也曾敵過許多異派能人，並未遇見敵手，這少婦的飛劍竟有如此功力！再若戀戰下去，萬一又勾出敵人的助手，脫身更是不易。莫如還是合力將她打敗，好早些上路，省得誤事，想到這裡，把青索劍放起助戰。

那少婦單打獨鬥尚非對手，如何經得起雙劍合璧！三道光華在空中只一絞，少婦便知不妙，哪裡收轉得及！立時斷虹也似墜將下來。

英瓊劍光欲要跟著下去傷那少婦，輕雲忙喝：「瓊妹勿傷人，我們且走，由她去吧。」說時，忽聽少婦身旁二童拍手笑道：「無知丫頭，今番看你往哪裡走！」

一言未了，英瓊、輕雲猛覺天昏地暗，陰風四起，黑影中千萬道紅光像箭雨一般，夾著風雷之聲四面射來。二人連在一齊，身劍合一，想要衝出去時，敵人陣法業已將二人困住。

二人剛被陷時，不知敵人早暗用「顛倒乾坤五行移轉大法」，將殿前石臺上預先設好的「大須彌正反九宮仙陣」移向對敵之處，將自己困入陣中。還以為敵人不過在使什麼五行遁法而已，憑紫郢、青索兩口仙劍，豈有衝不出之理？

誰知在黑暗中飛行了一陣，雖然暫時沒有別的動作，可是老飛不出去，連神鵰鳴聲也聽不見。正自驚訝，忽聽先見那兩個童子後來的一個發話道：

「兩個丫頭，休得逞能，想要逃走才是作夢呢！你們已被我母親暗用仙法困入『大須彌正反九宮陣』之內。只為你們還算運氣，祖父神遊太清，尚未回殿，我母親雖將你們困住，未奉法諭，不便傷害你們罷了。快快將你們所用兩口飛劍獻出，賠還我母子。我母親念你二人年幼無知，必能手下留情，饒你乘鵰逃命。否則明日我祖父回來，得知你們上門欺人，必將陣中真假五行發動，叫你們粉身碎骨，形神消滅，那時後悔就來不及了！」

英瓊聞言，只是加了幾分憤怒，輕雲卻因童子一言，猛想起昔日在黃山，曾聽師父餐霞大師說起天下群仙首腦源流，正邪各派群仙中最著名厲害的，除了「神駝」乙休夫婦之外，在南海邊上還有一家散仙。

為首的是一個白髮朱顏的老者，姓易名周。此人在明初成道，因逢意外仙緣，拔宅飛升。妻室楊姑婆、女兒易靜、側室林明淑、芳淑兩姐妹，以及歷劫六世的兒子易晟、兒媳「綠鬢仙娘」韋青青、孫童易鼎、易震，個個俱精通劍法，自成一家。

易家舉家居住南海，用千年玄龜、海底珊瑚和許多異寶蓋了一所宮殿，因知過於炫奇，難保不有能人前去尋隙，又在殿前設了一座「大須彌正反九宮仙陣」，其中神妙莫測、變化無方，不知個中三昧的人陷身其中，除了死活由人處置外，休想脫身一步！雖還比不上長眉真人在凝碧崖靈翠峰所設「生死幻滅晦明六門兩儀四象微塵陣」的玄奧，卻也厲害非常。適才聽童子說了陣名，才得想起，如果是他，只恐難以脫身，不由焦急起來。

輕雲正打不起主意，又聽那童子發話道：「大哥，母親命我們在此運用陣法，這兩個丫頭兀自不肯認輸，毀去我們的法寶，釁自我開，情有可原，不該又將我們飛劍連毀兩口，分明欺人太甚！依我之見，母親已將陣法發動，祖父回來好壞都隱瞞不過。左右只有一個不是，不如將這兩個丫頭處死，得她這兩口好劍，賠我也是好的。」說罷，那另一個好似不以為然，在那裡低聲攔阻，兩下爭執了一會。

二人在黑暗中衝行又有好多一會，不時聞得二童談話聲就在近側不遠，只是用盡方法看不見人。幾次暗運玄功，雙劍合璧，朝發聲之處橫捲過去，終是撲了個空，反遭二童訕笑。只得悶聲不語，照著一個方向往前衝行。

好些時辰過去，忽見四外黑影中千萬道紅影似金蛇一般亂閃。二人不知敵人弄什麼玄虛，又想不出脫身之計，焦急萬狀。幸而紫郢、青索雙劍神妙，那千萬道紅光雖亂射如雨，一近身前便即消滅，沒有受著傷害。可是無論二人怎樣上天下地，橫衝直撞，總被黑暗包圍，用盡方法也難衝出陣去。後來輕雲因聽二童說話聲音不離前後左右，知道敵人陣法厲害，自己雖是飛行老遠，其實身子仍未離卻陣內方圓數十丈之內，枉費許多心力，毫無用處。便招呼英瓊停了飛行，聚在一處，只將劍光運轉護住全身，伺隙觀變。

二人身才停飛，又聽敵人在那裡喁喁私語。英瓊氣他不過，暗忖適才幾次循聲飛劍去斬敵人，俱未得手，反受了人家許多冷嘲熱諷。因為屢擊不中，便停下了手，如今已有兩、三個時辰，敵人必料自己不會再去徒勞，說不定此時已疏了防範。紫郢乃通靈異寶，何不和從先一樣，心中默祝，冒著奇險，冷不防將劍發出，任它自去尋找敵人。反正仇已結成，縱難脫逃，傷他一個主體也可略消氣憤！想到這裡，把心一橫，心中默禱師祖保佑、仙劍大顯靈異，為我斬敵奏功。倏地暗用玄功分開劍光，直朝二童發聲之處飛去！

那易氏弟兄因乃母「綠鬢仙娘」韋青青本在殿中有事，抽空出來會敵，一將敵人困住便即回殿。行時再三叮囑只可生擒，奪她雙劍賠還失劍，不可遽將陣法一齊發動加以傷害。以為敵人已成網中之魚，不久自會暈倒遭擒，誰知敵人雖被困入陣內，那兩道劍光卻是神妙莫測，護住敵人身體，恰似紅、紫兩道光華團成一個彩球，芒彩四射，在陣中電轉星馳，滾來滾去，竟不能傷她分毫！

後來易震實是不耐，與易鼎爭論一番，拼著受責，將陣中離宮上陰陽火箭發動去射敵人。不料才一挨近敵人，箭光便即消滅，這才不敢大意。又恐乃祖明日回殿，不知嗔怪與否，想再發動陣法，又恐一樣無功，反傷異寶，正在那裡著急，忽見敵人分出一道紫光飛來，才一看見，便已臨頭！忙將陣法倒轉，剛得避開，那紫光竟是靈異非常，又是隨後追到！逼得易氏弟兄走投無路，只得連將陣法倒轉，仗著陣法變幻不停。英瓊、輕雲只見紫光在近身不遠上下縱橫電射不停，不知敵人如此狼狽，否則輕雲青索劍也照樣飛起，兩下夾攻，易氏弟兄休想活命！

輕雲先時頗恐英瓊魯莽，及見劍光近側飛繞，卻未聞敵人訕笑，也未見有甚別的動作，猜知不甚失利。這一來，一面受著紫光追逼，一面又恐有別的失利，彼此都不知如何才好。

兩下裡又經過好些時候，英瓊因自己紫郢劍只管在黑影中飛掣，知道此劍靈異，放出去如不奏功，非經自己收回，決不回轉。時候已是這麼久，也恐失閃，正想收回。忽然一道白光在黑暗中出現，與紫光只略一交接，便聽一個女子聲音喝道：「鼎、震二侄，還不快收陣法，真要找死麼？」

聲才入耳，二人眼前倏見一亮，依舊天清日朗，身子不知何時已移在殿前石台之上，面前不遠站定一個身材極其矮小的少女，手指一道白光，將空中紫光攔住。先見那兩個童子滿臉忿恨，卻在那女子的身後一言不發。輕雲一見這般情勢，便知那少女定是解圍之人，恐英瓊飛劍厲害，又出舛錯。

那少女已含笑說道：「峨嵋道友果是不凡，便連我這口『阿難劍』也非敵手呢！我們俱是一家人，二位道友快請停手相見，免傷兩家和氣。」

少女說時，英瓊看出來人之意，便將飛劍收回，彼此相見一敘。

那地方和先後迎敵的母子三人，果不出輕雲所料。後來的這個少女，便是易氏兄弟的姑姑，雲南昆明湖大鼓浪山、摩耳崖千屍洞一真上人心愛弟子，「神尼」優曇的侄甥「女神嬰」易靜。自從被「赤身教主」鳩盤婆用魔法困住，九鬼啖生魂，吃了大虧，負氣回山以後，除了每隔三年到玄龜殿省一次親外，多年不曾出山。這次出山，一則因接了「神尼」優曇的飛劍傳書，說峨嵋教祖在峨嵋山凝碧崖開闢洞府，群仙盛會，令她到日前去赴約；一則因自己所煉法寶已成，不久要去尋鳩盤婆算那舊賬，故此，在往峨嵋赴約之前回殿省親，就便取一些靈丹和賀禮帶去。

易靜行近玄龜殿上空，見殿前九宮臺上陣法發動，先以為父親兄嫂定在陣中主持，暗忖何人大膽，竟敢來此侵犯？及至入陣一看，僅是兩個侄子易鼎、易震在內，已被一道紫光逼得走投無路。又認出那紫光的來歷，父親兄嫂不在，知道易震素來逞強，慣好生事！峨嵋門下決不致無故侵犯，定是他兄弟兩個趁著祖父父母入定晨參之際惹出亂子，陣法運用又不能全知，雖將敵人困入陣內，反吃人家逼得這等狼狽！

易靜久聞峨嵋門下用紫色劍光的只有兩人，內中有一口紫郢劍更是冠蓋群倫，現為峨嵋三英中一個名叫李英瓊的女弟子所有。這被困的也是兩個女子，想必是她無疑，再又想起昔日乾坤正氣妙一真人救命之恩，無論來人是否合理，也須放她出陣才對。

想到這裡，一面喝止住易氏兄弟，命他將陣法收去，一面飛出劍光去試試紫郢劍到底如何。果然厲害非常，好生讚羨，互相收手，一問起釁原由，才知其咎不在二人。剛想喚易氏弟兄上前見禮，回身一看，只易鼎一人尚恭身立在自己身後，易震已在雙方說話時溜走。

易靜猛想起嫂嫂素常溺愛護短，與自己頗有嫌隙，必以為是幫助外人欺壓她的愛子，倘如聞信走出，決不干休。父親神遊未回，無人制伏得了，當著外人豈不面子難看？忙對英瓊、輕雲道：「二位姐姐既奉師尊之命有事南海，想已在此耽誤些時，紫雲三女近來與許飛娘等各異派妖人交深莫逆，決不借水。愚妹原意也往峨嵋，便道回家取些禮物丹藥，不想舍侄如此無禮，阻滯行程，現時聽大舍侄說家父神遊未歸，正好同了二位姐姐前往紫雲宮會那三鳳姐妹。事畢歸來，家父必已回轉，那時再取了應帶之物，隨了二位姐姐同往峨嵋，豈非一舉兩得？」

輕雲道：「承蒙相助，感謝不盡，愚姐妹一時魯莽，誤傷尊嫂、令侄飛劍，心實不安。意欲請出尊嫂謝罪之後再走如何？」

易靜道：「既是一家，事出誤會，相見何須在此片刻。南海之行關係重要，還以速去為是。」

輕雲、英瓊已然耽擱了將近一日一夜，巴不得即刻動身，只為知道了人家底細，易靜又是那等謙和，覺得心中抱愧，不能不打個招呼罷了。一聽易靜這等說法，正合心意，正要道請起程，易靜忽道：「二位姐姐先行一步，小妹對舍侄還有兩句話兒要說，少時自會隨後趕上同行。」

輕雲一則急於上路，二則久聞女神嬰大名，想試試她的本領如何，便和英瓊一使眼色，互道一聲：「有僭！」便自破空飛去。

神鵰佛奴本來隱身雲空相見，見主人飛起，迎了下來。二人因要和易靜比快，連鵰也不騎，只囑咐那鵰隨後跟去，到了迎仙島聽命。說罷，回望下界，易靜還在殿前石臺上與易鼎說話，殿中有一道青光剛剛飛出，二人也不及細看，彼此一招呼，雙劍合璧，化成一道紅、紫兩色的彩虹，電閃星馳，直往迎仙島飛去。

飛行了一會，眼看下面波濤浩淼、水天相連處，隱隱有一座島嶼，浮萍般飄浮水面。知將到達，易靜還未追來，正在心喜，想到了島的上空再停著劍光等她一同下去。就在這催著遁光飛行的當兒，倏地一道白光如經天長虹一般從後面直追上來，與自己會合。二人心中暗自驚異，「女神嬰」果是名不虛傳！當下三道光華合在一齊，同往前途進發。

頃刻之間到了迎仙島的上空，三人看見一道銀光盤島飛翔。易靜性子最急，一問不是同道，便迎了上去。那道銀光卻也知機，撥頭便似隕星一般往延光亭那一方飛落下去。三人剛要跟蹤追趕，金蟬、石生已迎了上來，接下去彼此見禮，因金蟬、石生元氣還未康復，先由易靜行法將存身之地封鎖，然後談說經過。彼此說完了緊要之言，金蟬、石生又在石上打坐。

一個多時辰過去，二人皆運用玄功復了元氣，跳下石來。金蟬剛張口說要往延光亭內去偷擒一個輪值甬道的宮中徒黨來盤問底細。

「女神嬰」易靜攔道：「二位道友且慢，愚妹初來，寸功未立，情願代勞擒一個妖黨來作見面禮如何？」說罷，不俟金蟬還言，猛的一聲大喝，將手一指，面前不遠現出一個長身玉立的白衣少年，站在當地，一言不發，滿臉俱是羞怒之色。

易靜喝道：「你這廝苦未吃夠，還敢對我不服麼？再不細說魔宮虛實，看我用禁法制你，叫你求死不得！」

那少年也喝道：「俺楊鯉也是自幼修道，身經百戰，死不皺眉，誰還怕你不成！我原是一番好意，被你錯認仇敵擒住，又用法禁制，出聲不得罷了。」一言還未了，金蟬、石生自那少年一現身，便看出他與蓉波所說內應好友楊鯉相似，一聽他道出姓名，忙說：「這位楊鯉道友是自家人，因為彼此均是初見，所以容易誤會。」易靜聞言，忙將禁法撤去，又向楊鯉致歉，才行分別就坐，談說宮中之事。

原來先前那道銀光，便是楊鯉。偏偏金蟬、石生藏得隱秘，沒有發現。三女一到，楊鯉遙見五人聚在一起，便隱身過去，想聽完了來意再出面。誰知「女神嬰」易靜法術通玄，暗中用法術下了埋伏。楊鯉身剛近前，便被困住。安靜點還好，越想掙脫，越吃苦處，只得耐心等候。

易靜原知有人被擒，仍然故作不知，不動聲色，直到把話說完，金蟬、石生元氣康復，要去擒人來問，才將他現出。這一存心取笑不要緊，從此易靜和楊鯉結下仇怨，日後幾乎兩敗俱傷！

楊鯉被釋以後，因為素來好勝，又關係著蓉波的重託，惱也惱不得，只得忍住，對石生說道：「紫雲三女受了許飛娘蠱惑，決不將水獻出。目前大公主初鳳正在重行佈置已毀陣法，各處均添了法寶和埋伏，益發不易攻進。那天一真水已交給三公主三鳳。此女心性狹隘，為人陰險狠毒，最是難惹。神沙甬道長千里，陣法隨時變幻，妙用無窮。據我與令堂平時留心觀察刺探，那陣法雖屬魔法，卻是參天象地、應物比事、暗合易理、虛實相生、有無相應，數共五十，用者只四十九。其一不用者乃陣之母，全甬道陣圖皆由此分化，虛陣不破，縱將四十九陣全數破去，也無甚大用。」

金蟬便問道：「此陣如此玄妙，我見先前有一輪值之人，並無甚道行，但他往來無阻。莫非這些陣法俱不怕自己人誤蹈危機麼？」

楊鯉道：「神沙甬道全以神沙為主，全甬道共有三十層。但凡宫中黨羽，大半都有初鳳給的一面護身通行的神簡。那在延光亭外輪值的人，除了這一面神簡以外，每人還有沙母。這沙母乃當初煉沙時從五色神沙中採煉出來的精華，我共得了二十多粒。諸位有了這沙母，如在甬道中遇見神沙作怪，只須口誦所傳咒語，用一粒沙母向上一撒，立時便有一團五色霞光由小而大，往四面分散出去，便將陣中神沙抵住。容到沙母與神沙相合，身已離了險地。我所能助力者僅此二十餘粒沙母，仍是有限，全仗諸位道法施為罷了。」說時看了女神嬰一眼，忿惱之色仍未減退。

易靜知他餘憤未解，說話意思似有點激量自己，故作不知，將臉往旁一側。英瓊要過一粒沙母一看，大如雀卵，乍看透明，色如黃晶。再一細看，裡面光霞瀲灩，彩氣氤氳，也不知有多少層數，知是寶物。眾人傳觀之後，楊鯉便將沙母除自己留下兩粒以備萬一之需外，俱都交給金蟬去分配，又將用法咒語一一口傳。

等到傳完，才起身作別道：「紫雲三女因陸道友是已成道的仙嬰，恐她中途逃走，用魔法煉了一塊『元命牌』將她真靈禁制。如不背三女，在宮中執事，永久可以相安。否則一有異志，只被三女覺察，無論相隔千萬里，三女略施禁法，用魔火魔刀去燒斫那面『元命牌』，陸道友立刻被烈焰燒身、利刀刺骨。不消兩個時辰化為青煙，形神一齊消滅！天一真水到手之後，諸位既與石生同門，當能為急母難，千萬將那面『元命牌』盜走，將陸道友接返凝碧仙府，掌教真人自有救她之法。這機會一失，陸道友更無超劫成仙之望了。我本擬助陸道友脫難，同入峨嵋，尋求正道。如今無端受了挫辱，無顏同往了！」說罷，又看了「女神嬰」易靜一眼，腳頓處一道銀 光，直往延光亭內飛去。

輕雲知他記了易靜的仇，早晚定要報復，想勸說幾句，業已飛走。易靜笑道：「不想這人性情如此偏狹，當初因他用隱身法前來窺探，形跡詭秘，哪裡料到是自己人！再加上他被我法術困住後，又不老實，屢次想用法寶飛劍暗算我，這才給了他許多難堪。雖怪我做得稍過，其咎也是由他自取，既是一家，何不早點出頭露面。他幾番朝我示意，我看諸位道友面上沒有理他，誰還懼他報復不成？」

輕雲笑道：「這人倒也滿臉正氣，只是修道人不該如此恩怨太分明罷了！」

英瓊、金蟬齊催道：「這些閒事管他呢，我們快辦正經吧。」輕雲便命金蟬取出沙母分與眾人，以備緩急。只「女神嬰」易靜因為適才楊鯉詞色不善，嫌怨未解，不便借助於他贈的東西，再三不要。輕雲苦勸不從，知她道法高深，既然執意不取，必有所恃，只得罷了。一數那沙母共是二十四粒，除易靜外，四人恰好每人六粒。分配定後，便由金蟬在前引路，由島濱暗礁上往島心延光亭中飛去。

五人到了一看，那圓形甬道中現出一條直通下面的大路，看去氛煙淨掃，迥不似頭一次入內霞光亂轉彩霧蒸騰之象。輕雲等俱猜敵人門戶洞開，藩籬盡撤，必是誘敵之計。

易靜道：「此事不然，紫雲三女已知我等此來奉有師長之命取那天一真水，不到手怎肯回去？這一次雖遇伏敗走，可是使命未完，無論多麼艱難也須捲土重來，何必再用誘敵之計？其中定然另有文章，小妹當初曾受掌教真人救命之恩，無以為報，此時正應勉效微勞，為諸位道友前驅一查究理。」說罷，便要越眾進去。

輕雲忙攔道：「姐姐且慢，此次前來，重在那天一真水，並非掃滅敵巢。仙府盛會不遠，事情以速為妙。楊道友所贈之物不過留備萬一，金蟬師弟攜有寶相夫人『彌塵旛』，心靈所及，瞬息可達。我等還是會合一處，同駕『彌塵旛』下去，如能穿越甬道同抵宮中，豈不省事？如看不能通過，再請姐姐當先施展法力破他陣勢，也不為晚。」

易靜笑道：「紫雲三女這大衍陣法，不過是參天象地，根據陰陽生剋五行，倒轉八卦，有無相循，虛實相應，本乎數定於一，一生萬物之妙，渺乾坤看一粟、縮萬類看方咫，道家妙用邪正雖殊，其理則一。莫如由小妹先驅，相機前進，先將外層陣法破完，敵人勢必只留初鳳一人看守黃精殿中主圖，餘者傾巢出戰，那時諸位只管應戰，由小妹一人用法寶護身，藉隱身遁法直入宮中，尋著藏水所在，盜了出來。先分出一位帶了真水回山覆命，二次再去盜『元命牌』，連人一齊救走，豈非絕妙！」

輕雲雖然聞女神嬰之名，也不知她道法深淺。一聽她說得這般容易，雖是半信半疑，但是論理也不為無見，只得暫且依允，到了裡面再作計較。當下便由「女神嬰」易靜為首，金蟬、石生一持「彌塵旛」，一持「天遁鏡」為易靜之佐，自己與英瓊為殿。表面上是讓易靜做先鋒，其實無殊五人同進，以防萬一有事，仍可藉「彌塵旛」、「天遁鏡」護身退卻。

易靜知道輕雲持重，信不過自己的能力，又不好意思違人善意，所以這等佈置，暗中好笑。仗著深明諸般障法玄妙，越要賣弄本領，使輕雲等心服，當時並未說破，一路觀察形勢，仔細試探前進。

五人順著甬道飛行了幾十里，圓路平潔，除壁上神沙彩光照耀外，絲毫並無動靜。五人心中好生奇怪，只想不出是什麼緣故，又飛行了十餘里，一問金蟬，已快到達第三層昨日金、石二人幾乎失陷的所在，正自懸揣，忽見前面一道光華飛了上來。易靜剛要迎敵，光華斂處，現出一個羽衣星冠、面如白玉、手神俊秀的少年道人。見了眾人也不說話，只將手連搖不止。金蟬認出是昨日會戰的金鬚奴，剛想飛劍動手，金鬚奴忽又藉遁光往甬道下隱去，同時便有一片東西飛來。

石生看出似一封柬帖，伸手接過一看，果然是一片海藻寫成的書信。連忙止住眾人，大家聚攏一看。大意說：陣法玄妙厲害、羅網密佈，峨嵋諸道友不可深入。他本人受過嵩山二老大德，又承重託，理應少效綿薄。無奈此時雙方已成仇敵，不便面敘，他一人又難以拗眾，故將前三層障法開放等諸人入內，面交此簡以當晤談。請即回轉峨嵋，等過了三女壽日，定取真水獻上，決不失信。否則此水現為三鳳保管，藏在金庭玉柱之中，有魔法封鎖，即使能達宮中，也恐不能到手等語。

眾人剛一看完，那片海藻忽然化成一股青煙而散。

眾人看完那海藻上所寫的字，略一悄聲計議，易靜首先以為金鬚奴言之稍過，把神沙甬道形容得那般厲害，心中不服。輕雲等也覺奉命取水，畏難而退，不特不好交代，又值長幼同門，各派群仙聚集之時，這般回去，臉上無光。石生更因母親為三女脅持，被妖法困在宮內，以前只當升了仙闕，每想慈恩猶極悲痛，現在已知為妖人所劫，陷身魔宮，就此捨去，何以為子？一見輕雲等沉吟計議，心中一著急，便含淚跪到眾人面前道：「無論如何要請眾人相助，將母親救返峨嵋！」

金蟬忙一把拉起，輕雲已說道：「此事還用石師弟重託？休說我等同門之誼，勝於骨肉，便是外人有此苦境，我等見了也難袖手！事已至此，義無反顧，我不過見那書信看完便即化去。據我推測，投書人舉動如此縝密，顧忌必多。第三層主陣又是他鎮守，他已打了我等招呼，存意不惡，少時到了裡面，他為形勢所迫，不得不極力攔阻前進，我等到時應該如何應付罷了。」

石生聞言轉憂為喜，正要稱謝，易靜道：「這有何難！他既不忘二老恩德，打算暗助我等，即使為妖黨所挾，力不從心，我等念他良心猶在，動手時節敗了不說，勝了給他留一點生路，放他逃走，也就足矣！前面黑影中忽有光霞出現，陣勢已然發動，且待小妹上前試它一試！」說罷，便縱遁光往前飛去，石生、金蟬一見正合心意，即同藉遁光跟蹤而往。

輕雲見英瓊也要相機追去，忙一把拉住，悄聲說道：「易道友與兩位師弟都甚性急，成敗難以預料。我二人如見情況不佳，便將雙劍合璧，百魔不侵，且莫急於動手，等他三人不濟，也好接應。」說罷，才一同往前追去。

五人劍光都是速疾非常，就這幾句話的瞬息時間，前行三人已衝入金霞之中。容到輕雲、英瓊飛到，已不知三人何往，二人便直往金光霞彩中衝去。紫郢、青索雙劍畢竟不凡，那麼厲害的沙障竟不能擠壓上身，劍光所到之處，那千尋金霞竟似彩浪一般，紛紛衝開，幻成無數五色光圈，分合不已。

二人在金霞中左衝右突，除互相看得見彼此的劍光外，四方上下全是層層霞彩，氤氳燦爛，照眼生輝，哪裡看得出前行三人影子！惱得英瓊性起，便回身迎著輕雲的青光，運用玄功，將青紫光華合在一起，化成一道青紫混合的彩虹，冷森森發出數十丈寒芒，飛龍夭矯般一陣騰挪捲舞。

這一來果然有了效應，不消片刻，耳聽極輕微的散沙之聲，光霞逐漸稀減。忽聽一聲長笑過處，眼前一暗一明之間，所有光霞倏地隱去。近身不遠有百丈金光白光，一幢彩雲和紅、紫、銀、白四道劍光正在往來衝突，剛剛收住，現出易靜等三人。

二人剛要飛身過去相見，猛聽金蟬驚呼一聲：「快追！」回頭一看，一團黃光白氣，其大畝許，簇擁著一團霞光隱隱的圓東西，星飛電掣般直往甬道前下面退去。

這裡金蟬為首，石生、易靜跟著駕遁光追去。前面一暗，現出一片黃牆，已將甬道去路堵死，哪裡追趕得上。輕雲連忙止住眾人，暫且緩進，商量妥當再行下手。一問經過，才知三人在前，易靜自恃道法高強，金蟬、石生又因二次重來，知道那金霞是有形沙障，比無形的容易衝過，沒有十分留意。誰知剛一衝進數十丈左右，劍光稍一運轉遲緩，金霞便擠壓上來。看似沒東西，卻是挨著一點便刺痛徹骨，而且壓力極大，逼得人氣都難透。

幸而三人俱是能手，發覺又早，只金蟬略受微傷。一見不妙，忙將「彌塵旛」取出應用，護住身體，未受別的傷害。四面金霞像狂濤一般湧到，三人所經之處層層彩浪。石生用「天遁鏡」去照，雖不時將近身金霞衝破，一轉眼間依舊濃密。

金蟬算計輕雲、英瓊早就該跟蹤而至，可是用盡目力也看不見二人所在。還是易靜比較年長道深，因適才枉誇大口，自己反仗金、石二人的法寶護身，心中未免有些慚愧。只盤算怎麼運用法寶出奇制勝，準備一出手便即成功。隨著金、石二人彩雲金光籠護之下飛行了一周，才決定將近多年苦功煉成，用來尋鳩盤婆報仇的七件至寶當中，有一件名為「滅魔彈月弩」的取出一試。

這七件專門剋制魔教邪法的至寶，煉時固非容易，使用起來，除頭一件護身法寶「兜率寶傘」出手便可運用外，餘者大半都是由靜生動之寶，用起來頗費一點手腳。

易靜為報前仇，煉成這七件至寶，大費心力，珍愛非常，今日使用尚是初次。因恐用出來被仇人輾轉得去資訊，有了防備，所以先時頗為遲疑。後見陣中沙障魔光委實厲害，決非別的寶物所能剋破，再四躊躇方行決定。

她煉這「滅魔彈月弩」，採集了三百六十五兩西方太乙真金，在丹爐內煉了三百六十五日。她先將真金融煉成了無色漿液，後用仙法藉巽天罡風吹了七日，吹得漸冷之後，方放入憑自己心意，預先用五方真土煉成的模子以內，放入丹爐再燒再煉。又是三百六十五日過去，才刺了自己一滴心血去開爐結火，告成大功。

此寶形如弩筒，藏著五顆金丸，可以收發由心，專破魔火邪煙，妖光毒砂，神妙無比。只使用之時須默用玄功，由本身三昧真火發動，方始有力。

易靜因知敵人用的是天魔邪法，格外慎重，剛剛取出準備停妥，將本身三昧真火引入弩中，正要發動。恰值石生手中「天遁鏡」突破一條彩衖，長約十丈。

易靜原是行家，一眼望到面前光霞分合中似有一個彩圈，現而復隱，看出敵人陣法是不時倒轉，大家枉自飛行了這多時候，一定還沒有離開原地！氣憤之餘，猛的心中一動，暗生巧計，忙將手中寶弩暫時停止不發，飛近石生跟前說道：「石道友寶鏡暫且借我一用。」

石生不知是何用意，遲疑了一下才行交過。易靜接鏡在手，又對金蟬道：「道友，我們衝不上去，方向錯了，這邊走吧！」

三人剛一回身，易靜知道「彌塵旛」飛行迅速，後邊無阻，恐防飛遠，猛喝道：「二位道友少停，看我破他魔光！」說罷，倏地回身，舉弩發出一粒金丸。只見一點深紅奇亮的火星飛出，接著爆散開來，化成無量數針尖也似的微芒。光並不大，可是一經射入金霞層裡，所有神沙立即逐漸消滅。神沙消滅，英瓊、輕雲二人也自趕到。英瓊、輕雲等五人會合到了一處，彼此說明經過之後，「女神嬰」易靜便將寶鏡還了石生。

輕雲看出甬道中陣法厲害，力主這次前去，五人同在一處，千萬不可分離。再有適才下書人始終不曾出戰，頗有留情之意，遇上也須留情面。

商量定後，易靜細參陣法方向，看出前面正是入路，雖有那片黃牆遮阻，並無甚過分深奧之處，便請眾人少退，易靜禹步站好，暗運玄功，一口氣噴在手上，然後雙掌一合一搓，朝著那片黃牆一揚，便有一團火光飛出，落到牆上，一聲小小的炸雷之音，那牆便化成一團濃煙四散。煙淨處，眼前又是一亮，那甬道變成了一條玉石築成的長路。兩旁盡是瑤草琪花、瓊林仙樹，長路盡頭有一座翠玉牌坊，後面是一所高大殿閣，遠望霞光隱隱，真是金庭玉柱，瓊宇瑤階，莊嚴雄偉，絢麗非凡。

易靜輕雲俱都看出是魔法幻景，也沒放在心上，照舊駕著遁光前進。五人遁光本極迅速，可是那一段里許長的玉路卻老是不完。明明看見殿宇在前面，只到達不了。五人一見久無動靜，當是敵人誘已深入，好生猜疑。

又飛了一會，金蟬首先不耐，暗忖：「這道旁瓊樹花葉，雖然燦爛，卻似寶玉裝成，並無生氣。說不定便是陣中門戶，左右與宮中諸人成了仇敵，不管三七二十一，且給他毀了，看看有無變動再說！」想到這裡，也沒和眾人商量，逕自一指劍光，直往道旁兩排瓊樹上砍去。

石生見金蟬動手，也跟著將劍光一指。英瓊近年道行精進，雖不似往時那般性急，飛行這一會也是有些難耐，見二人飛劍亂砍，也跟著指揮劍光動手。那些瓊林仙樹原是每層陣圖的門戶和魔法的佈置，多係神沙煉成的神柱，雖然厲害，哪經得這三口仙劍同時發動！自然不消劍光連連幾繞，便即倒斷。

第十一回 避魔神梭 力戰淫尼

前面易靜聞聲回顧，剛剛轉過身來，後面兩排瓊樹已被三人同時施為，用飛劍斬倒了六、七株，還在順路往前面砍去。易靜見樹根斷處，射起絲絲暗碧火花，易靜見多識廣，一見便認得是魔法中極狠毒的陰火，後面必然還有別的厲害作用！

易靜一見不妙，情知出聲示警，未必能保三人無傷。仗著自己煉有專破魔法陰火的護身法寶，忙即將「兜率寶傘」取出往發火處投去。口中喝道：「魔陣已然發動，妖火厲害，三位道友還不退向我等一處，合力破他！」說時一幢火雲剛剛罩向綠火之上，金蟬等三人也都聞警回身。忽聽樹根下面地底一陣輕微的爆音過處，一團碧瑩瑩的光華飛將出來，待要疾起，吃火雲往下一壓，兩下交接，三起三落，碧光倏地雨一般爆散，往四面飛射。那團火雲竟具有相剋之妙，也跟著綠火飛射處爆散開來，化成一團火網將碧光包沒。眼看火雲中碧電亂竄，由大而小，由多而少，轉眼功夫，盡行消滅。火雲依舊成一團整的，被易靜將手一招，飛將回來。

眾人方在稱奇歆羨，忽然罡風大作，刺骨生寒，頃刻之間黃塵滾滾，兩排望不到底的仙樹瓊林，倏地疾如奔馬一般，此東彼西，此南彼北，隱現分合，錯綜變化，自行移動起來。英瓊便招呼輕雲，將雙劍合璧，上前掃蕩，易靜忙攔道：「這是敵人因為我們破了他的魔火，必在那裡變化陣法。此時還測不透他的深淺，好在我們存身之處的地方妖法已破，不前進不會有甚危險，索性用寶護身，小心準備，等他部署停當，看明了他的方向門戶、生剋之妙，再行下手，也還不遲。」

眾人對易靜自是信心越堅，便即依言停手。約有半個時辰過去，風勢忽止，稍現光明。大家運用慧眼一看，塵沙稍息，前面卻是黑沉沉的。所有先見的瓊林仙樹俱都不知去向，稍進前一探，那地卻是軟的。易靜仔細一看，昏茫茫一片，休說其中玄妙，連門戶也分他不出。知道不撞上前去，引陣勢發動，一時分他不出，未免心中有些慚愧，紅著臉和眾人說了。輕雲聞言，仍主張和先前一樣，聯合前進，不要遠離，以防萬一。金蟬等三人俱都無話。

「女神嬰」易靜適才因初試「兜率傘」奏了奇效，暗忖自己平日枉負盛名，與眾人俱是新交，出手並未怎樣獲勝，適才說了大話，到底不是意思。想憑著身藏七寶與地行仙遁，單人當先破陣試他一試，聞言答道：「小妹常隨家父研討過正邪各派諸般陣法，前面陣勢竟分不出他的門戶，必是敵人另用『天魔大掩藏』等類的蔽眼妖法將陣隱起。諸位姐妹道友就此同進，自無一失，為求迅速成功，還是由小妹前驅領導，先相機設法，使他門戶現出，再下手為妙！」

眾人對於甬道中的陣法原無所知，俱把易靜當作識途之馬，只輕雲稍為有些顧慮。易靜道：「姐姐毋須憂疑，適才所用法寶名為『兜率傘』，專破魔火妖焰，乃小妹近些年費盡辛苦煉成的七寶之一。此去縱不能勝，有此一傘，足供護身之用。」說罷，將手一揚，竟駕遁光往前飛去，輕雲等四人也各駕遁光追去。

先時無甚異狀，眼看易靜就在前面相隔不遠飛駛。倏地陣中起了「沙沙」

之聲，四外一暗，前面易靜將適才那團火雲放起，知道陣勢業已發動。方在準備，就在這一轉眼間，易靜便不知去向！同時上下四方俱是一團團的黑影飛舞，朝四人身上打來！

四人經歷過幾次，已有準備。金蟬、石生各將旛、鏡取出展動，英瓊、輕雲也忙運玄功將雙劍合一，掃蕩妖氣。「天遁鏡」光照處，那一團團的黑影裡還有許多奇形怪狀的鳥獸鬼怪之類，張牙舞爪，飛攫而來。這些黑影吃金光一照，俱都化為輕煙而散。許多鳥獸鬼怪之類，也都眼看消滅。妖法雖破，陣中仍是黑沉沉的，四人也不管他，仍然照舊前進。

不多一會，又和先前一般，陰風驟起，寒風襲人，接著不是沙障圍壓，便是陰雲鬼怪齊至，似這樣連經過了八、九次，俱被眾人用法寶飛劍破去。

輕雲暗想全陣共只四十九個陣圖，日前已被金蟬、石生破了十幾處，縱使紫雲三女用魔法修復，如照這樣破法，至多三、二日必能將全甬道陣圖破去。只奇怪這半天功夫，始終未見一個敵人出戰，令人不解！正在尋思，忽聽四面起了「轟隆」之聲，剎時間，那驚天動地般的大霹靂夾著一團團的大小雷火，密如冰雹，從上下四方打來，聲勢甚是浩大！四人雖有「彌塵旛」護身，那一幢五色彩雲也時常被大雷火震動。四人在五色雲幢擁護之中，石生手持「天遁鏡」，放起百丈金霞，到處亂照。

輕雲等見陣中魔火太密，雖然近不了身，也震得大家頭昏目眩，知道如再衝不過去，時候一久，稍一疏虞，也有傷害。見眾人都在運用玄功，各施己力，合力抵禦，上下四方都是一片「砰卜轟隆」之聲，震耳欲聾！幾次大聲疾呼，俱為雷聲所掩。

正在這危險之際，內中英瓊也是有些禁受不住，猛想起楊鯉所贈「沙母」，適才因為法寶盡足護身，尚未用過，何不試他一試？剛一取將出來，金蟬、輕雲也都先後想起，同時石生更是初經大敵，未免心驚，慌不迭的將「兩界牌」取出來，大家一齊發動！

英瓊警覺最快，頭一個將「沙母」按照楊鯉所傳用法放起。這東西雖是一個大如雀卵之物，才一出手，便有栲栳般大小。初起是千百層透明五色光霞，熒熒流轉，轉瞬間，遇上雷火，立即「噗」的一聲爆散，成了一團五色彩氣，分佈開來，千萬雷火遇上便即消滅無聲，端的妙用非凡！

雷火一消，前面無了阻攔，雲幢飛駛中一道光華閃過，眼前倏地風清日朗，身子已出了甬道，落在島上。眾人好生驚訝，連忙收了「彌塵旛」，仔細一看，那延光亭地底又起了風雷之聲，一片五色煙光過處，那甬道入口忽然自行填沒。眾人忙再駕遁光，施展法寶飛劍照原地方衝去時，光華疾轉中，只將那五色金沙衝得如雷雨一般飛灑，費了好些心力才衝成一個長約數尺、大僅丈許的深坑。這長約千里的甬道，縱使內中沒有魔法異寶，似這般開掘，何年同日才能衝透？剛停手不多一回，沙又長滿，與地齊平，二次入陣，再也休想！

眾人知道敵人倒轉陣法，是以自己明明向前衝去，卻會變得回到迎仙島上，又想那「女神嬰」易靜自從分手，獨自一人向前攻陣，一直不曾再見，也不知她的生死存亡，料已失陷陣中，凶多吉少！

英瓊道：「如今水未取到，人未救出，易姐姐在中途相助我等，好意同來，單把她一人失陷陣內，也難袖手。目前甬道已封，攻不進去，聽楊道友說，明日便是三女生日，許飛娘和一些異派妖邪俱要來此慶壽，難道便不派個人出來接引？我們埋伏在延光亭附近，守到有人出來，便攻將進去！」

眾人想了一陣，暫時依了英瓊，姑且埋伏亭外，守過一會再說。俱想不出別的好辦法，正在焦急，忽聽遠遠天空中有人御劍飛行，破空前進，音聲甚是脆耳，老遠俱聽得見。抬頭一看，兩道青光如流星飛渡般正從來路往島上飛瀉。方以為是來與三女祝壽賓客，細看家數，正而不邪。眾人剛在猜疑，各自示意埋伏之際，那兩道青光已落向島上，光斂處現出一醜一俊兩個幼童，一到便往亭中飛去，好似胸中早有成竹。那醜的一個從懷中取出一把東西往地上一擲，立時滿亭俱起雲煙，青光連閃幾閃，轉眼之間煙光不見，再看亭中二童，俱無蹤影！輕雲認出來人正是昨日來時在玄龜殿殿前遇見的那一雙弟兄，「女神嬰」易靜之侄：易鼎、易震。

眾人忙追過去一看，那甬道仍和先前一樣，不知他二人來此何事，憑著什麼法兒入內，連一點痕跡都不顯。金蟬慧眼也只看出易氏弟兄到時取出一把光華燦爛的東西，圍繞著一道金光，同往地上一擲，身子便穿了進去，隨即不見。

眾人參詳了一陣，英瓊、輕雲因初來時易靜既請自己先行，她有幾句話要招呼她兩個侄子，也許易氏弟兄此來是與易靜約好。再不然是易靜被困陣中難以脫身，行法向玄龜殿急召來的救兵。可惜適才沒有趕到前面向他一問。

眾人又候了一會，忽又聽破空之聲，好幾道青光黃光，比電還疾，從遠方飛來，直穿亭內。眾人見出是異派一流，滿以為到了甬道入口，三女如已派人迎候，勢須出現，否則必然被阻，且看清來人是誰再行下手不遲。誰知道幾道光華一落亭中，竟似輕車熟路，另有出入門戶一般，連人也未現出，逕自直入地底，不見蹤跡。眾人一見大驚，入宮門戶自不止一處，只是外人不知入內之法，這一來簡直沒了主意！

正在著急，猛覺地下又和適才初出時一般轟隆作響，連全島都被震動！過了半盞茶時，一團粗約二尺的光華，圍繞著一段長有丈許的金光，從甬道入口處飛將出來。才一透出地面，金蟬、石生疑心敵人又弄玄虛，剛要動手，光華斂處，現出兩俊一醜、一女二男三個矮子。定睛一看，正是易靜和易氏弟兄。眾人一見大喜，忙上前詢問經過，易靜先給大家和易氏弟兄引見，然後說道：「陣中險遭失利，一言難盡！」

易靜說罷，匆匆引了眾人同出亭外，仍往上次藏身的暗礁之下，行法封鎖了藏身之處，說起在陣中經歷。

原來魔沙火柱厲害，易靜雖在「兜率傘」寶光守護之下，仍堪堪不支，連用法寶，皆攻不出去。不得已，才摸出法寶囊中的「子母傳音針」來。這時，那支「子母傳音針」正在囊中自行跳躍，不禁心中一動，暗想來時匆忙，又值老父神遊靈空，不曾問過所行成敗。自己自從昔年在阿薩河畔吃了鳩盤婆大虧，回山煉寶報仇，父親知道信息，特地費了五年工夫煉成了兩件異寶，一件便是「子母傳音針」。所有易氏門中子女門人，各賜一根，以備異日遇見危難時求救之需。無論是被什麼天羅地網、鐵壁銅牆困住，只須將此寶往上一擲，便即發出隱隱雷聲，飛回玄龜殿。那怕相隔萬里，瞬息可至，並且此寶經父親與使用諸人刺過心血祭煉，能預知警兆。如今在囊中跳動，必然有異！此針一到，老父即派自己人用那另一件法寶來救，萬無一失。

她想到這裡，忙將針取出，朝地下一擲。那針果然靈應非凡，想是地行較難，等易靜一離手，竟掉轉頭往上便飛去，一線金光一閃，便從火雲中飛逝。

「子母針」一飛回玄龜殿，易周便命易鼎、易震取了那另一件法寶「九天十地避魔梭」趕來相救。二人一到，一落地便將神梭取出，施展用法，往地下一擲，立時化成一道光華，穿沙行地，直往甬道之中穿去。這時易靜四圍的火柱盡是一片爆音，眼前就要炸裂，正在危機一髮，忽然一道光華，其形如梭，從地底衝起，停在面前，有一面的火柱竟被激蕩開了些！

易靜以前並未用過這法寶，又在驚慌忙亂之中，以為敵人又鬧什麼玄虛，正待想法抵禦，忽見光華中間裂了一洞，探出兩個人頭，定睛一看，正是侄兒易鼎、易震，知道來了救星，心中大喜！這時風火爆炸之聲密如聯珠，語聲全為所掩，也不及再行答話，先將身縱入光華之中，回手一招，剛收了法寶，光洞立即閉上。耳聽光外天崩地陷，金鐵交鳴，易靜寶傘一收，四圍火柱得了空，齊往中心擠軋，立自爆炸開來。容到化成一片毒沙火雲包上來時，易靜姑侄三人業已駕了神梭穿透沙層，由地底逃出陣去！

那「九天十地避魔神梭」乃易周採取海底千年精鐵，用北極萬載玄冰磨冶而成，沒有用過一點純陽之火。形如一根織布的梭子，不用時僅九十八根和柳葉相似、長才數寸、紙樣薄的五色鋼片。一經使用，這些柳葉片便有三丈，自行合攏，將人包住，密無縫隙。任憑使用人的驅使，隨意所之，上天下地，無不如意。如要中途救人，只須口誦真言，將梭中心有七片較小的梭葉一推，便現出來一個小圓洞的門戶，將人納入，帶了便走。如再有敵人法寶飛劍追來，那七片神梭便即旋轉，發出一片密光敵住。易周自信這「避魔神梭」縱不能冠絕群倫，高出各家法寶之上，如說用它避禍脫身，可稱並世無倆！

（注：「九天十地避魔梭」是本書中重要法寶之一，設想之奇，真是匪夷所思。）

易鼎、易震又傳乃祖易周之言，說是乾坤正氣妙一真人夫婦已回轉峨嵋凝碧仙府。那被困在靈翠峰「兩儀微塵仙陣」之內的「南海雙童」甄艮、甄兌已為真人放出。如今服了真人所賜仙丹，修養一個對時，傳了穿沙破陣之法，便即前來會合先到諸人入宮破陣！

英瓊、輕雲因易靜年長道深，易鼎、易震又是她的侄子，便推她為首，發號施令。易靜也不推辭，仍以原藏身的暗礁作根據，由金蟬、石生、易鼎、易震四人，分兩班輪流在亭側守候，以引妖人入伏。自己同了英瓊、輕雲，用乃父易周所傳奇門遁甲，驅遣六丁，將全島封鎖。

這時，許飛娘等異派能手，已仗著初鳳的神符妙用，到了紫雲宮中，經許飛娘一番煽動，三女更是心中大怒。許飛娘來時，還約了青海西崑崙九還嶺的「桃花仙尼」李玉玉、江蘇崇明島的「八眼金剛」司空虎、「三手真者」司空玄叔侄二人、清江浦枯竹庵的「無形長老」曹枯竹和他門下弟子姜渭、倪不疑等六人，藉拜壽之名前來蠱惑生事。明知紫雲三女未必能是峨嵋對手，不過慷他人之慨，仗著紫雲宮神沙陣法甬道，能將敵人殺死幾個，少洩多年氣憤，豈非妙事！如果峨嵋諸首腦尋來，那時自己再見機行事。勝了固好，敗了紫雲宮有險可守，真要是看出不妙，便老早遠走高飛，吃虧的是別人，與自己無傷！

許飛娘自有打算，三女卻是當她趕來相幫。群邪一到，氣焰更甚，便商議出戰。許飛娘自告奮勇，願去打頭陣，和三鳳、李玉玉一同由甬道中往外飛出。

三人一出甬道，便遇到金蟬、易震，金蟬一見來人有許飛娘在內，便知是個勁敵，不敢怠慢，一面留神準備，喝罵道：「你這不知死的潑賤！我母親和餐霞師伯幾次三番饒你狗命，你卻屢屢興風作浪！蠱惑各異派中妖人侵犯峨嵋，等到害了人伏誅，你卻早已逃走，置身事外，真是喪盡天良，寡廉鮮恥！今日我再饒你，不算是玄門弟子！」將手一指，霹靂雙劍飛出手去。

易震的飛劍已為英瓊紫郢劍削斷，來時向祖姨母楊明淑借了一對「太皓鉤」，比起他以前所用飛劍勝強十倍。一見來了敵人，巴不得試一試，一見金蟬動手，也跟著兩肩一搖，兩道形如新月，冷氣森森、白中透青的光芒飛上前去。許飛娘初見金蟬帶了一個從未見過的幼童，以為又是峨嵋新收弟子，未甚在意。及見這兩道流芒四射的寒光，以前見過易周，知是他當年煉魔之寶，不禁大驚！

這時，三鳳迎著易震動手，「桃花仙尼」李玉玉也指揮著七道粉紅色的光華與金蟬霹靂劍鬥在一處，一面正在賣弄風騷，朝著金蟬做出許多蕩態。金蟬看對面那個妖尼只管做那醜態，越往後越不堪，不禁由厭生恨！將劍一指，那霹靂雙劍威力大增，紅紫兩道光華挾著風雷之聲，電掣一般與「桃花仙尼」李玉玉的劍光絞著一齊，不消片刻，裂帛也似響了兩下，李玉玉的「七煞桃花劍」早絞斷了兩口！

李玉玉起初一見金蟬如天上金童一般，幾世童身，神光滿足，不禁喜出望外，先打算生擒回去慢慢受用，沒有施展毒手。一面施展「桃花七煞劍」迎敵，一面用眉眼攝神，去蕩敵人心志。滿以為那「桃花七煞劍」曾由極穢七物禁煉，專汙飛劍法寶，那攝神妖術一經使用，道行稍淺一點的人，只要彼此目光相觸，心便一蕩，接連幾次之後，即心旌搖搖，不能自制。那時自己再故意敗逃，將敵人引到僻靜之處，裝著倒地，授人以隙。此時敵人已為所惑，便不忍下毒手，只須敵人的手微一沾肌體，便即失魂喪志，任憑自己擺佈，至死方休了！

不想金蟬全不受惑，不由又驚又恨。當下怒睜杏眼，倒豎柳眉，張著一個比血還紅的香口，朝金蟬大罵道：「不知死的孽障，竟敢毀去你仙姑的寶劍，叫你識得厲害！」一面說，隨即掐訣施展妖法。

金蟬見對面妖尼飛劍斷了兩口，心中大喜，益發催動劍光，如迅雷急電一般捲製。眼看粉紅光華又斷了一道，化成滿天花雨，四散灑落。忽見妖尼破口大罵，露出兩排森密的白牙，恨不得要咬自己兩口，甚是情急可笑，剛想回罵兩句，那妖尼倏地將殘餘四道劍光收了回去，一片桃色煙光升處，竟自沖霄逃走。

金蟬沒想到許飛娘在側，尚未動手，妖尼劍光被斬，也沒上前相助，妖尼即使抵敵不過，也決不會就此逃走，卻也跟著破空追去。身剛起在空中，妖尼所化的五色煙光已然由濃而淡，由有而無，似薄霧一般四散分開，轉瞬間沒了點痕跡。

金蟬心中一驚，猛想起易震尚在下面，眾人藏身的暗礁與延光亭相隔甚遠，萬一眾人還未得信，如何能是許飛娘等人對手！算計妖尼已用妖法逃遁，只得回身落地，及至低頭往下一看，並非適才飛起之地，也看不見下面對敵諸人的劍光。只見細草繁花、茂林如錦、地平似氈，景物甚是綺麗。剛略遲疑，眼瞥見妖姑赤著全身，掩藏在一株大樹後面，手中拿著一副小弓箭，朝著自己作勢欲放。

這時金蟬只當下面是迎仙島的另一角，妖尼先用幻影引自己追趕，一面隱身逃向別處，抽出空來用妖法暗算。沒看出下面全都是魔境，逕自大喝一聲，追將下去。身未及地便覺四外有一片極薄五色輕煙往上合攏，轉瞬不見。立時便有一股子異香襲來，中人欲醉。

猛的靈機一動，暗忖：「自己有一雙慧眼，這一片五色輕煙比適才所見不同，不是尋常目力所能看見。這香也來得古怪，起初追趕妖尼明明追出沒有多遠，迎仙島雖有數百里方圓，由上往下看，不過是大海之中一個孤島，一目了然，並沒多大，憑自己眼力怎會看不見原來的地方？」

金蟬剛想到定是妖尼弄鬼，莫要上她的當，恰巧「彌塵旛」常在身旁，忙作準備，再找妖尼蹤跡，忽然不見。腳已落地，覺著地皮肉膩膩的往下一軟。若換以前，金蟬早已中伏入網！

也是他福澤深厚，目光又與別人不同，真假易分。當此危機一髮之際，竟在禍前動念，一經查出有異，再定睛一看，周圍那些木石花草，遠望那般繁褥華美，近看卻是了無生氣，和假的差不許多！越知不妙，先不求功，一面指揮劍光護身，想要飛走時，腳底似已黏住。同時全身陽脈賁興，一股熱氣正由足心往上升起！心便蕩了兩蕩。喊聲「不好！」忙把「彌塵旛」取出，剛剛展動，將身拔地而起，百忙中偶一低頭，看見下面哪有什麼草地花木！只是一片畝許大小，彩雲般的錦茵，妖尼赤身露體，仰面朝天臥在下面！

金蟬恨到極處，一面駕著「彌塵旛」遁走，還想抽空飛劍下斬時，那妖尼一雙玉腿伸處，五色煙霧蓬蓬勃勃、疾如飄風往上激射，同時五色彩煙又由隱而現，從天空四外包罩下來，將金蟬所駕雲幢圍困在內，似有大力吸住，脫身不得。

如今暫不說金蟬為妖尼「元陰攝神」妖法所困。且說各人隱藏在側，忽聽金蟬霹靂劍風雷之聲大作，連忙趕出一看，只見金蟬不知何往。只離島不遠有一團煙霧，和初散蜃氣相似，也未想到金蟬困在其內。見易震與三鳳會戰方酣，許飛娘背手觀望，狀甚閒暇，便知不妙。頭一個石生著急，回見飛娘一人袖手旁觀，以為金蟬已遭了她的毒手，大喝一聲道：「賊道姑，我的金蟬哥哥呢？」人到劍到，一溜銀雨早向飛娘飛去。

飛娘見「桃花仙尼」李玉玉將金蟬用妖法困住，正自得意心喜，忽聽破空之聲，五、七道各色光華如電掣飛來。當先一個粉妝玉琢，如美金童的小孩，一照面便發出一片雨也似的銀光，忙先放起一道青光抵住。再看來人，果有玄龜殿易周之女「女神嬰」易靜在內！

易靜原來見過許飛娘，知道她不大好惹，石生未必能是對手，便喝道：「石道友且上那邊去，待我來除去這個潑賤。」

石生道：「易姐姐且慢，我問她我金蟬哥哥呢？」

飛娘見石生純然一片天真，稚氣可笑，不知怎地一來，忽然動了憐愛之想，笑答道：「你問金蟬麼，我嫌他太頑皮，已由我一位道友將他擒入甬道之中去了。如今死活全在我的掌握之中，你如懂事，快快投降，拜我為師，我便饒你。不然連你也一同是死！」

石生聞言，益發大怒，一面運用玄功將飛劍像暴雨一般殺上前去，一面把「賊妖婦」罵了個不絕於口。

易靜也甚喜他天真，見英瓊、輕雲、易鼎等三人已分頭去助易震，恐防石生有失，又攔他不住，只得將劍光飛出相助。許飛娘一見，又飛起一道劍光敵住，喝道：「易道友，我與你往日無冤、近日無仇，你又不是峨嵋門下，何苦也助紂為虐呢？」

易靜笑道：「許道友，不是我說你，自從你師父為三仙無形劍所斬，你逃隱黃山五雲步，如果苦心修煉，不但無人侵犯，像妙一夫人、餐霞大師二位前輩，還可隨時助你成道。你卻偏要執迷不悟，到處興風作浪，惹禍招災，到頭來總是害己害人，有何好處！」

飛娘聞言大怒喝道：「無知賤婢，我不過是看在你那老不死的易周老兒分上，不和你一般見識，你竟不知好歹，叫你知道我的厲害。」說罷，將手一指，空中飛劍倏地分化成了數十道青虹，光華滿天，頓增了許多威勢。饒是石生、易靜的飛劍不比尋常，只勉強敵住，休想占得一分便宜！

且說英瓊、輕雲、易鼎等三人趕到，易鼎同氣關心，知道乃弟本領不濟，一時情急，忙喊：「周、李兩位仙姑快幫舍弟一幫！」

英瓊、輕雲也早看見許飛娘站在旁邊，只因想起來時無心中將易震的飛劍斬斷，事後成了一家，還承人家遠道趕來相助，好生過意不去。再聽易鼎一說，二人俱是一般心理，意欲相助易震將敵人飛劍奪來相贈，又見石生、易靜先後與飛娘動手，便各將飛劍一指，上前助戰。

輕雲一面交手，一面飛近易震悄問道：「易道友，你可見我金蟬師弟麼？」易震曾見金蟬追趕妖尼一去不回，自己又半晌不能取勝，正覺勢孤，恰值眾人趕來，聞言驚道：「金蟬道友先與一妖尼交手，後來那妖尼化了一片五色煙光逃走，金蟬道友也駕了遁光追去，便沒有見回來。我正想退走，諸位仙姑便同我姑姑、哥哥追來了。」

輕雲聞言一驚，忙向前看去，只見離島不遠半空懸著的一團煙霧仍未消散。暗忖這團彩霧，頗似海中常見新散不久的蜃氣，難道金蟬便被妖尼困在其內？再一想金蟬如見妖尼厲害，必用「彌塵旛」與劍光護身。這兩件法寶一個是五彩雲幢，一個是用起來不特光同電閃，還帶著風雷之聲。相隔不遠，也不致聽不到一點聲息！不禁尋思愁急。

英瓊心急，早將紫郢劍放出，長眉真人煉魔之寶，三鳳如何能敵？輕雲一看英瓊出手，青索劍也疾飛而出，雙劍合璧，威勢更甚，許飛娘一見不好，便從法寶囊中把近年在黃山五雲步煉成的「修羅網」取將出來，倏的收回劍光，往空中一撒。立時愁雲漠漠，慘霧霏霏。萬丈黑煙中簇擁著無數大小惡鬼夜叉之類，猛從四面八方往英瓊、輕雲、易靜、石生、易鼎、易震等六人包圍上來。

這「修羅網」汙穢狠毒，無與倫比。其中鬼魔夜叉全是幻影，敵人只把心神一分，立時便要為飛娘的「六賊無形針」所暗害。飛娘煉成此寶原備三次峨嵋鬥劍之需，實因英瓊等年紀雖輕，法寶飛劍俱非尋常，又知三英二雲是峨嵋小輩門人中主要人物，所以才下此毒手，準備一網打盡，消解心頭之恨。這回使用尚是初次，惟恐敵人覺察，下手甚速！

「修羅網」才一出手，眼看黑雲妖霧已將對面六人一同蓋住，心中大喜，忙又從法寶囊內取出「六賊無形針」，剛待覷準敵人乘隙發放，忽聽天際破空之聲甚疾。抬頭一看，長才尺許兩道金光如流星電射一般，從遙空中飛駛而出，快得異乎尋常。

就這聞聲昂首之際，眨眨眼，已自臨頭不遠，明知是敵人來的救星，只猜不出是哪一派中人物。就這麼一尋思的當兒，忽然一片光華自天直下，照得大地通明，連四面海水俱成金色！奇芒飛射，耀目難睜，才亮得一亮，緊跟著一個驚天動地的大霹雷夾著百萬金鼓之聲從雲空中直打下來。只打得妖氣四散，海水群飛，彷如山崩地裂一般！

飛娘一聞金鼓雷聲有異，猛的想起一人，不由大吃一驚，嚇得連來人面目也未及看清，慌不迭的收轉法寶，口喚「三妹速退！」一手把三鳳一拖，逕往甬道之中遁去。

這一面英瓊等六人正要得勝，忽見飛娘趕來，一照面，便將手一揚，似輕煙一般，激射起無數縷黑絲，轉瞬間起了愁雲慘霧，千萬惡鬼從四外潮湧而來。再看飛娘，已失所在。易靜姑侄三人知是妖法，雖用法寶護身，還不甚在意。輕雲卻識得飛娘厲害，忙喊眾人快聚在一處，將青索劍和紫郢劍會合一起。石生也忙將「天遁鏡」取出，正待合力迎敵，先聽破空之聲，金光迅雷，接踵而至，島上妖氣淨處，敵人不知何往。

空中來人也降了下來，是兩個頭梳丫髻的道童。未及出聲招呼，石生聞得附近風雷之聲，猛一眼看見海面上適才所見的那股子蜃氣已被迅雷震散，卻現出一幢彩雲，和金蟬所用一紅一紫兩道光華在那裡飛舞。還有一團粉紅色的彩光，剛剛飛起。忙喊：「那不是我金蟬哥哥？」腳一縱處，一溜銀雨，先自往前飛去。

輕雲、易靜也雙雙飛起，英瓊和易氏弟兄，新來的兩個童子聞言也都相率追往。到了一看，那桃色光華由濃而淡，轉眼間已無蹤跡。那「彌塵旛」所化的五色雲幢仍在海面上升沉不定，也不他往，知道金蟬必然中邪。好在輕雲、石生俱知使用寶旛之法，剛將「彌塵旛」收起，再看金蟬，雖未受著傷害，已是目瞪神呆，有些昏迷之狀。忙由石生代他收了雙劍，扶著駕遁光同回島上。輕雲先取一粒丹藥與他服了，刻許功夫才得復元，一問何故如此，才知究理。

原來金蟬有「彌塵旛」和雙劍護身，本可無恙。只因看出幻境時，腳已踏在妖尼妙腿之間，幸是元陽堅定，至寶護身，飛起時又快，雖未被她「元陰吸陽」之法吸住，人已為妖法所中。總算元神還有主宰，「彌塵旛」決不離手，加上雙劍靈異，只管活躍。人雖逐漸昏迷，妖尼仍是無法近身逞其所欲。後來邪雲被金光迅雷震散，妖尼回望，連飛娘都嚇得逃走，知道不妙，逕直遁走。先用「換影移形」之法，將身潛入海中，等眾人退去，依舊偷偷回轉紫雲宮。

眾人救治金蟬時，那來的兩個道童向前一一見禮，報了姓名，正是「南海雙童」甄艮、甄兌。輕雲以前原見過他弟兄二人，餘人也早料出，俱都大喜。

等金蟬復元，才坐到一處，談說此來使命。

原來南海雙童自從那日被困在凝碧崖、靈翠峰、峨嵋開山師祖長眉真人遺留的「六合兩儀微塵陣」內。當時人便昏昏沉沉不省人事，和死了一般。不覺過了許多時日。那陣分生、死、幻、滅、晦、明六門，有無窮的奥妙，除掌教妙一真人夫婦和玄真人領過長眉真人遺命，能夠運用外，連其餘峨嵋諸長老俱都不敢輕易進陣。

及至妙一真人夫婦回山，說起紫雲宮一事，各人才知那紫雲宮地闕仙府，乃昔年水母五女玉闕章台以前避禍修真之所。後來五女分封五湖水仙，棄此而去，又過了若干年，有一異派散仙算出究理，壞了五仙禁法入宮隱居。成道時多虧長眉真人助他脫了魔劫，無恩可報，所煉許多法寶飛劍既不能帶去，又不捨將數百年心血毀於一旦。便將全宮贈與長眉真人，任憑處置。

此時長眉真人已是神通廣大，妙法無邊，只是外功未完，成道較晚罷了。當下默算未來，已知因果，便領了他的敬意，仍請那位散仙在飛升以前，將法寶封藏在宮中金庭玉柱裡面，柱底藏有帖柬，備載此事，如今尚未被人發現。只因長眉真人有事他去，兩下商定，便即分手，沒有親自行法封閉，以致日後為一老蚌從側面穿透海眼，入宮盤踞。

那老蚌後來又將三女引進，三女非紫雲宮主人，盤踞已有多年，如今更是倒行逆施，與異派妖邪勾結，自是她們劫數已到，不可挽回！

妙一真人說了紫雲宮來歷，便率了長幼兩輩門人與各派群仙同往微塵陣去。剛出太元洞，便遇醉道人飛來，見了妙一真人行禮之後，遞過一封柬帖說道：「小弟在本山巡遊，路遇瑛姆。說是她從大雪山盤鳩頂閒眺，看來掌教師兄駕了『無形劍遁』往這裡飛來。算出為了南海之事，如今許飛娘同了許多妖人也在那裡，恐眾弟子費手，趁著她往北極訪友之便，帶了三道靈符命我交與師兄，轉賜甄艮、甄兌帶去，將飛娘驚走。」

妙一真人微笑道：「瑛姆真非常人，我們用『無形劍遁』在空中飛行，她在相隔千里的盤鳩峰頂上竟能看見，這雙神目真是舉世所稀了。」說時妙一真人早已看罷書信，揣入懷內，乃率群仙門人同往靈翠峰走去。還未到就望見繡雲澗那邊瑞氣蒸騰，五色密光凝成一片異彩，那長一輩的仙人久聞此陣之名，今日一見，俱都驚異不置。

妙一真人到了陣前，率了兩輩弟子先望著陣門下拜，然後向眾微一謙遜，逕同了妙一夫人步入陣去。外面長幼群仙看陣頂祥光彩霞，時起變化，瞬息萬端，誰也窺查不出陣中玄妙。待了個把時辰，忽聽陣中起了雷聲隆隆不絕。不多一會，一片極強烈的金光閃過，霞彩全收，現出妙一真人夫婦，手上恭恭敬敬捧著長才九寸的旗門，身旁站定兩個梳丫髻的道童，俱都是失魂喪魄，如醉如癡模樣。

群仙一見，紛紛上前稱賀。妙一真人只對眾說道：「貧道幸託恩師庇佑，已將微塵仙陣收去。所藏靈寶靈丹，業已暫時行法封鎖，等到開山盛會再行取出。甄艮、甄兌弟兄二人因被陷多日，雖經救轉，元靈消耗太甚，神志已昏，須得調養一日始能傳授道法，如今我等且回洞去再作計較。」說罷，一同回到洞中。

南海雙童醒轉，早在陣中，已然心服，立時拜師，妙一真人便將瑛姆所贈靈符交與二人，又指示了一番機宜，給了一件法寶和一道催光速電之符，才命起身。甄氏弟兄領命拜辭出洞，先將催光神符展動，跟著駕劍光升起，破空前進。二人的道行本非尋常，再加上神符妙用，不消半日功夫已到南海。

遠遠望見迎仙島上仙光法寶紛紛飛翔，敵我相戰方酣，忙照妙一真人仙示，不等近前，便將瑛姆所賜的一道靈符取出，朝著下面數人一揚。頓時，萬丈金霞挾著迅雷自天直下，等到甄氏兄弟落在島上，與輕雲等人相見，萬妙仙姑許飛娘早為雷聲所震，帶了三鳳先自逃走！當下眾人相會，互相計議破神沙甬道之法，南海雙童藉前輩女仙瑛姆的靈符隱身，守在甬道門口，等待時機。

那妖尼李玉玉回宮之後，心中氣憤，又不捨得金蟬這樣的幾世童真，自動請纓，願出來一戰。三鳳在開放甬道，讓李玉玉出來之際，南海雙童和金、石四人，便趁隙藉靈符之助，不知不覺長驅入宮！

南海雙童同了金蟬、石生四人去後，易靜因適才所見妖尼善於隱遁，行蹤飄忽，早晚必有詭計，恐她隱身來犯。除用乃父所用先天易數、奇門禁法，將眾人存身所在四下埋伏，等敵入阱外，一面運用神目，將練就的一雙神眼注視著延光亭內動靜。只見甬道口中隱隱飛射出一片極微薄的桃花色煙光，頗與妖尼的海上逃走時所見相類。以易靜的目力，那般留神觀察，僅在有無之間略看出一絲痕影，其餘諸人竟是毫無所見。易靜斷定是桃花妖尼來作怪，暗中與眾人打了一個招呼，各自小心，加緊防備。

各人剛在準備，李玉玉已現身出來，飛至亭外，且不近前，指名要金蟬上前相會。易靜見妖尼停步不進，猜她看破埋伏，也甚驚異。正要出戰，英瓊生性嫉惡如仇，早聞妖尼淫賤凶頑，哪還見得這輕狂模樣！口中說得一聲：「易道友和周師姐只防備空中，斷她歸路，待小妹前去除她。」說時，一指劍光飛上前去，更不答話，一道紫光直取李玉玉。李玉玉看出這道劍光不比尋常，不禁大吃一驚！

淫尼此際淫心還兀自不息，一眼看到易鼎，雖不似金蟬根骨資秉深厚，卻也生得長身玉立，丰神挺秀，暗忖起初一心只在金蟬身上，沒有細看，這少年卻也有點意思！一面指揮空中飛刀與敵人混戰，暗中早將「桃花七煞鎖魂網」取出，手掐靈訣，口誦邪咒，正待施為。易靜早將七寶中的「六陽神火鑑」取將出來，暗中準備應用，同時輕雲見妖尼飛刀活躍，變化無方，雖然看出光華漸減，妖尼有些手忙腳亂，想要大獲全勝還得些時。便也將遁光縱起，將那道青虹與英瓊的紫郢劍聯在一起。

周、李二人雙劍方自合璧，李玉玉見飛刀光華銳減，益發不敢遲延。一面覷準眾人，將「桃花七煞鎖魂網」放出，一面又忙著收那九九八十一口桃花飛刀時，那青、紫二色會合的一道光華早似經天長虹一般伸長開來，倏地龍飛電掣閃了兩閃，立時將那百十道桃花刀光一齊捲住！

這時陣上諸人，除易靜見雙劍合璧便將自己劍光收轉，手持寶鑑專防妖尼逃走，那易鼎、易震早從旁看出便宜，手指處，各人的劍光法寶早分頭朝著李玉玉飛去。那李玉玉的「桃花七煞鎖魂網」業已飛將出去，一收飛刀，被敵人劍光捲住，沒有收回，已自心驚。再見對陣那少年和一醜童又將法寶劍光迎頭飛來，不及抵禦，情知自己辛苦多年煉就的飛刀必難保住，危機瞬息，如不及早忍痛割愛，難免受傷！好在只要寶網成功，敵人所用件件都是異寶，休說全數成擒，但能攝走一兩個，也不患得不償失。

當下把滿口銀牙一挫，棄了飛刀不要，一片桃色淡煙散處，蹤跡不見。那易靜見妖尼正鬥之間，忽然手揚處飛起千萬道其細如絲的七彩光華，交織成蛛網一般飛射空中，轉眼瀰漫全島，和天幕相似，眼看罩將下來。只以為她又起故伎，想要逃走。暗喜自己所用法寶剛巧合適，便將一口真氣噴向「六陽神火鑑」上，朝著空中照去。那寶鑑為易靜所煉七寶之一，乃西方大乙真金煉成，形如一塊方銅鏡，能發六陽真火，專破魔法妖術。

鏡光所照之處，任何妖人俱難潛形匿影，原為對付鳩盤婆之用，誰知卻成了李玉玉的剋星！鏡上一團其紅如火的光華剛照向空中，立時便有六個火球飛起，互相才一擊撞，便化成一團火雲，萬丈烈焰朝那萬千縷七色彩絲射去，轉眼之間便燃燒起來。

那李玉玉剛待將身子隱過，再行暗中施為，忽見敵人持一面寶鑑照向空中，放出火焰，心還以為自己這法寶乃凝聚天地間極毒極汙之氣煉成，有形無質，隱現隨心。無論仙凡，敵人的法寶飛劍，只一被這網兒罩住，自己再化身入內略一施展妖法，便可取攜如意。只知紫郢、青索雙劍合璧不怕邪汙，未必能擒住，沒有作全勝之想，別人卻未放在心上。卻沒料到易靜寶鑑的火與尋常道家所煉三昧真火不同，專破這一類法寶！說時遲、那時快，就在李玉玉尋思隱形之際，那一片火雲已自布散，將空中千萬縷七色彩絲全數托住燃燒起來。

李玉玉見自己「桃花七煞鎖魂網」不但沒將敵人的烈火滅去，反被它將自己苦煉多年存亡與俱的至寶燃燒，一時情急，竟自縱著身形飛升空中，正打算先將「七煞鎖魂網」收了回去，另用別的妖法一拼時，那九九八十一口飛刀已被英瓊、輕雲的青紫二劍絞成粉碎。粉紅的殘光灑佈滿天，亂落如雨。

英瓊、輕雲破了飛刀，回顧易靜手持寶鑑發出烈火，正向空中七色彩煙照去，再看妖尼不知去向，易鼎、易震正駕劍光上升，卻被易靜大聲喝住。知道那片煙光之中必有妖尼在內，二人更不尋思，同馭劍光破空便起，直往火雲煙光之中衝去！

李玉玉見飛刀全失，好不心痛，一收「七煞鎖魂網」，竟被下面火雲吸住收不轉來。只管咬牙切齒，不捨就走，倏地從下面火雲中又衝起一團斗大的紅光，已照到自己身上！知道不妙，想躲已是不及，隱身妖氛先被破去，現出形體。

輕雲、英瓊二人已衝破千層彩絲追來，一見李玉玉還在空中弄鬼，哪裡容得！驚虹電掣般飛上前去。李玉玉萬想不到隱形法會被破去，敵人劍光來得如此快法，不由嚇了個亡魂皆冒！當時逃命要緊，一切不暇再顧，駕遁光破空便起。任是抽身得快，那道如虹似電的劍光已從她下半部繞來。李玉玉「噯呀」一聲，身雖僥倖逃出，那一雙平時用來迷人，欺霜賽雪、粉緻精圓的白足，已齊足踝被劍光斬去。總算是起先易靜動手稍快，否則如等李玉玉隱入「桃花七煞中」化身施為，再行發動，便是那上半截殘軀也難保全！容到輕雲、英瓊二人飛劍去追，易氏弟兄也相次趕到時，妖尼已藉血光遁去。

且說南海雙童甄艮、甄兌，志切親仇，同了金蟬、石生冒險入宮。四人進來時，正值李玉玉出陣，陣法一收一放之際。雖時只頃刻，但四人飛行比電還疾，早已長驅直入。石生在飛行間，一眼望見乃母陸蓉波，無論如何，不肯再向前，逕自向乃母飛去，金蟬等只得捨了石生，直往宮中飛去。

三人一出甬道，便見一條寬有數十丈的白玉長路。路旁森列著兩行碧樹，每株大有十圍，高達百丈，朱柯翠葉，鬱鬱森森。時有玄鶴丹羽、朱雀金鶯上下飛鳴，往來翔止。陣陣清風過處，枝葉隨風輕搖，發出一片鏗鏘鳴玉之聲，與這許多仙禽的鳴聲相和，如聞細樂清音，笙簧迭奏，娛耳非常。

玉路碧樹外是一片數十百頃大小的林苑，地上盡是細沙，五色紛耀，光彩離離，數十座小山星羅棋佈散置其間，也不知是人工砌成還是天然生成，俱都是岩谷幽秀、洞穴玲瓏，有的堆霞凝紫，古意蒼茫；有的橫黛籠煙，山容浩渺。山角岩隙不是芝蘭叢生，因風飄拂，便是香草薜荔，苔痕繡合。再襯著滿地上的瑤草琪葩，靈芝仙藥，競彩爭妍，燦若雲錦，越顯得瑰奇富麗，仙景非常，氣象萬千，目難窮盡！

第十二回 長驅直入 力戰群邪

三人身在龍潭虎穴之中，危機瞬息，正事要緊，哪有心情細看，略一經眼，便朝前面潛去。從那條玉路甬道出口處計算，長有三里，形如「卍」字。每頭都有一座宮殿，共分四路八殿，暗合八卦。

南海雙童等三人在未到達以先，便見前面路轉盡頭處有一座高大宮殿，通體宛如黃金蓋成，精光四射，壯偉輝煌。殿前有數十畝大小的白玉平臺，當中設著一座極高的丹爐，旁邊圍著八座小丹爐。知是昔日紫雲三女煉那五色毒沙之物，那殿是全宮總樞黃精殿。

一路上看到宮中執事人物頗多，三人仗有法術隱身，俱未放在心上。正待進入大殿，甄艮猛覺目光一閃，抬頭一看，那殿前平臺當中一座大丹爐，不知何時添了一面五丈許方圓的大鏡子，寒芒遽射，宛如一個冰輪懸在那裡，只是光華明滅不定。光滅時晦若無物，連鏡子的暗影都幾非尋常目力所及，那放光時雖只一瞬，卻是遠近數十百步外的人物纖微可見，三人前進之狀，完全映現！暗忖自己原是隱了身形前進，怎會照了出來？敵人此鏡決非無因而設。再往鏡下一看，果然站著一個與三鳳裝束相似，雲裳霞帔的少女，手中掐訣，對鏡凝視。暗道一聲：「不好！」拉了金蟬用「地行神法」便往地下遁走。

那初鳳自從峨嵋來人兩次入宮，雖被神沙甬道阻住，未得長驅直入，但是敵人未損分毫，自己這面卻陣法被敵人破了好幾處，本就有些著慌。這日飛娘等到來，分派全宮諸人之後，忽然心驚肉跳了一陣，益發知道不是吉兆。無奈勢成騎虎，無可挽回，又聽飛娘說南海雙童已入峨嵋，更是心病。想了想，把心一橫：「一不作、二不休，豁出自己多耗一點精血。」一面命人在黃精殿中大擺壽宴，慶賀生辰，一面將天府副冊最後一頁所載的「血光返照、太陰神鏡」之法施展出來。

這鏡並非法寶，乃是一種極狠毒的魔法，最耗行法人的真血元精。不到危急，不敢妄用。紫雲三女中，初鳳道行法力最高，雖然早就煉成，從未用過一次。這次也是因為敵人來勢太凶，關係全宮存亡，逼而出此。卻不想這種狠毒的魔法最干天忌，非同小可，當時未暇計及利害輕重，容到身敗名裂已無及了。

初鳳有意炫耀，當著許飛娘和陸續來到的許多異派中人行法，雙膝盤坐，屏氣凝神，默用玄功將本身真元聚在左手中指尖上，咬破舌尖，一口鮮血噴了出去。同時左手掐訣，將中指往外一彈，那一口鮮血聚而不散，漸漸長大，化成一片青光，形如滿月，懸在空中。初鳳施展完魔法，將訣一收，立時光輝斂去，成了一團和古鏡相似的暗影，然後對眾說道：「我這太陰神法頗耗真元，不宜常用。等總圖中現了敵人動靜，諸位再看便了。」

正說之間，總圖中忽然起了一片煙霧。初鳳忙掐靈訣，一口真氣噴將出去，朝著那團暗影把手一揚，並無敵人入陣。忙又施展鏡法，果見有三條極淡的人影在甬道出口之處閃了一下，那人影竟淡到尋常目光所難及的地步。

初鳳這一驚真是非同小可，哪裡還敢絲毫怠慢，忙和眾人道：「現在三個敵人不知用甚法術，竟能隱匿身形，安然穿行甬道，深入宮中，必非弱者。他們欺人太甚，事到如今，說不得拼個強存弱亡。這裡有兩個『無形魔障』，乃海底萬年朱蠶之絲煉成，與這『太陰神鏡』相輔而行。無論來人有多神妙的隱身法術，鏡光一照，自現真形。等他一到，鏡光所照三百步內外，便將此障往空中一拋，再經我法術施為，此障立時化成千萬縷無影無形的柔絲。敵人只一被纏住，周身骨軟如棉，神智昏迷，休想走脫！請許道友與舍妹夫各持此障，站在殿前平臺兩角，等我這鏡上一現火花，立時如法施為，自有妙用。」

許飛娘、金鬚奴接過魔障，初鳳已飛往殿前平臺，在鏡中看出，來人是三個幼童，其中金蟬曾經見過。當時驚忿交集，一面雙目注定鏡中，暗中默運玄功。準備等敵人一上平臺，施展那兩面「無形魔障」，便無殊上有天羅、下有地網。敵人任是精通什麼玄妙的遁法，不論上天入地，俱都休想脫身！

初鳳想得雖好，卻不料甄艮見機更快，她這裡魔法發動，將手一揚，鏡上冒起火花，金鬚奴與許飛娘將兩面「無形魔障」放起時，敵人業已同時遁走！這紫雲宮中的地面雖不似平臺之上埋伏密佈，並非尋常沙石泥土，初鳳萬不料敵人遁走得如此神速，不由大吃一驚，呆在那裡做聲不得。

初鳳呆了半晌，隨即將足一頓，一聳兩道秀眉，隨即收了法寶率眾入殿。這一來，眾人十分掃興，以為初鳳必要忙著搜敵，誰知卻如無事人一般，好生不解。只有金鬚奴看出她滿臉戾氣，必要逆天行法，知她素來外和內剛，只一動了真怒，誰也拗不轉，空自憂急，又不敢勸。

回到殿中，初鳳請眾人落坐以後，便道：「三個小孽障隱身法已被看破，沒有我們自己人引導，絕出不去，必在宮中逗留。到了子時便是愚姐妹賤辰，諸位道友遠來慶壽，豈能為小輩所擾！我算他此來定為盜那天一真水，此水已被三舍妹蔽在金庭玉柱之內，本設法術封閉，我現在施展『七聖迷神』之法，三個小輩如不去還可多活些時，否則這黃精殿固是上下埋伏重重，敵人來即入網。便是別處，只一出去，立時被我妙法困住！」說罷出位，披散頭上秀髮，口誦召魔真言，就在殿前倒立舞蹈起來。

約有半盞茶時，從初鳳身旁升起紅、黃、藍、白、黑、青、紫七縷輕煙，冉冉往殿外飄去，轉眼分佈，由淡而隱。金鬚奴見初鳳簡直換了一個人性，竟不畏惹火燒身，連那天府副冊中最惡毒狠辣的「七聖迷神」之法都毫無顧忌施展出來，真是憂急恐懼不打一處來。

初鳳行完法後，便笑對眾人道：「今與峨嵋誓不兩立，我志已決。宴散之後，不等敵人尋來，我便去峨嵋凝碧崖上門問罪。」說時看了金鬚奴一眼，金鬚奴哪裡還敢開口，只急得暗中跌足。只有三鳳興高采烈，許飛娘和一干妖人更是合心稱意，巴不得有此一舉，俱向初鳳稱佩不置。

初鳳正說之間，忽見東南方一片黃煙升起，大喜道：「敵人業已被困，只不知可是全數入網。三妹持我靈符，速將小輩擒來聽候發落。」

三鳳聞言接過靈符，帶了兩個隨侍的女仙官，逕自飛去。

三鳳走後不久，初鳳殿中遙望，一道金光像電閃一般掣了兩下，那片黃煙忽然消散，不禁大驚失色，忙又取了兩道靈符給二鳳道：「敵人真個奸猾，不知用甚法兒逃出羅網，你速去相助三妹，我這裡將『血光反照、太陰神鏡』運轉，飛向你面前。此鏡不便常用，每放光明，便向空中注視，自能觀察敵人蹤跡。憑我『七聖大法』再加上你的法寶，兩下夾攻，決不怕敵人能飛上天去！」

正說時，正南方又有一片青煙升起，初鳳指給眾人觀看，說道：「敵人現在逃往南方被困！」言還未了，只見東方大紅煙升起，緊接著正西、正北方、西北方、西南方相繼各色煙光升起。紫雲宮碧樹瓊林、玉宇瑤階，本就幽深美秀、雅麗無方，再被這各色彩煙籠罩其上，越顯得光華繽紛，蔚為奇景。休說眾異派中人平生未睹，便連那經歷豐富的許飛娘也都羨佩不已，嘆為觀止。

眾人目眩神奇，心驚妙術，卻不知金鬚奴和初鳳心中已叫苦不迭！一個是知道大亂已開，初鳳入魔益深，自己受恩深重，情切憂危，又想不出挽救之方，只好定守身側，到了萬分急難之時，以身相代而已。一個是滿擬這「諸天世界、七聖大法」隨心感應，休說三個後進小輩，便是峨嵋諸長老到來也難破解。誰知忽然間彩煙四起，分明來人已有妙法，將這「迷天七聖」大法破去！初鳳自知，為行此大法，召來了魂中七聖，如果傷了敵人回來還易打發，否則魔頭無功而歸，便要反攻行法之人。

這魔頭不比聖神丁甲，乃天地間七種戾煞之因，冥冥中若有魔頭主掌，似虛似無，若存若有，看去並無形質。非具絕大智慧不能明燭機微，非具絕大定力不能屏諸身外，一為所動，靈明便失，任其顛倒死滅，與之同歸於盡。受害的人本身卻一無所覺，真個厲害無比！

這時三鳳、二鳳相繼空手回轉，一問經過，三鳳說道：「我眼見煙霧中有三個人影，忽然似一朵金花爆散開來，轉眼即行消滅，那煙霧也越近前越淡，轉眼便一點痕跡都無有了！」二鳳也是一樣說法，初鳳心中驚疑，忽一抬頭，似看到一個眼熟的矮子身形一晃而逝，疑是自己眼花，沒有放在心上。初鳳此時自然不知魔法已為高人破去，七魔害人不成，反攻自己，正是魔頭高照之際，心智已然入魔，非要令她走入窮途末路不可，不然焉明見人影，仍然有不以為意之理！

卻說金蟬和南海雙童，雖然逃得快，但再冒出地面，便已為「迷天七聖」大法所困，身在煙霧之中，無法動彈，正在著急，猛聽耳邊有人說道：「爾等已陷魔網，我奉齊道友之托來此解救。」

金蟬聽出是「矮叟」朱梅的口音，心中大喜。隨即身子離開煙霧，神智一清，定睛看去，見一個矮老頭兒和一個少女，果是「矮叟」朱梅同了前輩女仙嚴瑛姆的弟子廉紅藥，金蟬忙給甄氏弟兄引見，拜倒在地。

朱梅道：「瑛姆派了她的弟子廉紅藥持了法寶靈符前來，已將那七道魔氛破去，由它還傷行法之人。現在離三女生辰不遠，留下紅藥在此，爾等三人可隨我由宮前海眼舊道退出宮外，將周、李、易靜諸人接引進來，乘壽宴高張、邪術娛賓之際，破宮取水便了。」

金蟬因心懸石生尚留在甬道陣內，剛想請問朱師伯見未，朱梅已吩咐眾人站定，手掐靈訣，行使仙法，一展袍袖，隱了身形，直往前宮飛去。到了避水牌坊之下，才駕遁光飛身而上。那裡雖經三女的五色神沙將出口堵塞，外加魔法封鎖，卻早為朱梅入宮之時用瑛姆一粒「無音神雷」破去。

金蟬、甄艮、甄兌隨了朱梅升出海面，直飛迎仙島落下。輕雲等不見金蟬、石生、甄氏弟兄回來，正在等得心急，忽見三人同了「矮叟」朱梅逕從海面飛臨，好生喜歡，紛紛迎上前去。易靜原見過朱梅幾次，忙率易鼎、易震隨了周、朱二人上前行禮，金蟬一眼不見石生，不禁失驚，「咦」了一聲。

朱梅笑道：「石生至孝，根深福厚，無須急他有甚不測。爾等少停前去破陣，便可在甬道中相遇了。」金蟬聞言，才略放心，大家便隨侍朱梅，請問峨嵋開府之事。

朱梅道：「此次凝碧盛會，乃掌教齊道友奉了長眉真人所留法諭，趁這五百年劫運到來之際，光大門戶，發揚道宗。除一些左道旁門的仇人外，各派劍仙散仙屆時俱來赴會，推薦弟子，共建仙景。以前武當張三豐道祖雖有過這類舉動，卻無如此之盛，真乃千百年來唯一勝事！」

眾人又談說了一陣，朱梅吩咐易靜姑侄用「九天十地避魔神梭」先偕甄艮、甄兌、英瓊、輕雲四人穿行地肺，度入宮中，他帶了金蟬逕自飛入甬道。

朱梅來時早有準備，到了宮中，見前面五色光華亂閃，笑對金蟬道：「這東西卻也有趣，將它毀了可惜。好在孽是紫雲三女所造，與我們無干，且收下來留待峨嵋開府時給你們仙府添點景致。」隨說，將手一揚，飛起一紅一白兩個晶彩透明的圈兒，飆輪電轉、流光熒熒，直往沙障之中飛去。轉眼之間，耳聽「嘶嘶」之聲，紅光白光越來越盛，對面數十百丈的五色光華竟自越縮越小，穿入圈中，現出甬道原形。

朱梅也不收那兩個光圈，逕率金蟬往前飛去。到第三層陣口，朱梅將手一招，後面紅白二光圈便飛越上前。不消片刻，和頭層一樣收了，仍懸空中不動。

二人正往前進，朱梅忽道：「金蟬，你一雙慧目，可能看出石生母子二人在哪裡麼？」

金蟬聞言，定睛仔細朝前一看，只是一片灰濛濛，彷彿輕煙薄霧相似，內中隱隱似有銀光閃動，卻不見人。知石生母子已陷入無形沙障之內，自己嘗過厲害，不敢搶前，忙道：「朱師伯快發慈悲，救他母子脫困吧！」

朱梅將手往後一招，那紅白兩個光圈又復飛上前去。眼看前面一片渾茫，倏地現出十百丈五彩金霞，「嘶嘶」之聲響個不絕，起初只見裡面光華微微隱現，直到金霞快被寶環吸盡，才現出「天遁鏡」與蓉波、石生二人所用的劍光寶光。金蟬見各種光華圍護中，蓉波與石生相背而立。

原來石生、蓉波母子相會，立時被三女發覺，因宮中正在多事之秋，暫時只將二人困在無形神沙之中，未加理會。這時朱梅以龍雀環收去了無形神沙，身上一輕，定睛往前一看，見是金蟬同了「矮叟」朱梅。二人見救援已至，絕處逢生，喜出望外，忙收劍光法寶跑上前去，先向朱梅跪倒行禮，再來與金蟬相見。

朱梅道：「妖人已不足慮，只是蓉波元命牌還未到手，此牌關係蓉波成敗甚大，非石生親手滴血破了妖法，不能得到！」

朱梅說罷，手掐靈訣，運用玄門先天妙術對準空中寶環一指，那一紅一白兩個光圈便帶起兩道粗約丈許、長約千丈，像微塵一般的淡影，直往洞外飛去，飛到衡山，自有白谷逸收去，帶往峨嵋，作為開府賀禮。

當下朱梅為首，帶了三人前進。前行不遠，朱梅取出妙一真人在東海煉成的「鐵贔仙盾」。此寶乃妙一真人採取東海底萬年寒鐵所煉，其形頗似一面護身盾牌。盾的上端是一個贔首，非道法高深的人不能使用。用時人在盾後，以先天太乙真氣駕馭前進。

那贔口和贔目內自會發出百丈寒光、兩條白氣，所到之處，無論沙石金鐵，遇上便即消融。再被那兩條白氣一吹，立時成了康莊大道，其疾如箭，真個是石流沙溶，無堅不摧，穿山行地，瞬息千里！

「矮叟」朱梅擲盾以後，首先駕遁光隨盾而入，餘人俱各有了準備，紛紛駕起遁光，緊隨朱梅身後，由地底暗道進發。

且說輕雲、英瓊、易靜姑侄、甄氏弟兄一行七人，在延光亭甬道外面奉了「矮叟」朱梅之命，由易鼎取了「九天十地避魔神梭」，施展玄門妙法，立時一片光華將眾人擁護，發出隆隆雷聲朝地下鑽去。千里神沙，猶如庭戶，一路之上並無一毫阻隔。不消多時，望見前面地底青光瀲灩，知已到達珊瑚榭，便即停止。飛出地面一看，那所臺榭，通體俱是瑚珊建製，到處寶氣珠光，華麗已極。眾人也無心細看，當下由輕雲收了「寂滅神鐘」，一同隱了身形，直撲黃精殿。

一行人等，行近黃精殿，廉紅藥已現身相會，當下各人仍將身形隱住，一同飛向前面正殿。這內殿本是初鳳行法煉道之所，全宮最重要的所在，埋伏自然不少。一則易靜道功高深，見識多廣，輕雲、英瓊雙劍神妙，二則有朱梅預先指示機宜，再加身形隱住，即便遇見一兩個宮中餘孽，無不應手傷亡，所過之處，勢如破竹，一些也沒有阻隔。只刻許工夫，便人不知、鬼不覺的侵入三女擺設壽筵的正殿不遠，眾人見下手這般容易，俱各心喜非常。

一路小心前行，忽然耳聞仙韶樂奏之聲四起，不覺已行抵殿前。遙望殿中，四壁盡是鯨燭珠燈、晶輝燦爛，大放光明。青玉案上奇花異果，海錯山珍，堆如山積。紫雲三女同了眾妖人正在觥籌交錯，一面炫幻爭奇，各逞己能。滿殿上魚龍往來，仙禽翔集，紛紛啣杯上壽，聞樂起舞，真個是變化無方，窮極詭妙，雖是左道魔法，卻也令人心驚目搖，不敢輕視。三女高坐中案，笑言宴宴，俱不料危機瞬息，就要發作！

只見三鳳忽從眾中立起，手裡擎著一個白晶酒杯，滿盛碧酒，對眾說道：「適才諸位道友妙法俱已領教，小妹不才，也煉了一樣小術，現在施展出來，與諸位道友略助清興。」

眾妖人紛道：「公主妙法無方，定比適才還要新奇，我等得開眼界，真萬幸事，還請先道其詳，以免到時和許仙姑的五仙上壽一般，突如其來，我等事前不知，錯了觀賞機會，又誤認來的是仇敵驚擾，幾乎貽笑大方，倒覺掃興！」

原來許飛娘機智，胸藏叵測，這時見三女酣飲狂歡，全不以大敵當前為慮。金鬚奴雖也強顏為笑，卻是面隱深憂。尤其初鳳迥非往日持重敏練，有時竟彷彿醉了酒一般，語言皆無倫次，簡直變了性情。初鳳修道數百年，不致像常人中酒那般顛倒錯亂，怎能逃得過許飛娘耳目！略一細心，便可辨出。再加飛娘又知道那「七聖魔法」陷人不成，行法之人必要身受其害。初鳳行法以後並未擒到一個敵人，其中定有差池，峨嵋派豈是好惹的？既已成仇，怎能容你自在！

三女和眾人事前不知究理，一見五個貌樣猙獰的道者忽在殿中出現，俱誤以為來了仇敵，紛紛驚擾欲起。飛娘已知初鳳神智果已混沌。易靜、輕雲等將到時，飛娘的法剛剛行完，殿中仙韶歇而復作，眾妖人因飛娘鬧過這一次把戲，頗煞風景，所以如此說法。

三鳳聞言答道：「此法無甚珍奇，也非幻景，日前因愚姐妹賤辰在即，想不出娛賓妙法，偶憶昔日紂王肉林酒池，枉被世人稱為無道荒淫，傷耗許多財力民命，其實不過是一個人力作成的貯酒池罷了，哪裡配得上『酒池』二字！我這法兒不似紂王那般殘民以逞，只用上百十個有限的魚蝦而已。這法一施，黃精殿立時變成萬頃仙釀，千層酒浪。再將這只晶杯化成一個水晶大盆，我等置身其內，同泛碧波，隨意取食，都是本宮仙釀。這酒海中還有不少魚蝦游泳，諸位飛指一動，告知小妹，便可指物下酒。區區小術，無異班門弄斧，諸位休得見笑！」

眾人正遜謝間，三鳳已將滿頭秀髮披散，口誦玄天魔咒，施展魔法，將翠袖一揮，音聲盡止，滿殿燈燭光華全都熄滅，殿內外俱是一般漆黑，眼前只見雲煙亂轉，不辨一物。轉眼功夫，忽聽三鳳大喝一聲，耳聽濤聲浩浩，酒香透鼻，眾人覺著身子微微動了一動，一座黃精殿已化成一片廣闊無垠的酒海。除長案几座杯盤外，原來景物不知何在。

三鳳手中所持那只晶杯，變成畝許大小一個晶盆，銀光閃閃，直沖霄漢，結成一團皓月，清輝流射，照得上下通明，宛如白晝。水中各種魚蝦介貝之屬，不住掉尾揚鰭，撥刺往來。三鳳挑眾妖人喜吃的海鮮將手一指，波濤上便湧起一朵金花，火焰熊熊，那些魚蝦便往火上投去，霎時烤熟，隨著那朵金花直往盆沿漂來，眾妖人在晶盆之內，才持原有青玉案上的杯箸，隨意往海中舀酒取魚飲食。

（注：這樣吃海鮮法，才真正夠得上「氣派」兩字。）

忽又聞細樂之聲起自海上，一團彩雲簇擁著數十個羽衣霞裳的仙宮仙女，各自騎鸞跨鳳、手捧樂器，浮沉於海天深處，若隱若現。仙韶迭奏，趁著這晶盆皓魄，上下天光碧雲銀霞，流輝四射，置身其中，幾疑瑤池金闕，仙景無邊，也未必有此奇麗！

易靜、英瓊等這時也是趕到，身經其境的人，彷彿另一天地。局外人看去卻是具體而微，其中人物與海市蜃樓相似，不但那酒海僅有原來殿堂大小，連眾妖人都變成了寸許長短。易靜知是魔家的「寸地存身」之法，雖比不上佛家的「一粒粟中現大千世界」，卻也神妙非常，不可輕視！此時冒然闖進動手，極易被敵人警覺，連忙示意眾人緩進。

眼看殿中三女與諸妖人正在狂歡極樂之際，晶盆前面酒波中忽然冒起一道紅光。眾妖人還當是又有什麼新奇花樣，三女知來了外人，既敢從殿中地底穿出，定是能手，三鳳首先大喝一聲，收了妖法。

初鳳原有準備，也早運用元靈，將手一指頭頂懸的魔鏡，一團暗影立時發出一片寒光，向來的紅光照去，眾妖人也都警覺過來，正各自準備施展法寶飛劍迎敵，忽聽紅光中有人喝道：「紫雲三友，今日怎的連我也認不得了？」說罷，光斂處，現出一個長髯飄胸，大腹郎當的紅臉矮胖老者。

三女記得來人正是北海陷空老祖門下大弟子靈威叟，壽辰前曾給他發過請柬，想必有事羈身，這時方得趕來祝賀，立時轉憂為喜，忙將鏡光斂去，收了法寶。

方擬請眾妖人一一上前相見，然後入坐款待，靈威叟已大聲疾呼道：「三位公主，事已危急！如今甄氏弟兄從凝碧崖靈翠峰微塵陣內脫身，拜在峨嵋掌教妙一真人門下，由嚴瑛姆與妙一真人同授他仙法神符，還有許多峨嵋長幼兩輩中能手相助，就在今日入宮取那天一真水，並報前仇。三位公主劫運已至，我前來報警！」

這番話休說幾個宮中主要聽了失魂喪膽，一干妖人無不驚心，俱都面面相覷。初鳳倉猝聞警，驚懼過甚，神智才微有些清醒。待運用元靈指揮魔鏡照察時，靈威叟已看出三女禍在頃刻，絕非峨嵋之敵。正想勸她姐妹三人同了大家，趁仇敵未到以前或是見機逃走、或是將真水獻出，話還未說完兩句，忽然「叭」的一聲，臉上早著了一個大嘴巴，半邊左臉立時由紅透紫，直打得靈威叟暴跳如雷，罵道：「何人大膽，暗中傷人！」

只見眼前一晃，現出一個矮老頭兒，指著靈威叟哈哈大笑道：「你這不知死的胖老兒，竟敢在這時候趕來討好賣乖。只打了一下，還不服氣麼？」

靈威叟看出來人正是嵩山二老中的「矮叟」朱梅，他素來謹慎，惟恐失閃，知道不是尋常，哪敢招惹？好在朋友情分業已盡到，不敢再為留戀，便朝三女高呼道：「峨嵋能人定來不少，諸位道友切莫輕敵，致取敗亡，貧道去也！」

初鳳等見朱梅突然現身，不由一陣大亂，紛紛施展法寶飛劍上前對敵時，靈威叟先自遁去。緊接著朱梅也將身形一晃，不知去向。初鳳大怒，將手一指魔鏡，滿殿俱是寒光。還想查照敵蹤時，旁立許飛娘一眼望見鏡影中現出許多少年男女，就中金蟬獨自一個正往三鳳身旁撲來。因為適才朱梅隱身，三女早防還有別的敵人暗算，各自施展護身魔法。金蟬欲待飛到身前，再行出其不意飛劍斬敵，尚未得到跟前。

飛娘暗忖峨嵋勢盛，今日業已侵入腹地，紫雲宮必破無疑！這些長幼敵人俱有法術隱身，初鳳雖有魔鏡，太耗真元，不敢常使，何不將來人隱身之法破去，顯露己能？她想到這裏，便趁來人法寶飛劍還未施為之際，大喝道：「峨嵋門下小孽障，竟敢使弄障眼法兒來此擾亂麼？」說罷將手一揚，飛起一團紅似淤血、時方時圓、軟而透明的東西，光華暗赤，上下飛揚，滿殿凶煞之氣，寒光俱為所掩。

易靜知這種邪法乃赤身教主鳩盤婆所傳，最是汙穢不過！恐眾人不知厲害，便即喝道：「此乃赤身教下『赤癸球』，待我破它。諸位道友還不現身出戰，等待何時？」說罷早將預先備就的「滅魔彈月弩」對準那團暗赤光華射去。光華似梭一般正向當中穿過，立即爆散開來，化為萬點紅雨飛灑下落。

這時眾人隱身法吃那「赤癸球」一照，正在將破未破之際，被易靜一聲警覺，又見魔鏡現形，隱身不住，各自收了法術，紛紛放出飛劍法寶上前迎敵。眾妖人見敵人來了許多，又驚又恐，也各紛紛迎戰。金蟬隨朱梅入殿，和眾人會合，石生母子去盜元命牌，朱梅現身將靈威叟驚走，便自退去。

飛娘見「赤癸球」被破，心中大怒，正要給金蟬一個辣手。易靜知道眾人皆非飛娘之敵，早將「彈月弩」收回，飛起劍光直取飛娘。飛娘大喝道：「易道友並非峨嵋黨羽，為何也來此助紂為虐？」

易靜答道：「你這無知潑賤，到處惹事生非，我念你未到伏誅的時候，速速遁走，還可活命，如想在此趁火打劫，再也休想了！」

飛娘一聽心事被她道破，不由吃了一驚，一面飛劍應戰，暗中偷看眾人。甄艮、甄兌雙戰二鳳、金鬚奴，英瓊、輕雲雙戰初鳳。另外還有兩個道童在一條梭形光華之下到處穿飛，不時現出上半身，用飛劍法寶殺害宮眾，任何法術、法寶俱不能傷他分毫，甚是猖狂。再看三鳳，因敵不過金蟬霹靂劍，已將數十件仙兵祭起，仍是占不了一絲便宜。餘外還有像朱梅那樣厲害的能手，未曾露面，只見滿殿光華飛舞中，敵人未傷一個，宮中侍眾以及來的妖人卻是傷亡不少。

峨嵋各人法寶飛劍，神妙無匹，各妖人已在紛紛逃走，金鬚奴見勢不好，紫雲宮險要無可憑守，再鬥下去，凶多吉少，忙叫道：「朱真人恩施格外，暫饒我等，容我等改過自新吧！」一面叫，一面拉著二鳳，飛向初鳳身邊，初鳳受七魔回攻，神智已迷，還在披頭散髮，法寶層出不窮。

金鬚奴呼叫才畢，朱梅便已現身，兩手一搓，一聲大喝，立時一團雷火向初鳳打下。金鬚奴還當朱梅要取初鳳性命，護主情切，待攔在初鳳身前，已聽朱梅大喝道：「還不快退！」就這一遲疑功夫，雷光已打到初鳳身上，只見隨著雷火爆散，初鳳身上冒起七股彩煙，回攻七魔已被破去。金鬚奴不禁大喜，見初鳳人仍癡呆，忙將她扶住。

朱梅又大喝道：「紫雲宮本屬長眉真人，你們享用了這多年，又不知自愛，作孽多端，勾結妖邪，本應伏誅，念在你們修為不易，才放你們一條生路，離去之後，覓地靜修，足可修到散仙，要是再不知自愛，遲早要伏天誅！」

金鬚奴和二鳳已跪拜不已，金鬚奴道：「三公主……」話還未了，朱梅已喝道：「三鳳作孽太多，竟傷害修道人道成之嬰，上干天忌，今日非遭劫不可，你還不走？」雙手一搓，又向前一推，一陣狂風，擁著金鬚奴、二鳳夫婦和初鳳翻翻滾滾，疾如奔馬，轉眼無蹤。三人果然聽了朱梅規勸，從此覓地清修，不再出來惹事。不提。

金鬚奴等一走，眾人紛紛攻向許飛娘和三鳳。許飛娘苦戰易靜，想想易氏全家厲害，自己與易周曾有數面之緣，未破過臉，不便施展辣手，樹此強敵。總想等到三女勢敗不支，抽空搶了寶物逃走，鬥了一陣，及見初鳳、二鳳逃走，英雲雙童諸人正分頭往三鳳身前飛去，知道三鳳獨鬥金蟬不過是個平手，何況又添了這許多勁敵，必無倖理！便朝易靜大喝道：「我與令尊曾有交誼，不願與你一般見識，傷了兩家和氣，你卻執迷不悟，如再不退，休怪無情！」

易靜喝罵道：「你這潑賤專會無事生非，三女如勝，你便添了爪牙。三女如敗，你又想趁火打劫，於中取利。鬼蜮伎倆已被朱真人看破了，我早有準備，速速遁走，還可多活數年！」

許飛娘又驚又怒，也不再和易靜鬥口，暗從法寶囊內取出一條長方素絹，上下一抖，立時便是一片白光，高齊殿頂，將易靜隔住。一面急將飛劍收回，逕往三鳳身側飛去。

那三鳳初戰金蟬，一見飛劍不能取勝，便將玉柱仙兵施展出來，數十種各色各種的青光電掣虹飛，紛紛齊上。金蟬霹靂劍雖非凡品，畢竟有些寡不敵眾。三鳳看出金蟬不支，拼著損傷兩件法寶，將手一指，分出一半仙兵去絆住雙劍，另一半直取金蟬。

金蟬正在奮力抵禦，忽見光華中分出數十道，當頭飛落，來勢甚疾，自己雙劍又被絆絞，知道不及回劍防禦。且喜「彌塵旛」早在手上拿著，原準備萬一敵人有什麼邪法異寶時，作為防身之用，正好施展。金蟬忙即一縱遁光，避過眼前危急，想著口誦真訣，將旛一展，立時便有一幢彩雲護住全身，二次又殺上前來。

三鳳見許多仙兵仍是不能傷他，氣得銀牙直銼，一面運用仙兵將霹靂雙劍裹住，正要暗中施展魔法取勝，猛一回頭，初鳳同了金鬚奴、二鳳已然不見，心中又驚又怒，耳旁猛聽許飛娘大喝道：「二位令姐已然敗逃，峨嵋派來了不少凶人，紫雲宮中行即瓦解，我等現在已非其敵，道友還不隨我暫且退去，打點異日報仇之計麼？」

金蟬猛見飛娘從側面飛到三鳳身前，暗道一聲：「不好！」明知不是飛娘對手，仗有「彌塵旛」護身，一縱雲幢，疾同電射，逕往三鳳身前搶去。一指飛劍，先將三鳳斬為兩段，就勢一把抓起她的法寶囊，便往旁邊遁開。

許飛娘慢了一步，計謀多時想奪取的法寶到了敵人之手，不由大怒，待施展辣手給眾人一個厲害，恰巧英瓊、輕雲的雙劍已將數十件仙兵斷為兩截，化作百十道青虹紛紛飛舞，墜落滿殿，一眼瞥見彩雲幢裡金蟬劍斬三鳳，搶了法寶囊遁走，許飛娘拋起一片紅霞追來，知是勁敵！各將劍光一指，雙劍合璧迎上前去。

許飛娘識得雙劍厲害，暗忖此時紫雲宮大勢已去，自己縱能傷卻一兩個峨嵋後生，濟得甚事？何況對面人多勢眾，勝負尚是難說，莫如趁敵人全數在此，暗中遁走去盜寶，豈不是好！想到這裡，大喝道：「峨嵋群小休得倚眾逞能，仙姑暫容爾等多活些日！」說罷，手揚處，數十丈長一道青光護住全身，再將手連招兩下，收回兩處法寶，星飛電掣往殿外飛去。

金蟬忙喊；「大家快來！這賊道姑定往金庭盜寶，那裡無人防守，我等同駕『彌塵旛』追去。」說罷，英雲、甄艮四人首先飛過，也不及再俟甄兌，逕往金庭飛去。

「彌塵旛」雖快，飛娘遁光也是不弱。四人招呼之際，又未免略遲了一步，等到「彌塵旛」降落金庭之前，六扇金門已被飛娘用法術震開，依稀還看見飛娘背影在前一閃。四人忙即跟蹤追入，剛一進門，忽然眼前一亮，一片白中帶青的光華將四人阻住。「彌塵旛」衝上去，竟是異常堅韌，阻力絕大，休想通過！

英瓊一著急，首先將紫郢劍放將出去。紫光射在青白光華上面，只聽聲如裂帛的響了一下，依舊橫亙前面，將路堵得死死的，連一絲空隙都無。四人無可奈何，只得各將飛劍法寶放起。英瓊、輕雲又將雙劍合璧上前攻打。光霞中只聽裂帛之聲響個不絕，那光華兀自不曾消退。漸漸聽得金庭中有了風雷之聲，算計飛娘在鬧鬼，正自發急，忽聽耳邊有朱梅的口音從遠處傳來，說道：「此乃許飛娘用童男女頭髮煉成的『天孫錦』，已為紫郢、青索刺破，爾等還不衝將進去，等待何時！」

四人聞言大悟，連忙一縱雲彩，穿光而入。原來那光華便是適才飛娘用來阻隔易靜的那片素絹，飛娘料知敵人既已識破自己奸謀，難免不跟蹤追趕。一入金庭，便施展開來化成一道光牆將敵人阻住，以便下手盜取法寶，此寶飛娘煉時頗費苦力，雖被英雲刺透，光華並未減退，四人不知究理，差點誤了事機！容到飛身入內一看，許飛娘手指一團雷火，正在焚燒玉柱，離柱不遠倒著三個妖人的屍首。

那些中藏奇珍異寶的玉柱，根根都是霞光萬道，瑞彩繽紛。四人剛將劍光指揮上前，許飛娘見敵人追入，一絲也不顯慌張畏縮。左肩搖處，首先飛起一道百十丈長的青虹，直取四人。一手仍指定雷火焚燒玉柱，另一手從法寶囊內取出一物往上一擲，便化成一團碧焰，四外青煙縈繞，當頭落下，護住全身，只管注視雷火所燒之處，連頭也不再回。

英雲雙劍吃青光敵住，飛娘的劍也非尋常，急切間尚難取勝。金蟬、甄艮的法寶飛劍只圍在碧焰外面飛舞，一些也攻不進去，竟不能損傷飛娘分毫。那玉柱光華經飛娘雷火一燒，越發奇盛，幻成異彩。猛聽甄艮喝道：「賊道姑還要在此賣弄鬼祟，少時瑛姆駕到，你死無葬身之地了！」

金蟬因南海雙童來時奉有機宜，知是提醒他下手，這才將靈符往前一擲，立時一片金霞，挾著殷殷風雷之聲，照耀全殿，光中一隻大手疾朝飛娘抓去！

那玉柱被飛娘雷火連燒，柱上光華已由盛而衰，地底雷音「轟隆」不絕。飛娘先聽甄艮陣喝，驚弓之鳥，雖是有些驚疑，怎奈貪心太熾，又疑敵人詐語，只管咬牙切齒，運用玄功，雙目注定庭中玉柱，只等柱開現出寶物，便即乘機攫走。眼看柱上光華越淡，功成頃刻，聽雷聲有異，忽見一片金霞從後襲來，便知不妙。因上回在島上虛驚了一次，好生貽笑。心仍不死，還想死力支持，不到真個瑛姆現身，不肯退走。

誰知金霞所照之處，護身煙光先自消滅。忙一回視，一隻大手已從身後抓到，暗道一聲：「不好！」便自一縱遁光，將手一抬，身劍合一，飛身便起。

英雲等正當出路，飛劍法寶一齊發動，合圍上去。飛娘知道這些後輩俱都不可輕侮，自己弄巧反成拙，枉傷了兩件心愛法寶，危機瞬息，驚憤交集。百忙中把心一橫，倏地將手一揚，便是一團大雷火打將出來。眾人知她厲害，俱有防備，見勢不佳，連忙回劍護身時，耳聽震天價一聲巨響，雷火光中，滿殿金塵玉屑紛飛如雨，飛娘已將庭中心金頂震穿一個巨孔，駕遁逃走。那隻神符幻化的大手，也跟著破空追去。不提。

這時英瓊、輕雲、金蟬、甄艮連人帶飛劍全被雷火衝震盪了兩蕩。飛娘已去，知難追趕，齊往柱前飛去。見那些玉柱光華雖退，根根粗大瑩澈，通明若晶，真是瑰麗莊嚴，奇美無儔。眾人圍在玉柱四周，不消片刻，地底風雷聲越來越盛，接著又聽金鐵皆鳴一陣，當中主柱忽然轉動起來。眾人忙各將法寶飛劍放出，以防柱底寶物飛去。

眼看主柱越轉越急，四圍的玉柱也都跟著轉動，倏地庭中一道金光閃過，現出朱梅，哈哈大笑道：「全宮肅清，大功告成，回去正好赴那開府盛會了！」說罷，便命眾人避開，只帶了金蟬、石生二人，同往主柱面前，一口真氣噴向柱上，大喝一聲「速止！」那柱立時停住不轉，風雷金鐵之聲全歇。然後走近前去，兩手捧住主柱端往上一提，喝一聲「疾！」那柱便緩緩隨手而起，漸漸捧離地面約有三尺，柱基現出一個深穴，裡面彩氣氤氳，奇香透鼻。

石生早奉命準備，忙將「天遁鏡」往柱底深穴照去。金蟬更不怠慢，一展「彌塵旛」，隨鏡光照處飛身而入。到了底下，用慧眼一看，乃是一個圓球般的地穴，裡面奇熱無比。當中珊瑚案上放有一個光彩透明的圓玉盒子，盒前燃著一盤其細如絲的線香，香煙散為滿穴氤氳，幻成彩霧。四壁懸著十餘件奇形怪狀的法寶，金蟬事前早已得朱梅指點，見一樣便取一樣。

那香燃燒甚速，金蟬初下去時，還有大半盤，只這取寶的一轉眼，便燒去多半。穴中奇熱無比，雖有「彌塵旛」護身，仍是難耐。尤其是取寶時，手一近壁，直似火中取物一般，烤得生疼。等到挨次將壁間法寶取完，香已燒剩得只有兩圈。知道案上玉球關係最為重要，香一燒盡，地穴便合攏來，那是地肺真穴所在，如被葬在內，休想得見天日！不禁吃了一驚，忙即上前，伸手去捧。

誰知那玉球竟重如泰山，用盡平生之力，休想動得分毫。猛想忘了跪禮通誠，匆匆翻身拜倒，叩頭起來，那香已燒得僅剩半環。危機一髮，慌不迭的搶上前去，伸手一抱那球，覺得輕飄飄的，又驚又喜，猛一回頭，那香只剩了兩三寸。一縱彌塵旛便往外面飛去，身剛出穴，一眼望見朱梅兩手緊捧主柱，已是面紅力竭，周身白氣如蒸，正把手一鬆，那柱剛一落地，便聽穴底微微響了一下，並無別的動靜。金蟬收了寶旛上前拜見，將取來法寶獻出，朱梅接過，連聲誇讚不止。

英瓊、輕雲、金蟬幾個常見朱梅之人，俱知他道行深厚，無論遇上什麼勁敵險難，從未皺過眉頭，今日捧那玉柱卻甚吃力，渾身直冒熱氣，在那將放未放之時，更顯著慌急累氣，便問：「師伯何故如此？」

朱梅笑道：「這主柱下面乃是地肺真穴，穴中置有一盤香，此香在穴中燃得極慢，一見風，頃刻之間可以燃盡。此香一滅，穴便自行封閉，立刻地肺真火發作，無論人物，俱化劫灰。這根主柱乃當初大禹鎮海之寶，重有一萬三千餘斤！那天一真水便藏在左側第三根玉柱之中。」

眾人見那幾行玉柱上下渾成，並無開裂之痕，方自尋思，朱梅忽將兩手一搓，一片火光散將開來，往柱間飛去。那些玉柱燃燒起來，一陣焦臭之味過去，眾人眼前一亮，見庭中玉柱依舊瑩潔，透體通明，內中寶物紛呈異彩，晶光寶氣，掩映流輝，越顯奇觀。

金蟬首先跑到第三根柱前，見那盛放天一真水的玉瓶果在其內。另外還有一個葫蘆，一同取下一看，上面俱有朱書篆文，寫著「地闕奇珍、天一聖泉」八字。忙與朱梅看了，揣入法寶囊內，再隨眾人去看其餘玉柱。每根俱藏有奇珍異寶，還有許多不知名的仙藥，件件霞光燦爛，照眼生輝，眾人見了俱都驚喜非常。

朱梅將柱間寶物分別去留，指示眾人，留的仍置柱內，照柱中開閉符偈全數封閉。庭頂被飛娘衝裂之處，也經朱梅將從柱中取出來的一個玉像擲上去，行法堵住。然後率領眾人走出庭外，大家一同飛出甬道，走出迎仙亭。

請續看《紫青雙劍錄》第四卷　幻波・妖屍

天下第一奇書

紫青雙劍錄3 神駝・奪寶

作者：倪匡 新著 ／ 還珠樓主 原著
發行人：陳曉林
出版所：風雲時代出版股份有限公司
地址：10576台北市民生東路五段178號7樓之3
電話：(02) 2756-0949　　傳真：(02) 2765-3799
執行主編：朱墨菲
美術設計：許惠芳
行銷企劃：林安莉
業務總監：張瑋鳳
出版日期：2023年2月
版權授權：倪匡
ISBN ：978-626-7153-60-4
風雲書網：http://www.eastbooks.com.tw
官方部落格：http://eastbooks.pixnet.net/blog
Facebook：http://www.facebook.com/h7560949
E-mail：h7560949@ms15.hinet.net
劃撥帳號：12043291
戶名：風雲時代出版股份有限公司

風雲發行所：33373桃園市龜山區公西村2鄰復興街304巷96號
電話：(03) 318-1378　　傳真：(03) 318-1378
法律顧問：永然法律事務所 李永然律師
北辰著作權事務所 蕭雄淋律師

行政院新聞局局版台業字第3595號 營利事業統一編號22759935

定價：299元　　

國家圖書館出版品預行編目資料

天下第一奇書之紫青雙劍錄／還珠樓主 原著；倪匡 新著. -- 臺北市：風雲時代出版股份有限公司，2022.11
冊；　公分.
ISBN : 978-626-7153-60-4（第3冊：平裝）

857.9　　　　111016918